GOLDMANN

Im Goldmann Verlag sind folgende
Originalabenteuer von Raumschiff Enterprise
erschienen:

Band 1: **Der unwirkliche McCoy** (23730) • Band 2: **Strafplanet Tantalus** (23731) • Band 3: **Spock läuft Amok** (23732) • Band 4: **Das Silikonmonster** (23733) • Band 5: **Der Asylplanet** (23734) • Band 6: **Die Lichter von Zhetar** (23735) • Band 7: **Das Paradies-Syndrom** (23737) • Band 8: **Der Doppelgänger** (23738) • Band 9: **Rückkehr zum Morgen** (23739) • Band 10: **Ein kleiner Privatkrieg** (23740) • Band 11: **Der Tag der Taube** (23741) • Band 12: **Spock muß sterben!** (23742) • Band 13: **Jenseits der Sterne** (23600) • Band 14: **Klingonen-Gambit** (23601) • Band 15: **Galaxis in Gefahr** (23602) • Band 16: **Die falschen Engel** (23603) • Band 17: **Spock, Messias!** (23619) • Band 18: **Wie Phoenix aus der Asche** (23620) • Band 19: **Der Teufelsplanet** (23627) • Band 20: **Gefangene des Wahnsinns** (23616) • Band 21: **Welt ohne Ende** (23613) • Band 22: **Das Phoenix-Verfahren** (23614) • Band 23: **Planet der blauen Blumen** (23615) • Band 24: **Grenze zur Unendlichkeit** (23617) • Band 25: **Die Expertin** (23618) • Band 26: **Zwischen den Welten** (23621) • Band 27: **Welt ohne Sterne** (23650) • Band 28: **Perrys Planet** (23651)

Raumschiff Enterprise –
Die neuen Abenteuer

Band 1: **Todeszone Galaxis** (23660)
Band 2: **Der Überlebende** (23661)
Band 3: **Der Venus-Faktor** (23662)

Weitere Bände in Vorbereitung.

ALAN DEAN FOSTER

RAUMSCHIFF® ENTERPRISE

DIE NEUEN ABENTEUER

2

DER ÜBERLEBENDE

Aus dem Amerikanischen
von Lore Straßl

GOLDMANN VERLAG

Die amerikanische Originalausgabe
erschien unter dem Titel »Star Trek Log Two«
bei Ballantine Books, New York

Umwelthinweis:
Alle bedruckten Materialien
dieses Taschenbuches sind umweltfreundlich.
Sie sind chlorfrei und enthalten
Anteile von Recycling-Papier.

Der Goldmann Verlag
ist ein Unternehmen der Verlagsgruppe Bertelsmann

Umschlaggestaltung: Design Team München
Umschlagillustration: Luserke/Maiocco, Friolzheim
Satz: IBV Satz- und Datentechnik GmbH, Berlin
Druck: Elsnerdruck, Berlin
Verlagsnummer: 23661
SN · Redaktion: Hermann Urbanek
Herstellung: Peter Papenbrok
Made in Germany
ISBN 3-442-23661-4

3 5 7 9 10 8 6 4 2

Inhalt

ENTERPRISE

ZWEITES LOGBUCH

Sternzeit 5402.7–5503.1

Kommando:

James T. Kirk, Captain, USSC, FS, a. D.

Übertragen von

Alan Dean Foster

Im Galaktisch-historischen Geschichtsarchiv

auf S. Monicus I

Sternzeit 6110.5

Für den Kurator: JLR

ERSTER TEIL

DER ÜBERLEBENDE

Nach einem Drehbuch
von James Schermer

1

Der Weltraum ist nicht stumm.

Wenn man das Ohr dafür hat – wenn man weiß, wie man lauschen muß –, verwandelt sich die scheinbare Leere und nachtschwarze Öde in eine Geräuschkulisse aus Piepen, Knallen, Pfeifen und Summen. Das stete modulierte Wimmern geduldiger Quasare, das dissonante Knistern schwarzer Löcher und das gewaltige Dröhnen unsichtbarer Pulsare – all diese »Stimmen« vereinen sich zu einem himmlischen Chor von erstaunlicher Komplexität und beeindruckendem Rhythmus.

Vom weißen Zwerg bis zum roten Riesen gibt jede Sonne ihre eigenen individuellen Laute von sich, ein Knistern, Zischeln, Knallen, so wie Tiere ihre besondere Duftmarke oder Blumen ihre bestimmte Farbe haben.

In diesem einen Moment, in diesem so unbedeutenden Winkel des Universums ertönte ein außerordentlich ungewöhnlicher Laut. Er kam von einem verhältnismäßig winzigen, asymmetrischen und sich sehr schnell bewegenden Objekt, das bei weitem nicht Solarmasse erreichte. Die Töne, die es ausstrahlte, waren schwächer, aber ausgeprägter als die irgendeiner Sonne oder die von Pulsaren und Radioquellen.

Wer immer nahe an diesem Objekt vorbeikam, brauchte sehr leistungsstarke Instrumente, um diesen Laut überhaupt zu empfangen. Verfügte man jedoch über die geeigneten Geräte nebst zumindest ebenso leistungsstarken Verstärkern und hatte sie eingeschaltet, hätte man vielleicht, wenngleich schwach, folgendes hören können: »Deck the halls with boughs of holly, fa-lalalalalalalala… 'Tis the season to be jolly, fa…!«

Aber bis dahin wäre die *Enterprise* längst außer Reichweite aller Empfangsgeräte gewesen.

Einmal im Jahr wurde der Baum vorsichtig aus seinem speziellen Tiefkühlfach, ganz unten in der Kühlkammer des Sternenschiffes, geholt und behutsam ausgepackt. Dann schmückte man ihn mit viel Enthusiasmus – nicht ohne sich nebenbei mit geistigen Getränken zu stärken – mit allem, was sich gut daran machte, von echten Ingwerplätzchen bis holographischen Engeln.

Es war eine echte Tanne, so dicht und gerade gewachsen, wie man sich einen Weihnachtsbaum nur wünschen konnte. Es störte niemanden, daß er der Erde einer Welt entsprossen war, von der der Mensch noch nichts gewußt hatte, als die ersten Worte auf seinem Mond gesprochen wurden.

Eine Schar Ingenieure und Techniker hatten sich zu einer unprofessionellen, aber begeisterten Gesangsgruppe vor dem glitzernden Baum zusammengefunden und gaben zur Begleitung eines kleinen elektrischen Klaviers Weihnachtslieder zum besten.

Leutnant Uhura lehnte an der Attrappe eines offenen Kamins, die in der Nähe aufgebaut war. Sie unterhielt sich mit einem jungen Fähnrich von der Nachschubabteilung. Wiederholt betonte sie einen Punkt, indem sie mit einem Finger auf seine Brust stupste – mit dem einen Finger, der nicht um das Glas lag.

Der Fähnrich wußte nicht so recht, wie er sich verhalten sollte. Einerseits entwickelte sich die unerwartete Situation mit dem begehrenswertesten weiblichen Leutnant auf dem Schiff recht vielversprechend. Andererseits durfte er nicht vergessen, daß sie dienstrangmäßig seine Vorgesetzte war. Bedachte er die momentanen Gleichgewichtsstörungen der Ranghöheren, mußte er vorsichtig sein, daß die Situation nicht peinlich wurde.

»Glauben Schie – Sie mir, Fähnrich Burns, ich sage Ihnen, es geht nichts über die Kommunikationsabteilung! Sie ist die wichtigste, allernotwendigste Abteilung auf diesem Schiff. Ohne Kommunikation könnten wir... könnten wir nicht miteinander reden!« Diese plötzliche Erkenntnis überwältigte sie fast.

»Ich frage Sie – was wäre die *Enterprise* ohne Kommunikation? Was?«

»Sie haben ja so recht, Leutnant«, pflichtete ihr Burns bei und schlang vorsichtig einen Arm um ihre Schultern. »Natürlich müssen wir auch bedenken, daß es alle möglichen Arten von Kommunikation gibt – ah, lassen Sie mich Ihr Glas nachfüllen. Ich habe einige interessante Theorien, die bestimmt von den Ansichten und Vorschlägen eines ranghöheren Offiziers wie Ihnen profitieren würden.

Wenn Sie mir ein paar Minuten schenken könnten... ich habe da ein paar interessante Schemata gezeichnet, die...«

Auf der anderen Seite des Aufenthaltsraums bemühte sich Scott, mit Spock zu fachsimpeln. Grob gezeichnete Diagramme bedeckten die Tischplatte zwischen den beiden.

»Sehen Sie her, Spock«, sagte Scott eifrig und zeichnete eine ziemlich wacklige Linie auf ein Blatt. »Das ist...« Er hielt an und blickte tadelnd auf den Ersten Offizier der *Enterprise*.

»Aber Spock, lächeln Sie doch. Es ist unsere Weihnachtsparty. 'Tis the season to be jolly, fa-lalala...«

Spocks Reaktion war die gleiche wie schon mehrmals an diesem

Tag bei einem plötzlichen Ausbruch unlogischer Aktivität. Ihm erschien diese »Jahreszeit« als ein periodischer Wahnsinn, den er glücklicherweise nur einmal im Jahr über sich ergehen lassen mußte.

Aber, bei Vulkans weiten Wüsten, das fiel ihm schwer.

»Tut mir leid, Mr. Scott. Erstens mache ich nicht fa-lala, wie Sie sehr wohl wissen. Zweitens, selbst wenn das mein Fest wäre und nicht Ihres, könnte ich mir nicht vorstellen, daß ich mich auch nur zur geringsten Ihrer vielen unvernünftigen Aktivitäten überwinden könnte, die offenbar hier die übliche Art zu feiern sind. Vor allem möchte ich darauf hinweisen, daß Vulkanier ihren Blutstrom nicht mit seltsamen Kombinationen von Ätyhlalkoholmolekülen verunreinigen.«

Der Chefingenieur fuhr entrüstet zurück und sagte ungläubig: »Verunreinigen, Mr. Flock? Habe ich Sie richtig verstanden...? Soll das heißen, daß Sie diesen ausgezeichneten Eierpunsch als Verunreinigung betrachten?«

»Ich glaube, das war es, was ich sagte, Mr. Scott. Wenn Sie nicht verstehen...«

»O doch, ich verstehe es sehr wohl, Block, ich verstehe. Ich verstehe es durchaus.« Er schob das Kinn vor, und es gelang ihm, wie ein schottischer Märtyrer auszusehen. Er stand auf, schob die Zeichnungen zusammen und versuchte, sie unter den Arm zu klemmen, aber ein guter Teil davon quoll über und fiel auf den Boden. Als er sich danach bückte, entglitt ihm ein anderer Teil.

»Wenn Sie das so sehen...«, fuhr er gekränkt fort. Er klaubte die Blätter auf, dabei machten sich weitere selbständig. »...suche ich mir jemand anderen, dem ich sie zeige. Jemand, der meine Pläne zu würdigen weiß! Jemand, der nur zu glücklich sein wird, wenn ich die Einnahmen mit ihm teile.«

Gekränkt wandte er sich ab und begab sich unsicheren Schrittes, wobei ihm immer wieder Diagramme entglitten, auf eine Gruppe

Ingenieure zu. Sie sahen ihn kommen, konnten sich jedoch nicht mehr rechtzeitig in Sicherheit bringen.

Spock blickte ihm nach. Eine Hand berührte seine Schulter. Er drehte sich um und blickte zu dem Mann hoch, dem sie gehörte.

»Hallo, Captain.« Spocks Befürchtung, der Kapitän der *Enterprise* könne sich in einem ähnlichen Zustand wie sein Chefingenieur befinden, erwies sich als unbegründet. Ganz im Gegenteil, ihm fiel auf, daß Kirks Miene völlig das fehlte, was die anderen hier Weihnachtsstimmung nannten. Sein Gesichtsausdruck war eine Mischung aus Neugier und Verwirrung.

»Ist etwas geschehen?«

Kirk nickte. »Wahrscheinlich nichts Wichtiges, Mr. Spock. Wie Sie wissen, herrscht seit zwei Tagen starke Meteoritenaktivität in diesem Sektor. Heute vormittag glaubte Sulu einen Impuls im normalen Schauermuster zu bemerken, der nicht hätte vorhanden sein dürfen. Ich schaute mir seine Anzeigewerte an, und der Computer bestätigte es. Etwas bewegt sich in diesem Schauer, das sich sehr unmeteoritenhaft benimmt.

Vielleicht ist es nur irgendein anderer Brocken kosmischen Treibguts – aber er treibt in einem Kurs, der sich fast parallel zu unserem hält. Da es keinen Umweg bedeutet, wies ich Sulu an, darauf zuzuschwenken.«

»Haben Sie eine Ahnung, was es sein könnte, Captain?«

Kirk machte ein skeptisches Gesicht. »Sulu meint, es könnte ein Schiff sein.«

»Sie haben natürlich unsere Position bedacht?«

Kirk nickte. »Ich weiß, daß wir uns an der Grenze zur Romulanischen Neutralen Zone befinden, Mr. Spock. Falls es sich um ein Schiff handelt, besteht die Möglichkeit, daß es ein romulanisches ist. Trotzdem...« Er blickte sich im Aufenthaltsraum um, in dem der Geräuschpegel in den letzten Minuten um mehrere schwankende Dezibel gestiegen war. »Wenn Sie sich ein paar Minuten von dem festlichen Trubel losreißen könnten, würde ich Ihre Anwesenheit auf der Brücke begrüßen.«

»Ich versichere Ihnen, Captain, daß ich mich Ihnen sehr gern mehr als nur ein paar Minuten zur Verfügung stelle.«

Spock setzte seinen Gedankengang fort, während sie zum Brükkenlift gingen. »Ehrlich gesagt, Captain«, er warf einen Blick über die Schulter auf Fähnrich Burns, der Uhura jetzt um den Christbaum herum nachrannte, »manchmal frage ich mich, wie die Menschen es je schafften, das Feuer zu entdecken.«

Kirk drückte auf den Liftknopf. »Das ist uns manchmal selbst ein Rätsel, Mr. Spock.«

Spock schwieg eine Weile, während die Lichter, die weitere Decks anzeigten, vorüberflitzten.

Aber Kirk wußte, daß seinen Ersten Offizier etwas anderes beschäftigte. »Was ist los, Spock?«

»Eine Absurdität, Captain. Ingenieur Scott bedrängte mich, mir die Pläne anzusehen...« Er hielt verlegen mitten im Satz inne, was bei ihm ungewohnt war.

»Captain, glauben Sie, daß es auf den von Menschen bewohnten Planeten wirklich einen lohnenden Markt für vierdimensionale Weihnachtsbäume gäbe?«

»Wofür? Mr. Spock, haben Sie etwa...«

»Captain, ich habe nichts gegen die diversen Ingredienzen in der flüssigen Lösung, die als Eierpunsch bekannt ist – obwohl ich manche davon eher für wertlos als nahrhaft betrachte. Aber seien Sie versichert, daß mich das Getränk als solches nicht interessiert. Außerdem glaube ich, daß ich gegen Muskat allergisch bin.«

Über dieser ungewöhnlichen Erklärung vergaß Kirk fast, was er gefragt hatte.

Mr. Sulu war der einzige Offizier im Dienst auf der Brücke. Zu besonderen Anlässen gestattete Kirk, daß die *Enterprise* ihren Weg selbst suchte. Er ging dabei von der logischen Theorie aus, daß es bisher noch niemandem gelungen war, einen Computer betrunken zu machen. Sulu würde seine Gelegenheit bekommen, an dem Besäufnis teilzunehmen, sobald er hier abgelöst wurde.

Inzwischen jedenfalls galt die Aufmerksamkeit des Rudergängers voll den Bugtastern. »Wir nähern uns dem Objekt, Captain.«

»Wie sieht es mit der Schaueraktivität aus, Mr. Sulu?« Kirk ließ sich auf dem Kommandosessel nieder, und Spock ging zu seiner Datenstation.

»Sie ist stark, Sir, aber nicht unnormal. Unsere Schilde und Deflektoren kommen mühelos zurecht.« Besorgnis schwang aus seiner Stimme, als er fortfuhr: »Aber den Meßwerten zufolge ist es dem Schiff da draußen nicht so gut ergangen.«

»Dann ist es also wirklich ein Schiff?«

»Ja, Sir.« Er nahm ein paar Einstellungen vor. »Ich müßte es jeden Augenblick auf den Schirm bekommen.«

Das Bild auf dem Hauptbildschirm verschwamm, dann wurde es wieder klar. Die Meteoriten, die hin und wieder ins Blickfeld gerieten, waren zu schnell, um erkannt zu werden, aber das winzige Schiff in der Mitte des Suchers hob sich deutlich im verstärkten Sternenlicht ab.

Von der Ausführung her war es kompakt und sehr teuer. Nur die außerordentlich Reichen konnten sich Solantrieb in kleinen Schiffen leisten. Das galt für Regierungen ebenso wie für Einzelpersonen.

Momentan sah das Schiff jedoch eher wie ein Anwärter für den Schrottplatz aus. Das Heck war stellenweise wie durch ungeheure Kräfte verdreht und verbogen, die Triebwerke nicht, weil sie überhaupt nicht mehr vorhanden waren. Die gesamte Energieversorgungsanlage war vom Heck des ramponierten Schiffes gerissen.

Auch klafften mehrere Löcher im mittleren Schiffsrumpf und am Bug. Es war wirklich nicht viel mehr als teurer Schrott.

»Bringen Sie uns näher heran, Mr. Sulu.«

»Aye, Sir.«

Geschickt paßte der Rudergänger Geschwindigkeit und Richtung an und brachte die *Enterprise* dicht an das Wrack heran. Das war eine Leistung, die ohne den Navigationscomputer des Sternenschiffs nicht möglich gewesen wäre. Kein Mensch könnte so viele komplexe Berechnungen selbst durchführen.

»Zumindest ist es kein Romulaner«, murmelte Kirk ein bißchen erleichtert. Realistischerweise konnte es nicht als kriegerische Handlung ausgelegt werden, einem Schiff in einer Notlage zu helfen. Jedenfalls nicht von Menschen oder Vulkaniern. Aber die Romulaner waren nicht immer realistisch. Sie hatten merkwürdige Ansichten darüber, was eine aggressive Handlung war und was nicht. Darüber zumindest brauchte Kirk sich jetzt keine Gedanken zu machen, statt dessen konnte er sich ganz auf die Notlage der Überlebenden konzentrieren, falls es überhaupt welche gab.

Um zu erkennen, daß das winzige Schiff in der Föderation hergestellt war, brauchte er nicht erst einen Computer zu befragen. »Nahaufnahme, Mr. Sulu.«

Sulu drückte auf eine Taste. Sofort schien der Heckteil des beschädigten Schiffes auf sie zuzuspringen. Der Teleskoptaster wanderte langsam den pockennarbigen Rumpf entlang, bis er schließlich bei der Kennummer anhielt. Sie befand sich unmittelbar hinter dem Wohnbereich, aber ein Brocken Meteoriteneisen hatte die Leuchtziffern fast unkenntlich gemacht.

»Ich habe sie, Captain«, sagte Spock. Das war die Aufforderung für Sulu, den Taster weiter die Seite entlangwandern zu lassen.

»Ich suche die Nummer jetzt im Föderationsregister.« Nach einer kurzen Pause fügte Spock hinzu: »Ich möchte Sie noch darauf aufmerksam machen, daß unsere Sensoren wenigstens einen Lebenden auf diesem Schiff anzeigen – und falls Sie sich nicht täuschen, Captain, und es *doch* möglich ist, Computer in einen Zustand der Trunkenheit zu versetzen, müßte die Anzeige stimmen.«

Kirk staunte ehrlich. Er hatte nicht erwartet, daß ein so schwer beschädigtes Schiff, das antriebslos allein in einem kaum befahrenen Raumabschnitt dahintrieb, noch Leben erhalten könnte.

Aber schließlich wußten sie ja nicht, seit wann dieses Schiff hilflos dahintrieb, oder wann seine Energieversorgung ausgefallen war. Seine Lebenserhaltungssysteme konnten vom Rest des Wracks hermetisch abgeschlossen sein und noch durch Notaggregate versorgt werden, obwohl der Zustand des Schiffes das nicht sehr wahrscheinlich erscheinen ließ.

Aber Lebenssensoren irrten sich selten.

Möglicherweise würde noch jemand ein fröhliches Weihnachtsfest feiern können.

»Mr. Sulu, da Leutnant Uhura... ah, anderweitig beschäftigt ist, möchte ich Sie bitten, zu versuchen, Verbindung mit diesem Schiff aufzunehmen.«

»Aye, Sir.« Der Rudergänger leitete die Kommunikation auf seine Konsole um. Ein paar Minuten lang tat sich gar nichts, dann schüttelte Sulu schließlich den Kopf.

»Nichts, Sir, nicht einmal eine Trägerwelle. Und kein SOS.«

Kirk bemühte sich, philosophisch zu klingen. »Ich glaube, es wäre zu viel erwartet, daß bei dem Zustand ihres Schiffes irgendwelche ihrer Kommunikationsgeräte intakt geblieben sind. Ihr Mann oder ihre Frau, oder was immer da an Bord ist, mag ja noch am Leben sein, Mr. Spock, aber für seinen Zustand möchte ich mich nicht verbürgen.« Er drückte auf eine Taste in seiner Armlehne.

»Krankenstation – Dr. McCoy, bitte. Hier spricht der Captain.« Doch alles, was aus dem Sprechgerät ertönte, war ein gedämpftes und sehr weibliches Kichern. »Pille, bist du da?«

Ein unidentifizierbares Geräusch folgte. »Hier, Jim. Was ist los?«

Kirk unterdrückte das Verlangen, McCoy dieselbe Frage zu

stellen, um seine eigene Neugier zu befriedigen. Aber es gelang ihm, sich auf das Problem zu beschränken, dem sie sich gegenübersahen.

»Pille, wir sind hier auf ein kleines Föderationsschiff gestoßen. Arg beschädigt, ein Wrack, aber die Sensoren zeigen an, daß sich noch wenigstens ein Überlebender an Bord befindet. Mehr wissen wir nicht. Ich werde ihn herüberbeamen lassen und möchte, daß du dich gleich in den Transporterraum begibst, um ihn in Empfang zu nehmen.«

»Okay, Jim.« Wieder war das Kichern zu hören, und McCoy schaltete ab – verdächtig rasch, fand Kirk. Er seufzte und wandte sich an Spock. »Wissen wir schon etwas über das Schiff?«

»Noch nicht, Captain. Aber wir werden bald etwas erfahren. Es steht bereits fest, daß es sich nicht um das Schiff einer Behörde handelt. Es dauert etwas länger, die Zulassung für Privatschiffe durchzugehen. Sobald ich etwas weiß, folge ich Ihnen und Dr. McCoy in den Transporterraum.«

»Gut, Spock.«

McCoy wartete bereits, als Kirk im Transporterraum ankam. Der Arzt unterhielt sich angeregt mit Ingenieur Kyle. Die beiden verstummten jedoch abrupt, als der Captain eintrat. Kirk hatte den Eindruck, daß sich das Gespräch um etwas ganz anderes als um das Wrack gedreht hatte.

McCoy bemühte sich zumindest um eine besorgte Miene. »Wissen wir schon etwas über das Schiff, Jim?«

»Lediglich, daß es aus der Föderation stammt, wahrscheinlich ein Privatschiff ist und höchstwahrscheinlich nur einen Überlebenden an Bord hat – und bring dein Hemd in Ordnung.«

McCoy blickte an sich hinunter und fummelte rasch an seiner Kleidung.

Kirk nickte dem Transportingenieur zu. »Gut, Mr. Kyle«, sagte er trocken, »Dr. McCoy ist empfangsbereit, beamen Sie den oder die Überlebende an Bord.«

»Jawohl, Sir.«

Ein vertrautes, fast harmonisches Summen wurde laut. Spock trat ein und stellte sich zwischen Kirk und McCoy, während sich der Transportereffekt aufbaute.

»Werte ergeben nur eine Person an Bord, Captain«, meldete Kyle.

»Danke.« Kirk blickte zu seinem Ersten Offizier. »Konnten Sie das Schiff identifizieren, Mr. Spock?«

»Ja, Captain«, antwortete Spock ruhig, ohne den Blick vom Transporteralkoven zu nehmen. Schwang ein Hauch unterdrückter Erregung aus der Stimme des Vulkaniers?

»Es wird Ihnen vielleicht schwerfallen, es zu glauben – so schwer wie mir –, aber das Schiff ist auf Carter Winston registriert. Ich habe es dreimal überprüft. Es besteht kein Zweifel.«

»*Der* Carter Winston?«

Spock nickte.

»Das ist unmöglich, Spock!« widersprach McCoy. Auch er hatte den Namen sofort erkannt. Kyle ebenfalls, doch der Transportingenieur war zu beschäftigt, seinem Unglauben Worte zu verleihen.

Jeder wußte, wer Carter Winston gewesen war.

»Carter Winston wird seit fünf Jahren vermißt und für tot gehalten!«

»Es wäre möglich, Doktor«, entgegnete Spock gleichmütig, »daß er jetzt nicht mehr länger vermißt wird.«

Kirk deutete auf die Transporterplattform, wo sich Umrisse zu formen begannen. »Wir werden es gleich feststellen, meine Herren.«

Die Umrisse füllten sich, nach und nach bildeten sich gewisse Charakteristiken heraus. Die Gestalt war zweibeinig, menschlich, männlichen Geschlechts. Der Effekt verfestigte sich, und das leuchtende Flimmern wurde zu einem Menschen. Gleichzeitig schob Kyle den Kontrollhebel ganz hinunter und schaltete aus.

Alle schwiegen.

Der Mann trug einen einteiligen Anzug in tiefbraunen Holzfarben. Das Oberteil war mit Goldfäden durchzogen. Das Ganze verriet dezente Schlichtheit, hinter der viel Geld steckte. Eine limonengoldene Aura umgab ihn noch, verursacht durch den Lebenserhaltungsgürtel um seine Taille.

Der Neuankömmling musterte sie flüchtig, dann trat er von der Plattform und schaltete seinen Gürtel ab. Die Aura verschwand. Es war offensichtlich, daß McCoys Anwesenheit als Arzt hier überflüssig war. Der Überlebende schaute nach dem, was milde ausgedrückt ein schreckliches Erlebnis gewesen sein mußte, sehr gefaßt aus. Physisch schien ihm nichts zu fehlen, nicht einmal ein Kratzer verunstaltete seine gutaussehenden, berühmten Züge. Obwohl er jetzt Ende Dreißig war, hatte die lange Abwesenheit seinem sportlichen Aussehen offenbar nicht geschadet. Nach einem halben Jahrzehnt Nichtexistenz sah er nicht aus, als hätte er etwas entbehren müssen.

Er lächelte leicht – sein berühmtes Lächeln.

»Unglaublich!« stieß McCoy schließlich hervor und brach so das Schweigen. »Er ist es wirklich!«

»Carter Winston«, murmelte Kirk in einem Ton, den er gewöhnlich für Sternenflottenadmirale reservierte. Der Mann, der so gefaßt vor ihnen stand, war eine Legende. Es war nicht üblich, daß tote Legenden ins Leben zurückkehrten. Das ehrfürchtige Staunen der Männer im Transporterraum war deshalb zu verstehen.

Winston bedachte jeden einzelnen mit einem neugierigen, leicht nachdenklichen Blick. Eine Sekunde später bewies er, daß auch mit seinen Stimmbändern alles in bester Ordnung war. »Es hat den Anschein, als würden die Herren mich kennen.«

Kirk trat vor und schüttelte ihm die Hand.

»Es gibt wenige in der Föderation, die Sie nicht erkennen würden, Sir. Selbst nach dieser langen Zeit. Es ist schön, daß Sie nicht mehr nur Geschichte sind. Ich bin Captain James T. Kirk und führe das Kommando über dieses Schiff. Es ist mir eine Ehre, Sie an Bord der *Enterprise* begrüßen zu dürfen.« Er deutete der Reihe nach auf die anderen.

»Mein Erster Offizier, Mr. Spock – Dr. McCoy, der Chefbordarzt...«

McCoy trat ebenfalls heran und schüttelte ihm begeistert die Hand. »Für mich ist es eine besondere Ehre, Sie kennenzulernen, Mr. Winston. Ich glaube, es bedeutet mir mehr als anderen, daß Sie am Leben sind. Wissen Sie«, er zögerte leicht, »meine Tochter ging vor zehn Jahren auf Cerberus zur Schule, als es zur Mißernte kam.«

»Ah ja«, murmelte Winston, »Cerberus.«

McCoy blickte zu Kirk hinüber, dann zurück zu Winston.

»Man schätzte, daß zwischen fünfzig und sechzig Prozent der Bevölkerung verhungert wäre, wenn Mr. Winston nicht... Nun, wer erinnert sich nicht daran?

Die Bürokratie in Cerberus City bewegte sich mit zwei Geschwindigkeiten – tödlich langsam und noch langsamer. Aber Winston verwendete sein eigenes Geld, um genug Nahrungsmittel einzufliegen, daß die Bewohner von Cerberus II über die Runden kamen, bis diese Idioten«, er sprach dieses Wort mit mehr Bitterkeit aus, als Kirk je von ihm gehört hatte, »von der Verwaltung sich endlich aufrafften, etwas zu unternehmen.«

Kirk erinnerte sich vage an diesen Vorfall. Er war nicht so persönlich vertraut damit wie McCoy, aber er erinnerte sich an die Nachwirkungen. In gewissen Abteilungen des Sternenflottenkommandos war es zu einschneidenden Personalveränderungen gekommen. Das war einer der seltenen Fälle gewesen, in denen sogar Minister und andere Verantwortliche in hohen Positionen ihre Posten verloren hatten.

»Eine der vielen Geschichten, die ich über Sie gehört habe, Mr. Winston. Wir sind alle außerordentlich erfreut, daß Sie am Leben sind.«

»Danke, meine Herren.« Winston lächelte wieder. Es war dasselbe ansteckende Lächeln, das früher des öfteren auf den Bildschirmen vom Ende des Spiralarms bis zur Erde zu sehen gewesen war – und dazu beigetragen hatte, eines der größten, wenngleich auch unbeständigsten Vermögen aufzubauen.

»Ich würde gern sagen, ich freue mich, auf der *Enterprise* zu sein, aber ich muß gestehen, momentan würde ich mich nicht weniger freuen, befände ich mich an Bord einer druckfesten Badewanne.«

Die vier Menschen lachten, während Spock ungeduldig wartete. Es gab zweierlei, was er gerne sagen wollte, und er hatte auch damit gewartet, bis die herzliche Begrüßung beendet war.

»Es gibt eine Person an Bord, die sich ganz besonders freuen wird, wenn sie hört, daß Sie am Leben sind – Leutnant Anne Nored von unserem Sicherheitsdienst.«

Winston behielt seine Fassung, aber ganz konnte er seine Überraschung nicht verbergen. »Meine Verlobte! Anne hält sich auf diesem Schiff auf?«

»Ja, freut Sie das nicht?«

Bevor der erstaunte Winston antworten konnte, warf McCoy ein: »Woher wußten Sie das, Mr. Spock?«

»Sobald feststand, daß das von uns entdeckte Schiff Mr. Winston gehörte, rief ich alle gespeicherten Daten über ihn ab, auf die Möglichkeit hin, daß er der Überlebende ist. Dadurch erfuhr ich, daß Leutnant Nored mit ihm verlobt ist. Es war auch für mich eine Überraschung, Doktor.«

Er wandte sich wieder an Winston. »Wir werden sie benachrichtigen, sobald wir Ihre Ausweise überprüft haben. Haben Sie Ihre Identitätsbänder bei sich...?«

»Spock!« rief McCoy wütend. »Von allen kaltblütigen, ungastlichen und unmenschlichen Forderungen, die ich je gehört habe...«

»Ich glaube, die Anordnungen in einem solchen Fall lassen keine Zweifel zu, Doktor«, entgegnete Spock ungerührt. »Eine sofortige Identitätsüberprüfung und ärztliche Untersuchung sind in Fällen wie diesem vorgeschrieben. Trotz der ungewöhnlichen Art der Bergung sehe ich keinen Grund, weshalb wir von dieser Regel abweichen sollten.«

McCoy war da sichtlich anderer Meinung und offenbar bereit, sie lautstark zu äußern.

Aber nach einem fragenden Blick auf Spock sagte Kirk rasch: »Spock hat recht, Pille. Sei vernünftig.«

McCoy zögerte und sein Ärger legte sich auch nicht, aber er schwieg.

»Und ich verstehe es natürlich«, versicherte ihnen Winston. »Meine Identitätsbänder, Captain.« Er langte in eine Tasche seines Anzugs und brachte eine Mikrokassette zum Vorschein.

Kirk warf einen flüchtigen, wenngleich neugierigen Blick darauf. Die Kassettenmodelle hatten sich in den vergangenen fünf Jahren etwas verändert. Zumindest was ihr Alter betraf, war die Kassette echt, die ihm Winston entgegenstreckte.

»Wir werden die Formalitäten so schnell wie möglich erledigen, Mr. Winston. Pille, bring doch unseren Gast in die Krankenstation und nimm die übliche Untersuchung vor.«

McCoy nickte, dann lächelte er Winston an. »Ich wollte erst einmal ein Mahl mit zwölf Gängen vorschlagen, aber es ist ganz gut, wenn wir uns zuvor vergewissern, daß Ihr Magen und alles übrige in Form sind, es auch zu genießen. Ich werde es kurz und schmerzlos machen, Mr. Winston.«

Die beiden Männer verließen in angeregter Unterhaltung den Transporterraum. Allerdings war McCoy derjenige, der das Gespräch hauptsächlich bestritt. Doch das überraschte Kirk nicht. In fünf Jahren tut sich so allerhand.

»Fünf Jahre! Ich kann es immer noch nicht so recht glauben, Spock.«

»Ich weiß, Captain.« Die beiden Offiziere betraten das kleine Beratungszimmer. Es war der nächstgelegene Raum mit Computerzugriff.

»Jedenfalls hat er seine Identitätsbänder sofort vorgewiesen. Sein bisheriges Benehmen war völlig normal. Nun ja, vielleicht ein bißchen zu beherrscht für jemanden, der fünf Jahre lang fern jeglicher Zivilisation gewesen sein muß, aber…«

»Das ist charakteristisch für ihn, Captain. Ja, es weist alles darauf hin, daß er tatsächlich Carter Winston ist.«

»Wir werden es in einer Minute wissen.« Kirk setzte sich an den Konferenztisch und drückte auf eine Taste in der Konsole vor ihm. »Schiffslogbuch, bitte.«

Einer Pause folgte ein leiser Piep, der besagte, daß der Computer seine Stimme erkannt hatte und bereit war, aufzunehmen.

Kirk sprach in das Mikrophon, das in der Tischplatte eingelassen war. »Logbuch des Captains, Zusatz. Die *Enterprise* hat eine lebende Legende geborgen – den bedeutendsten interstellaren Händler unserer Zeit, Carter Winston. Soweit ich mich erinnere, hat er mehrmals beachtliche Vermögen gemacht und mit seinem Geld immer wieder in Not geratenen oder von Katastrophen heimgesuchten Föderationskolonien geholfen.

Er ist ein großherziger Mann, und nicht nur ich freue mich, daß er noch am Leben ist. Wir nehmen jetzt die nach jeder Bergung geforderte Identifikationsuntersuchungen vor.« Er drückte auf eine andere Taste, dann schob er die Mikrokassette in das Fach, das plötzlich in der Konsole erschienen war.

»Computer: Identifikationsbänder von Carter Winston, Mensch männlichen Geschlechts, auf Echtheit überprüfen. Bestätigung erbeten.«

Ein dreiseitiger Monitor schob sich aus der Tischplatte. Er zeigte einen Satz Fingerabdrücke an, dem in rascher Reihenfolge Retinamuster, Oszillogramm und weitere Informationen folgten.

»Vergleich wird durchgeführt«, bestätigte die weiblich klingende Computerstimme. Ein gedämpftes Summen folgte.

»Identifikation positiv«, meldete sie schließlich.

Kirk stieß insgeheim einen Seufzer der Erleichterung aus. *Natürlich* war es Carter Winston! Die Gründlichkeit von Spocks logischem Verstand hatte ihn übervorsichtig gemacht.

Die Computerstimme fuhr fort: »Identifikationsbestätigung erfolgt: Fingerabdrücke positiv, Stimmuster positiv, Netzhautrelief positiv. Alle Unterlagen einwandfrei.«

»Originalbildaufzeichnung«, bat Kirk.

Die Muster auf dem Schirm wurden von einem Hologramm Winstons abgelöst. Von minimalsten Unterschieden abgesehen, die Kirk sogleich dem normalen Altern des Originals zuschrieb, unterschied sich das Bild nicht im geringsten von dem Mann, den sie an Bord gebeamt hatten. Dem Hologramm fehlten lediglich da und dort ein Fältchen, und die Kinnpartie war etwas straffer. Beide Männer studierten es noch eine Minute, dann drückte Kirk auf die Taste, und der dreiseitige Monitor sank in den Tisch zurück.

Kirk lehnte sich auf dem Stuhl zurück und blickte seinen Ersten Offizier über den Tisch hinweg an. »Alles in Ordnung. Also haben wir eine Zeitlang einen berühmten Mann an Bord. Ich glaube nicht, daß er ein langweiliger Gast sein wird – er dürfte so einiges zu erzählen haben.«

»Das ist anzunehmen, Captain. Ich bin sehr erleichtert.«

»Sie machen sich zu viele Sorgen, Spock. Und nun, wenn Sie mich entschuldigen würden...« Kirk stand auf. »Jetzt bin ich dran, mich mit exotischen Kombinationen von Proteinsubstanzen und Äthanolmolekülen zu verunreinigen.«

»*Et tu*, Captain? Sie haben gelauscht.«

Kirk grinste nur, als sie das Beratungszimmer verließen.

2

»Wenn Sie sich bitte dort hinlegen würden.« McCoy deutete auf den nächsten Untersuchungstisch. Winston schwang sich auf die etwas schräge Unterlage. Sichtlich genußvoll streckte er sich aus und legte beide Hände unter den Kopf.

Der Arzt trat an einen Schrank und holte einen Taster zur Allgemeinuntersuchung heraus.

»Das wird kein bißchen weh tun, Winston«, versicherte er dem Liegenden, als er sich neben ihn stellte. »In ein paar Minuten ist alles erledigt.« Er lächelte und drückte auf einen Knopf am Gerät, dann fing er an Winstons Kopf an und ließ das Instrument in einem Abstand von etwa zehn Zentimetern den Körper des Mannes entlang bis zu den Füßen wandern.

Danach schaltete McCoy es aus und las die Anzeigen. Sein Lächeln wich einem leichten Stirnrunzeln.

Es entging Winston nicht. »Irgendein Problem, Doktor? Sagen Sie bloß nicht – ich sei schwanger!«

McCoy bemühte sich um ein Lächeln. »Der Taster ist offenbar nicht ganz richtig eingestellt. Einen Augenblick.« Er justierte ihn und überprüfte die Werte noch einmal. »Muß wohl an der Eichung liegen«, murmelte er zu sich. Er schaltete ihn wieder ein und fuhr damit über seinen eigenen Oberkörper. Sein Stirnrunzeln vertiefte sich.

Er murmelte etwas und machte eine Miene wie jemand, der gerade ein Gespenst gesehen hat und sich selbst vormacht, daß er sich getäuscht hatte.

»Versuchen wir's noch mal«, sagte er zu Winston. Wieder fuhr er mit dem Taster über den Liegenden. Die Meßwerte der kleinen Anzeiger vertieften seine Verwirrung. »Merkwürdig. Ein paar kleine Abweichungen da und dort könnte ich ja verstehen. Sie waren fünf Jahre lang isoliert, also kein Wunder, wenn Ihr Körper ein paar seltsame Strahlungen oder dergleichen abbekommen hätte. Zwei oder drei anomale Werte wären verständlich. Es ist nur…« Er blickte besorgt zu Winston hinunter. »… Werte wie diese habe ich von einem Menschen noch nie bekommen.«

Winston lachte unbekümmert, offenbar amüsiert über McCoys Verwirrung. »Wollen Sie andeuten, daß ich nicht völlig menschlich bin, Doktor? Übrigens, fröhliche Weihnachten.«

»Auch Ihnen fröhliche Weihnachten, Winston. Nein, natürlich nicht. Außerdem sind die Unterschiede alle nur geringfügig.« Sein Lächeln kehrte zurück. »Manchmal spielen selbst die besten Instrumente verrückt. Ich komme nicht oft dazu, meine in einem größeren Medcenter neu eichen zu lassen. Muß wohl am Taster liegen. Manchmal macht auch der Transporter Merkwürdiges mit einem Körper, das erst vergeht, wenn sich die innere Struktur wieder angepaßt hat. Wie fühlen Sie sich?«

Winston spreizte die Hände und wirkte ein wenig benommen. »Großartig, Doktor.«

»Na dann…«

»Entschuldigen Sie, Dr. McCoy.« Der Arzt drehte sich um. Schwester Chapel war aus dem Wartezimmer in den Untersuchungsraum getreten.

»Was gibt es, Christine?«

»Doktor, der Captain hat angerufen. Er möchte wissen, ob die Untersuchung abgeschlossen ist.«

»Hm. Ja, ich denke doch.«

»Und Doktor, Leutnant Nored würde gern Mr. Winston sehen – sobald Sie die Formalitäten erledigt haben.«

»Ist gut, Christine. Danke.« Sie lächelte und ging. McCoy wandte sich wieder Winston zu. »Ich möchte Sie Ihrer Verlobten nicht länger vorenthalten.« Er drehte sich um und rief durch die offene Tür. »Lassen Sie sie herein, Christine.«

Er bedachte Winston noch einmal mit einem Lächeln, das jedoch einem Vergleich mit dem der jungen Frau, die jetzt hereinkam, nicht standhalten konnte.

Sie trug die rote Uniform eines Sicherheitsoffiziers. Sie war keine umwerfende Schönheit, aber außerordentlich attraktiv, in einer unaufdringlichen Art und Weise. Wie für einen Sicherheitsoffizier unerläßlich befand sie sich in bester körperlicher Verfassung, was von ihrer geistigen momentan nicht behauptet werden konnte.

»Carter...«

Sie beherrschte sich ziemlich gut, bis sie fast bei ihm war. Dann verlor sie die Fassung und warf sich in seine Arme.

Aus dem Gleichgewicht gebracht, schlang Winston seine Arme automatisch um sie, als er stolperte. Seine eigene Reaktion war bei weitem nicht so emotional. Er war ruhig, kühl – und etwas anderes. Etwas noch nicht Deutbares.

Sie schluchzte und plapperte abwechselnd. Er ließ sie mehrere Minuten ungestört reden, ehe er die Hände zu ihren Schultern hob und sie von sich schob – sanft, aber fest.

»Tut mir so leid, Anne.« Der Schmerz in seiner Stimme klang echt. »Ich hatte nicht gedacht, daß wir uns je wiedersehen würden.«

Sie studierte sein Gesicht, und allmählich schwanden ihre sichtliche Erleichterung und Freude und machten Verwirrung und Unsicherheit Platz.

»Was hast du, Carter? Was ist los?«

Winston antwortete ohne Zögern. »Als ich zu dieser letzten Reise aufbrach, sollte es wirklich meine letzte sein. Noch ein größerer, lohnender Ausflug in unerforschte Gebiete, um meine Finanzen wieder auf den früheren Stand zu bringen. Danach wollte ich gleich zurückkehren und dich heiraten. Aber ich hatte Schwierigkeiten mit meinem Schiff und machte eine Bruchlandung auf dem Planeten Vendor. Man sagte mir, daß ich Glück hatte, daß ich überhaupt am Leben blieb. Die Vendorier halfen mir, mein Schiff zu reparieren. Ich verließ ihre Welt nach vier Jahren harter Arbeit, doch schon bald bekam mein Schiff einen Meteoritentreffer ab und wurde zum Wrack.«

»Aber du wurdest gerettet! Du hast überlebt!« Sie schrie es fast. »Du lebst und wir sind wieder beisammen. Nichts hat sich verändert.«

Winston wandte den Blick von ihr. »Anne, ich habe mich verändert. Zuerst wurde ich zusammengeflickt – und da war eine Menge zu tun. Hautverpflanzung, Knochenregeneration, Austausch beschädigter Organe durch künstliche, Blutübertragungen. Die Vendorier sind ausgezeichnete Chirurgen.« Er lächelte leicht wie über eine ferne Erinnerung. »Sie sagten, ich wäre schlimmer dran gewesen als mein Schiff.

Nachdem sie mich wieder zusammengeflickt hatten, teilten die Vendorier mir einen ihrer Leute zu, um mich gesundzupflegen.«

Das war alles sehr interessant, sogar faszinierend – doch es erklärte Carters Behauptung nicht.

»Aber du hast gesagt, du hast dich verändert, Carter. Wo und wie? Ich kann nichts erkennen.«

»Es ist keine sichtbare Veränderung, Anne. Sie ist von einer Art, die...« Abrupt gab er jeglichen Versuch einer weiteren Erklärung auf.

»Es ist aus zwischen uns, Anne. Ich kann dir nicht richtig erklären, wieso, aber es ist *aus*. Ich hatte nicht erwartet, das zu erleben.

Ich kann dir nur sagen, was geschehen ist, macht es mir unmöglich, dich je zu heiraten.« Er schwieg und blickte sie an.

Ihr Mund bewegte sich, aber kein Ton kam heraus. Alles war so schnell gekommen und hatte so gut ausgesehen. Sogar seine Erklärung hatte zunächst noch Raum für Hoffnung gelassen. Und plötzlich war er eisern und unbeugsam geworden und seine Erklärung so kalt und abweisend wie die Rückseite des Mondes.

Sie wirbelte herum und rannte aus dem Zimmer. Winston blieb auf dem Untersuchungstisch sitzen und starrte ihr nach.

Kirk hatte zumindest die Geste gemacht, mit der Besatzung zu trinken – um, sozusagen, die Weihnachtsstimmung mit ihr zu teilen. Aber er war ziemlich bald auf die Brücke zurückgekehrt. Jetzt saß er wieder im Kommandosessel und hakte mit einem Lichtschreiber Bestellungen auf einer metallunterlegten Glasplatte ab. Ayers, ein weiblicher Bootsmaat, wartete auf seine Anweisungen.

»Sehen Sie zu, daß die Sachen zu den zuständigen Stationen geliefert und dort abgefertigt werden, Bootsmaat«, befahl Kirk.

Ayers salutierte und verließ die Brücke.

Kirk fuhr sich über die Stirn. Ihm war ein wenig schwindelig. Vielleicht hatte er bei der Weihnachtsfeier doch mit zu vielen angestoßen. Es war vermutlich besser, wenn er sich eine Zeitlang in seine Kabine zurückzog. Es war verzeihlich, wenn die Mannschaft während der Feiertage vielleicht nicht ganz nüchtern herumwanderte, aber vom Kommandanten erwartete man, daß er zu jeder Tages- und Nachtzeit stocknüchtern war – in der Öffentlichkeit jedenfalls.

»Bitte übernehmen Sie das Kommando, Mr. Spock. Ich werde in meiner Kabine sein und den Bericht über Winstons Bergung fertigmachen.«

»In Ordnung, Captain.« Spock verließ die wissenschaftliche Station und ließ sich auf dem Kommandosessel nieder.

Kirk dachte über den Bericht nach, während er vom zweiten Lift zu seiner Kabine ging. Er dachte immer noch darüber nach, als er seine Schuhe auszog und sich an seinen Schreibtisch setzte. Er schaltete den Recorder ein, aber viele Sekunden saß er nur stumm da und überlegte, ohne die richtigen Worte zu finden. Es war alles so unglaublich, einfach unmöglich.

Fünf Jahre ohne jegliche Verbindung zur Zivilisation! Und wie lange hatte er wohl antriebslos im Raum zugebracht, ohne jegliche menschliche Gesellschaft!

Oh, gewiß, es gab Berichte über Personen, die sogar noch länger durchs All getrieben waren. Physisch hatten sie dabei kaum Schaden genommen, aber psychisch um so mehr. Winston dagegen hatte, als er aus dem Transporter kam, geistig so normal und ausgeglichen gewirkt, als wäre er höchstens zwei Tage weggewesen.

Kirk schüttelte bewundernd den Kopf. Er war schon immer ein bemerkenswerter Mann gewesen. Das bestätigten viele Geschichten – der Cerberusvorfall war nur ein Beispiel von vielen –, und jetzt wußte Kirk es aus eigener Erfahrung.

Er wollte gerade mit der Aufnahme beginnen, als die Türglocke seine Aufmerksamkeit forderte.

»Herein!«

Die Tür glitt zurück, und Winston trat ein.

»Ich hoffe, ich störe nicht, Captain?«

»Nein, bitte nehmen Sie doch Platz, Mr. Winston. Ich wollte soeben den offiziellen Bericht über Ihre Bergung fertigmachen.« Er grinste. »Wenn die Sternenflotte die Einzelheiten freigibt, werden die Medien durchdrehen. Und Sie werden wahrscheinlich zu Tode gefaxt, sobald Sie Ihren Fuß auf Föderationsboden setzen.«

»Ja, das ist zu erwarten.« Winston lächelte zurück. »Ich war unten, um mir mein Schiff anzusehen. Ihre Leute waren so freundlich, es im Shuttlehangar unterzubringen. Wissen Sie, daß die Steuerung noch funktioniert? Es ist erstaunlich!«

Kirk drehte sich um und suchte nach der Mikrobandanalyse von Winstons Schiff. »Ja, es wäre eine Untertreibung zu sagen, daß das Schiff schwer beschädigt wurde. Es wird nie wieder mit Solgeschwindigkeit fliegen, aber einige der Systeme funktionieren noch und sind wiederverwertbar. Außerdem muß Ihre teure Ausstattung in Betracht gezogen werden.

Jedenfalls habe ich es von einem meiner Ingenieure gründlich untersuchen und mir einen Bericht darüber geben lassen. Er ist hier irgendwo...«

Winston verschränkte die Arme über der Brust. Es war nichts sonderlich Ungewöhnliches an dieser Gebärde.

Wohl aber am Resultat.

Seine Umrisse schienen zu flackern, zu verschwimmen und dann wie dünner, phosphoreszierender Ton zu fließen. Das Fließen verlangsamte sich und hörte auf.

Wo Winston gestanden hatte, war jetzt eine erschreckende, orange Kreatur zu sehen. Sie erinnerte ein wenig an eine aufrechtstehende Qualle, hatte jedoch einen langen Hals, und rundum in der unteren Kopfhälfte leuchteten schwach pulsierende Augen, die konvexen Linsen glichen. Aus einem Wulst unter dem Hals wuchsen sieben Tentakel, die als Beine und Greifwerkzeuge dienten.

Ein Tentakel hob sich vom Boden. Er berührte Kirk sanft, fast zärtlich am Nacken. Die Augen des Captains schlossen sich. Andere Tentakel bewegten sich, um den Zusammensackenden aufzufangen. Dann trug die Kreatur den bewußtlosen Kirk mühelos zu seinem Bett. Nur Sekunden waren zwischen Verwandlung und Angriff vergangen, und alles war völlig lautlos geschehen.

Jetzt trat das Wesen vom Bett zurück und überkreuzte zwei Tentakel. Wieder verschwammen seine Umrisse und schienen zu fließen. Gleich darauf hatte es erneut Menschengestalt angenommen.

Doch nicht die von Carter Winston. Diesmal war es unverkennbar –

Captain James T. Kirk.

Schwester Chapel betrat aus dem Labor kommend den Untersuchungsraum und ging zu Dr. McCoy, der in ein medizinisch-technisches Handbuch vertieft war. Sie hielt den kleinen Taster in einer Hand und mehrere Instrumente in der anderen.

McCoy blickte auf. »Ja, Christine?«

»Doktor«, sagte sie fest, »diese Instrumente funktionieren alle hundertprozentig. Alle, einschließlich des Tasters, entsprechen genau der Norm. Trotzdem wechseln die Werte von Winstons Aufnahmen seltsamerweise immer noch leicht.« Sie blickte McCoy erwartungsvoll an.

»Was ist mit den Tests, die Sie mit Winston machten, nachdem...« Sie zögerte. Zwei Sachen sind schneller als Lichtgeschwindigkeit: Sternenschiffe und Klatsch. Und am schnellsten davon ist romantischer Klatsch.

McCoy zuckte die Schultern. Manches war eben nicht geheimzuhalten. »Nachdem Anne Nored gegangen war? Einige entsprachen der Norm, andere nicht. Diese Unterschiede bleiben nicht einmal konsistent, Christine. So wie es aussieht, ergeben die Resultate wenig Sinn. Der Fehler muß bei uns liegen.« Er stand auf. »Kommen Sie. Wir werden die Werte noch einmal durchgehen, und diesmal kommen wir bestimmt dahinter, was nicht stimmt.«

Der Aufzug hielt an der Brücke an, und Winston/Kirk trat heraus. Spock blickte ihm entgegen und erhob sich aus dem Kommandosessel. Winston/Kirk übernahm, während der Erste Offizier zu seiner eigenen Station zurückkehrte.

Sulu schaute interessiert über die Schulter. »Wollten Sie nicht zu Ihrer Kabine gehen, Sir?«

»Ich war bereits dort, Mr. Sulu, aber etwas Wichtiges kam dazwischen, ehe ich mit meinem Bericht auch nur anfangen konnte. Etwas viel Dringenderes. Nehmen Sie Direktkurs auf Rator III.«

Das brachte ihm einen weiteren Blick ein, der diesmal mehr als nur müßiges Interesse verriet. »Durch die Neutrale Zone der Romulaner, Sir?«

»Das war ein Befehl, Rudergänger!«

Sulu wirkte unsicher. »Aber Sir, wenn wir dort erwischt werden, haben die Romulaner das Recht, unser Schiff zu beschlagnahmen. Das Abkommen besagt...«

»Ich bin absolut mit dem Wortlaut des Abkommens vertraut, Mr. Sulu«, entgegnete Winston/Kirk, »und ich darf annehmen, daß Sie meinen Befehl verstanden haben.«

»Aye aye, Sir«, bestätigte der Rudergänger widerwillig. Er wandte sich der Aufgabe zu, den verlangten Kurs einzugeben.

Spock, der diesen Wortwechsel mit wachsender Besorgnis mitgehört hatte, fühlte sich schließlich veranlaßt, vorsichtig etwas zu bedenken zu geben. Er erhob normalerweise keine Einwände bei irgendwelchen von Kirks Entscheidungen, so seltsam sie manchmal auch sein mochten, weil sie sich bisher schließlich immer als vernünftig erwiesen hatten.

Aber diesmal... Spock überprüfte noch einmal seine eingeholten Daten. Die Angaben bestätigten seinen Verdacht.

»Captain, unsere Fernsensoren zeigen etwas in der Neutralen Zone an, das auf unserem eingegebenen Kurs liegt. Aus dieser Entfernung ist es unmöglich zu erkennen, worum es sich dabei handelt. Es könnte in interstellares Handelsschiff wie das Winstons sein, ebensogut aber auch ein romulanisches Sternenschiff. Vielleicht ist es auch gar kein Schiff. Ich halte es jedenfalls nicht für angebracht, unangemeldet in die Neutrale Zone einzudringen.«

»Mr. Spock«, entgegnete Winston/Kirk, »Winston und ich haben eingehend darüber debattiert. Er ist der Meinung, daß wir Rator III so schnell wie möglich erreichen müssen. Das Überleben der gesamten Bevölkerung des Planeten steht auf dem Spiel. Bedauerlicherweise erfordert das, daß wir einen Arm der Neutralen Zone durchqueren.«

»Eine lobenswerte Mission, Captain«, gestand ihm Spock zu. »Aber wenn wir unser Schiff verlieren, werden wir den Bewohnern von Rator III keine Hilfe sein.«

»Wir werden ihnen auch keine Hilfe sein, wenn wir nicht rechtzeitig genug dort ankommen, Mr. Spock. Ich hätte es nicht befohlen, wenn ich nicht glaubte, daß keine Gefahr besteht. Winston sagte, daß seine Sensoren keine Spur von Romulanern anzeigten, während er durch die Zone kam, bevor sein Schiff beschädigt wurde. Ich zweifle nicht, daß er die Wahrheit spricht. Und seinem Wort konnte man noch immer Glauben schenken, nicht wahr?«

Spock zögerte ganz kurz. »Diesen Ruf hatte er, Captain.«

»Kurs eingegeben, Captain«, meldete Sulu.

»Ausführen«, befahl Winston/Kirk.

Sulu beugte sich vor und betätigte Tasten. »Ausgeführt.«

Die Richtungsänderung war nicht zu spüren. Der Weltraum war zu gewaltig für angeborene menschliche Sinne, als daß sie einen Richtungswechsel bei Solgeschwindigkeit hätten wahrnehmen können. Aber das große Sternenschiff schwenkte allmählich von der Linie ab, der es gefolgt war, und drehte sich in einem großen Bogen, der es zur Neutralen Zone führen würde.

Sulu brauchte einige Sekunden, um seine Anzeigen noch einmal zu überprüfen. »Wir sind auf Kurs, Sir.«

»Sehr gut, Mr. Sulu. Verständigen Sie mich, falls sich etwas Unerwartetes tun sollte.« Er erhob sich und ging zum Turbolift. »Ich bin wieder in meiner Kabine. – Mr. Spock, übernehmen Sie bitte noch einmal.«

Spock blickte dem Captain nachdenklich nach, als dieser die Brücke verließ.

Zeit verging. Nichts tat sich, was die Routine auf dem Schiff störte; das war Spock sehr recht. Nach eingehender Überlegung drückte er schließlich auf die Aufnahmetaste des Schiffslogbuchs und sprach leise ins Mikrophon.

»Schiffslogbuch, Sternzeit 5402.7. Eintrag des Ersten Offiziers Spock.

Die kürzliche Kursänderung hat uns tief in die Romulanische Neutrale Zone geführt. Diese Änderung wurde auf Wunsch unseres neuen Passagiers, Carter Winston, vorgenommen. Die von ihm erhaltene Information hat sich bisher als richtig erwiesen. Unsere Sensoren haben noch keine romulanischen oder sonstigen Schiffe angezeigt.

Trotzdem habe ich befohlen, daß alle Sensoren auf maximaler Reichweite bleiben, und daß jegliches verdachterregende Objekt innerhalb Tasterreichweite laufend beobachtet wird. Außerdem habe ich…«

Schwindelig. Ihm war immer noch schwindelig.

Kirk zuckte zusammen und setzte sich abrupt im Bett auf. Zweierlei gab ihm zu denken. Erstens hatte er nicht so viel getrunken, und Eierpunsch hatte auch noch nie diese Wirkung auf ihn gehabt. Dieses weihnachtliche Getränk war milde im Vergleich zu den scharfen Sachen, von denen er oft mehr getrunken hatte. Und nie hatten sie *diese* Wirkung auf ihn gehabt.

Und zweitens stimmte offenbar etwas mit dem Wandchronometer nicht. Was war geschehen?

Denke nach! ermahnte er sich. Manchmal half es, verwirrte Gedanken in Gegenwart anderer zu äußern. *Er* hatte keine Ahnung, was mit ihm geschehen war. Vielleicht wußte es jemand anderes.

Kirk schritt entschlossen auf die Brücke. Es schien ihm besser, wenn niemand seine Verwirrung bemerkte, wenigstens vorerst.

»Ich übernehme wieder, Mr. Spock.«

Spock zog eine Braue hoch, machte ihm jedoch kommentarlos Platz. Sulu warf rasch einen neugierigen Blick auf ihn.

Kirk setzte sich in den Sitz, entspannte sich und bemühte sich angestrengt, sich zu erinnern. Aber die innere Einkehr brachte nichts, während ihm ein müßiger Blick nach vorn etwas Interessantes sagte.

Sein Blick blieb kurz auf dem großen Chronometer in der Navigationskonsole ruhen, der die Schiffszeit für die gesamte *Enterprise* festlegte. 1405 zeigte er an.

Daran war nichts Weltbewegendes. Er erinnerte sich jedoch ganz genau, daß sein Wandchronometer in der Kabine auf 1404 gestanden hatte, als er sie verließ. Und als er in seinem Schreibtisch nach einer Kassette gesucht hatte – bevor er eingeschlafen war –, hatte er zufällig auf seine Schreibtischuhr geblickt.

Da war es 1400 gewesen.

Vielleicht nichts erschreckend Bedeutsames, aber...

Spock, der ihn bereits seit er auf die Brücke zurückgekommen war, unmerklich beobachtete, fiel Kirks Verwirrung auf.

»Stimmt irgend etwas nicht, Captain?«

»Ich... ich bin mir nicht sicher, Spock.«

»Fühlen Sie sich nicht gut?« fragte Sulu nun besorgt.

»Doch, Mr. Sulu, durchaus. Aber...« Er drehte sich wieder Spock zu, murmelte jedoch mehr zu sich. »Ich war in meine Kabine zurückgekehrt, um den Rest des Bergungsberichts auf Band zu sprechen... Soweit erinnere ich mich jedenfalls. Und dann bin ich... offenbar eingeschlafen. Aber das Merkwürdige ist, daß ich mich nicht erinnern kann, von meinem Schreibtisch zum Bett gegangen zu sein, Mr. Spock. Und soviel ich weiß, bin ich auch noch nie so rasch eingeschlafen oder habe in nur wenigen Minuten so tief geschlafen.

Wenn ich wirklich so müde gewesen bin, müßte ich doch mindestens eine Stunde geschlafen haben.«

»Wahrscheinlich waren Sie schlafbedürftiger, als Sie dachten, Captain«, meinte Spock, der noch keine anderen Folgerungen ziehen konnte. »Der Körper hat in dieser Beziehung seine eigene Einstellung und fand offenbar, daß Sie nur ein kurzes Nickerchen brauchten. Jedenfalls hat sich nichts geändert, seit Sie die Brücke verlassen haben. Wir sind immer noch auf Kurs durch die Neutrale Zone zu Rator III.«

»Aber ich wüßte nicht, daß wir...« Kirk unterbrach sich, als ihm der Sinn von Spocks Worten völlig klar wurde, und starrte ihn bestürzt an. »Die Romulanische Neutrale Zone?«

»Es ist die einzige Neutrale Zone, in deren Nähe wir uns befanden, Captain«, entgegnete der Erste Offizier mit leichter Ironie.

»Ich habe keine Genehmigung erteilt, in sie einzufliegen, Mr. Spock. Haben Sie die Kursänderung befohlen?«

»Nein, Sir«, erwiderte Spock nun ebenso erstaunt. »Sie.«

»Lächerlich!« Kirks Gedanken überschlugen sich. Zuerst ein in höchstem Maße unnatürliches Schläfchen, und jetzt schien Spock den Verstand verloren zu haben. Oder schlief er vielleicht noch und träumte das alles nur?

Wenn ja, war es höchste Zeit, daß er aufwachte!

»Niemand in der Sternenflotte würde einen solchen Befehl erteilen, wenn es nicht um Leben oder Tod ginge, Spock.«

»Ich glaube, davon sind Sie ausgegangen, Captain.« Er drehte sich um und drückte auf einen Kippschalter etwas über Kopfhöhe an der Instrumententafel vor sich. Ein kleiner Bildschirm an dieser Tafel leuchtete auf. Sowohl er wie Kirk richteten den Blick darauf.

Das Bild zeigte die Szene, die sich vor wenigen Minuten auf der Brücke abgespielt hatte.

»Wollten Sie nicht zu Ihrer Kabine gehen, Sir?« fragte der Sulu auf dem Schirm, während Kirk fassungslos zusah.

»Ich war bereits dort, Mr. Sulu... Nehmen Sie Direktkurs auf Rator III.«

»Durch die Neutrale Zone der Romulaner, Sir?«

»Das war ein Befehl, Rudergänger!«

Kirk wandte sich von dem beweiskräftigen Schirm ab. Er hatte genug. Mehr als genug! »Das reicht, Mr. Spock!« Spock schaltete die Aufnahme ab und drehte sich wieder zum Captain um.

Kirk lehnte sich sehr nachdenklich in seinem Sitz zurück. Es könnte mehrere Erklärungen geben. Aber er verwarf sie eine nach der anderen, und jede neue wurde immer ungeheuerlicher und weniger realistisch. Eines wußte er jedoch sicher. Bis er eine vernünftige Erklärung gefunden hatte und der Sache auf den Grund gegangen war, mußte er weg von der Brücke.

»Mr. Sulu, suchen Sie Mr. Scott und bitten Sie ihn, zur Brücke zu kommen und einstweilen das Kommando zu übernehmen.« Er stand auf und ging mit Spock zum Ausgang.

»Noch etwas, Mr. Sulu«, rief er über die Schulter. »Berechnen Sie einen Kurs, der die *Enterprise* mit Sol Sechs aus der Neutralen Zone herausbringt. Und Leutnant M'ress geben Sie Alarmstufe Gelb.«

»Jawohl, Sir«, bestätigte der besorgte Leutnant.

»Alarmstufe Gelb, Sir?« fragte Spock erstaunt, als die Tür hinter ihnen zuglitt.

»Ich halte es für nötig, Spock, bis ich diese Situation in den Griff kriege. Ich kann es mir nicht leisten, Risiken einzugehen – nicht nach allem, was hier vorgeht. Es wird Ihnen doch bestimmt aufgefallen sein, daß sowohl mein Verhalten wie meine Befehle in den letzten Stunden, nun, widersprüchlich waren.«

»Ich muß zugeben, Captain, daß meine Gedanken in diese Richtung gingen. Doch die Gründe...«

»Mr. Spock«, sagte Kirk grimmig, »ich erinnere mich nicht, befohlen zu haben, durch die Neutrale Zone zu fliegen. Ich verließ die Brücke, ging in meine Kabine, schlief ein paar Minuten und kehrte zur Brücke zurück. Das ist alles.«

Wie üblich überwog Spocks Logik seinen Takt, obwohl es Kirk nicht auffiel. Er wollte Antworten, kein Mitgefühl. Zu viel stand auf dem Spiel.

»Vielleicht sollten Sie sich von Dr. McCoy untersuchen lassen, Captain?«

»Ja, unbedingt. Wenn ich plötzlich von geistigen und schon gar physischen Blackouts überrascht werde und gefährliche Befehle erteile, werde ich zur Bedrohung für das Schiff. Ich kann mir einfach nicht vorstellen, was mit mir passiert ist, aber bei einer solchen Möglichkeit darf ich auf keinen Fall Risiken eingehen.«

Er drückte auf einen Schalter, und die Liftlichter wechselten von senkrecht auf waagrecht. Sie bewegten sich nun in Längsrichtung durch die *Enterprise*.

Es ergab immer noch keinen Sinn.

Sooft er die Instrumente auch prüfte, sie arbeiteten einwandfrei, ihre Genauigkeit war nahezu hundertprozentig, und doch beharrten sie auf diesen gleichen lächerlichen Anzeigen! McCoy brummelte vor sich hin und machte sich zum x-tenmal daran, die Zahlen auf dem Taster mit denen der kleingedruckten Tabelle auf dem Monitor in Übereinstimmung zu bringen.

Er hörte zwar die Türklingel, blickte jedoch nicht auf. Die Gestalt von Carter Winston trat in den Untersuchungsraum. Sie schaute geduldig zu, wie McCoy weiterhin Zahlen verglich. Schließlich blickte der Arzt gereizt hoch, um zu sehen, wer gekommen war. Als er Winston sah, lächelte er ihm zu, kehrte jedoch sogleich wieder zu seiner Arbeit zurück.

»Hallo, Winston«, sagte er, während er einen neuen Satz Zahlen aufrief. »Ich versuche immer noch, mit diesen Dingern klarzukommen. Manchmal frage ich mich, ob ich in der Medschule nicht lieber noch ein paar Stunden mehr in Instrumentenlehre hätte nehmen sollen.«

So sehr war McCoy mit seinen Nachprüfungen beschäftigt, daß er nicht bemerkte, wie es hinter ihm zu einer Transformation kam – zu einer, die seine Instrumente noch viel mehr verwirrt hätte.

Er sah nicht, wie Winston die Arme über der Brust verschränkte, sah nicht, daß er sich auflöste wie Gelatine und zu einer fremdartigen Erscheinung wurde, die mit der Grazie einer Ballerina auf kräftigen Tentakeln über den glatten Boden glitt.

»Winston, ich bin Ihre Untersuchungsergebnisse nun bestimmt schon ein dutzendmal durchgegangen, und ich glaube nicht...« Ein Tentakel erhob sich und berührte McCoys Nacken. Der Arzt sackte auf seinem Stuhl zusammen.

Das fremde Wesen hob ihn auf und trug ihn ins anschließende Labor. Als es den Arzt auf den Boden legte, war zu hören, wie die Tür zum Untersuchungsraum geöffnet wurde.

Anne Nored blickte in das verlassene Zimmer. »Dr. McCoy?« rief sie. Sie machte einen Schritt hinein, und sofort schloß sich die Tür hinter ihr automatisch. »Dr. McCoy?«

Das fremde Wesen schwenkte die Tentakel. Sekunden später stand Dr. McCoys Doppelgänger neben dem Original.

Anne Nored trat an Dr. McCoys Tisch. Müßig betrachtete sie den Taster und die anderen Instrumente, die McCoy so viel Kopfzerbrechen bereitet hatten, ohne irgend etwas zu berühren. Als sie ein Schlurfen hinter sich hörte, fuhr sie herum.

»Dr. McCoy, Sie haben mich aber erschreckt!«

Winston/McCoy kam aus dem Labor und vergewisserte sich, daß sich die Tür hinter ihm auch richtig geschlossen hatte. »Aber Sie erschreckt doch nichts, Anne. schließlich sind Sie Sicherheitsoffizier und einer der besten. Kann ich etwas für Sie tun?«

»Na gut, ich gestehe, es war nur ein gespielter Schreck.« Ihr Lächeln machte Verlegenheit Platz. »Ich dachte, es würde leicht sein, Doktor, aber das ist es nicht. Ich weiß nicht, ob Sie... Ich dachte nur... Ich brauche jemand, mit dem ich reden kann. Und die anderen Mädchen«, wieder versuchte sie zu lächeln, »nehmen so was nicht so ernst. Ich würde auch gern darüber lachen, aber ich kann nicht. Es tut viel zu weh. Deshalb dachte ich, Sie könnten vielleicht...«

Winston/McCoy zögerte, dann deutete er auf einen Stuhl. Anne setzte sich dankbar. Als sie offenbar nicht imstande war weiterzusprechen, ergriff Winston/McCoy das Wort:

»Lassen Sie mich raten. Es ist wegen Carter Winston, nicht wahr?« Nach einer kurzen Pause fügte er hinzu: »Er hat mir ein wenig davon erzählt, während ich ihn untersuchte.«

»Wieviel ist ›ein wenig‹, Doktor?«

Wieder zögerte Winston/McCoy. »Genug.«

»Doktor, was soll ich tun?« platzte sie schließlich verzweifelt heraus. »Ich weiß, daß Sie kein Psychiater sind, aber ich glaube auch nicht, daß ich einen brauche. Ich bin nicht labil, denke ich, oder gar unzurechnungsfähig. Es ist nur, daß ich ihn noch so sehr liebe.« Ihre Mundwinkel ruckten ganz leicht hoch. »Aber wenn ich mich recht erinnere, wird Liebe von manchen als Zustand der Unzurechnungsfähigkeit erachtet, nicht wahr?«

»Aber nur von Dichtern, den Verfassern von Liebesromanen und von den Franzosen«, erwiderte Winston/McCoy. Er drehte sich um und starrte auf die leere Wand.

»Ich bin sicher, daß er für Sie ebenso empfinden möchte, Anne. Er hat mir auch von der schönen Zeit mit Ihnen erzählt und von Ihren gemeinsamen Erlebnissen. Nicht viel, doch ich glaube, ich weiß, wie tief Ihre Gefühle füreinander waren.

Aber das kann trotzdem alles vorbei sein. Fünf Jahre können für manche eine Ewigkeit sein. Manche verändern sich. Und Verliebte häufiger als andere. Eines weiß ich jedenfalls ganz sicher: Carter Winston hat Veränderungen durchgemacht wie noch kein Mensch vor ihm.« Er senkte die Stimme zu einem Murmeln. »Ja, Menschen verändern sich.«

»Aber ich habe mich nicht verändert!« rief sie heftig. »Was soll ich tun? Was *kann* ich tun?«

»Wenn er Sie gebeten hat, ihn zu vergessen«, sagte Winston/McCoy, »meine ich, daß Sie es auch wirklich versuchen sollten. Oder wäre es Ihnen lieber, wenn er Sie belügen würde, Ihnen sagte, was Sie gern hören möchten; wenn er Sie bewußt täuschte? Möchten Sie, daß er das tut?«

»O nein. Er ist der sanfteste, rücksichtsvollste Mann, den ich je kannte. Den ich je kennenlernen werde. Und ich glaube nicht, daß es ihm leichtfallen würde. Es ist nicht seine Art zu lügen.«

»Nun, dann können Sie es doch verstehen?« fragte Winston/McCoy. »Wenn er nicht mehr mit Ihnen zusammensein will, aus welchen Gründen auch immer, und sie gebeten hat, ihn zu vergessen, kann ich Ihnen wirklich nur raten, das als ehrliche Rücksichtnahme auf Sie zu betrachten und seiner Bitte nachzukommen.« Er machte eine kurze Pause, ehe er hinzufügte:

»Sie können ja nicht wissen, was er durchgemacht hat, zu welchen...«, nun lächelte Winston/McCoy schwach, »ungewöhnlichen Veränderungen es gekommen ist in den Jahren, in denen er fort war. Als Arzt – und als Freund – kann ich Ihnen nur raten: Vergessen Sie Winston.«

»Carter vergessen...« Ihre Worte waren kraftlos, ohne Überzeugung. Sie wollte offenbar weiter argumentieren, aber da erklang die Tür. Kirk und Spock kamen herein. Es fiel ihr schwer genug, zu dem Schiffsarzt über so persönliche, tiefe Gefühle zu reden. Vor dem Captain und dem Ersten Offizier wäre es ihr unmöglich gewesen.

Statt weiterzusprechen stand sie nun auf. »Vielen Dank, Dr. McCoy. Ich werde über Ihren Rat nachdenken.«

»Tun sie das, Anne – Leutnant Nored.«

Kirk blickte Sicherheitsoffizier Nored nachdenklich nach, dann wandte er sich Winston/McCoy zu.

Der Arzt lächelte zuvorkommend. »Was kann ich für dich tun, Jim?«

»Pille, ich brauche eine gründliche Untersuchung.«

»Von Carter Winston? Aber ich habe bereits...«

Kirk winkte ungeduldig ab. »Nein, nein. Mich sollst du untersuchen. Etwas ist passiert, das...« Er hielt inne. Winston/McCoy hatte sich abrupt von ihm abgewandt und studierte nun scheinbar angestrengt einen Mikrobandindex, der an die gegenüberliegende Wand geheftet war.

»Ich fürchte, wir werden das erst etwas später machen können, Captain. Ich habe eine Menge Tests, die außerordentlich dringend ausgewertet werden müssen.«

Kirk gingen selbst zu viele Gedanken durch den Kopf, als daß er darauf wirklich reagiert hätte, doch Spock wirkte verwirrt. Als Hauptangriffsziel des eigenwilligen Humors des guten Doktors war er empfänglicher als Kirk für die Stimmungen des Schiffsarztes – oder für Veränderungen seines Wesens.

»Carter Winstons Tests, beispielsweise?« fragte Spock.

Winston/McCoy drehte sich halb um, blickte die beiden jedoch nicht an. »Nein, damit bin ich fertig. Keinerlei Probleme, Mr. Spock. Die Standarduntersuchung und einzelne Zusatztests ergaben völlig normale Werte.«

»Und es könnte nicht sein, daß Ihnen Fehler unterlaufen sind?« beharrte Spock.

Jetzt war es Kirk, der seinen Ersten Offizier fragend anblickte, nicht umgekehrt wie bisher. Es sah Spock gar nicht ähnlich, die Arbeit eines anderen Offiziers anzuzweifeln, vor allem die McCoys. Aber McCoy – und das wurde schon regelrecht erwartet – würde sich mit einer besonders bissigen Entgegnung rächen.

Statt dessen lächelte der Arzt nur. »Nun, diese Möglichkeit besteht wohl immer. Ich kann sie mir noch mal vornehmen, wenn Sie möchten.«

»Nein, das wird nicht nötig sein, Pille. Ich komme dann also später zu der Untersuchung, wenn du nicht mehr so beschäftigt bist. – Gehen wir, Spock.« Kirk drehte sich um und ging zur Tür.

Als sie fest hinter ihnen geschlossen war, blieben die beiden Männer kurz im leeren Wartezimmer stehen und blickten einander verunsichert an.

»Captain, ist Ihnen Dr. McCoys Reaktion aufgefallen, als ich ihn fragte, ob ihm bei Carter Winstons Test ein Fehler unterlaufen sein könnte?«

Kirk nickte. »Ja, er hat Sie gar nicht aufs Korn genommen. Das ist nicht normal.«

»Verzeihen Sie, Captain – ›aufs Korn genommen‹?«

»Nun ja, daß er nicht irgendwas losgelassen hat, wie ›eher kommt es noch soweit, daß... daß‹...«

»Daß er sich über einen Witz von mir vor Lachen krümmt?« schlug Spock vor.

»Ja, oder so was Ähnliches. Was sogar noch weniger zu ihm paßt, er hat Ihnen recht gegeben, daß er die Möglichkeit nicht ausgeschlossen hat, und das sieht Pille absolut nicht ähnlich. Wenn es irgend etwas gibt, an dem er absolut nicht zweifelt, dann ist es seine Befähigung als Arzt. Wenn ich es recht bedenke, ist es auch außerordentlich ungewöhnlich, daß er mich nicht sofort untersucht hat.«

»Ganz meine Meinung, Captain. Was bedeutet...«

»Ich weiß nicht, was es bedeutet«, murmelte Kirk, »nur, daß es vielleicht zwei Offiziere auf diesem Schiff gibt, die untersucht werden sollten. Kommen Sie!«

Sie stürmten in den Untersuchungsraum der Krankenstation und waren verblüfft über das, was sie sahen, oder vielmehr, was sie nicht sahen.

Das Zimmer war leer.

Sie schauten sich eingehend um.

»Zu den inneren Räumen der Krankenstation gibt es nur den einen Eingang«, sagte Spock nachdenklich. »Aus Sicherheits- und Quarantänegründen. Und hier gibt es nicht viele Verstecke für einen Menschen.«

»Stimmt«, bestätigte Kirk, »und ich glaube...«

»Ahhhh...«

In Sekunden waren Kirk und Spock an der Tür zum Labor. Beide waren vorsichtig. Sie wappneten sich gegen – sie wußten selbst nicht wogegen. Aber die Tür glitt auf Kirks Berührung hin völlig normal auf, und nichts stellte sich in den Weg.

McCoy saß mitten im Zimmer auf dem Boden und rieb sich die Schläfe. Er sah ganz so aus, als hätte er ein beachtliches Quantum von etwas bedeutend Stärkerem als Eierpunsch zu sich genommen.

»Pille?«

McCoy reagierte nicht gleich. Dann blickte er benommen zu ihnen hoch.

»Muß wohl... muß wohl eingeschlafen sein... irgendwie, schätze ich. Ein Nickerchen...«

»Ein Nickerchen«, wiederholte Kirk und dachte an die Ähnlichkeit mit einem kürzlichen Vorfall. »Ich glaube, ich weiß, was du meinst, Pille.«

»Doktor, ich weiß ja, daß Sie merkwürdige Gewohnheiten haben«, warf Spock ein, »aber ich hätte nie gedacht, daß Sie Ihre Schläfchen auf dem Boden halten. Schon die einfache Logik sagt, daß sogar ein Untersuchungstisch viel bequemer wäre als...« Er hielt mitten im Satz inne, als Kirk eine Hand hob. Der Captain schaute sich angespannt um.

Schon seit dem Augenblick, da sie hereingekommen waren, hatte er ein merkwürdiges Gefühl. Nicht, weil sie halb erwartet hatten, etwas zu finden, ohne zu wissen, was dieses Etwas war. Nein, es war ein Gefühl, das er selbst nicht verstand. Spock würde das unlogisch nennen, aber verdammt, er fühlte, daß *etwas* nicht stimmte!

»Irgendwas in diesem Zimmer ist falsch.«

McCoy schaute sich rasch, aber gründlich in seinem Labor um. Schließlich blickte er den verunsichert wirkenden Kirk an. »Alles sieht aus wie üblich, Jim.«

»Nein«, widersprach Kirk. »Nimm dir einen Augenblick Zeit, Pille, und überlege.« Bevor McCoy noch etwas sagen konnte, schloß der Captain rasch die Tür hinter ihnen.

»Studier das Zimmer... Sie auch, Spock. Es ist ganz bestimmt etwas anders als beim letzten Mal, als ich hier war. Ich weiß immer noch nicht was, aber...«

Die drei Offiziere begannen eine geduldige, methodische Durchsuchung des Laboratoriums. Es schien hier nicht viel zu geben, das etwas Aufschlußreiches zu bieten hätte. Es half auch nicht, schloß Kirk, daß sie nicht wußten, wonach sie suchten.

Tisch, Wandschmuck, Regale voll Fläschchen und Röhrchen und ordentlich ausgerichteten Geräten, die Glasschränke mit den chirurgischen Instrumenten, Notaggregate für den Fall, daß der Strom im Schiff einmal ausfiel, der große, tragbare Sterilisator, drei Untersuchungstische...

Sogar ein Untersuchungstisch wäre viel bequemer, hatte Spock gesagt.

Da lächelte Kirk. »Winston, Sie können Ihr Versteckspielen jetzt aufgeben!«

Spock und McCoy wandten sich Kirk zu, Spock interessiert, McCoy mit ungläubiger Miene.

Kirk ging zu dem linken Untersuchungstisch und blieb direkt davor stehen. Als er sprach, redete er nicht zu jemandem dahinter oder darunter, sondern direkt zu ihm.

»Ich rate Ihnen, sich zu zeigen, Winston, oder was immer Sie sind. Es ist aus mit der Maskerade.«

Da er das Ganze nicht verstand und Kirk ihn auch nicht aufklärte, stand McCoy vorsichtig auf und flüsterte Spock zu: »Sagen Sie, *ich* hätte merkwürdige Gewohnheiten, Spock? Jim redet zu einem Tisch!«

»Ich glaube nicht, Doktor.« Eine Idee nahm für den Ersten Offizier feste Form an, als er bestimmte bekannte Faktoren zusammenfügte, und er kam zu einem Ergebnis. Offensichtlich war Kirk vor ihm zu ihm gelangt.

Der Captain trat von dem Tisch zurück und wandte den Blick einem Wandregal zu. Während er die Aufschriften auf den ordentlichen Reihen von Fläschchen studierte, sagte er:

»Soviel ich mich erinnere, standen bisher nur zwei Untersuchungstische in diesem Raum, Pille.« Jetzt richtete er seine Aufmerksamkeit auf die oberste Reihe der Behälter. »Jetzt scheinen es drei zu sein.«

Spock schwieg, aber McCoy nickte heftig. »Das ist mir auch soeben klargeworden, Jim. Aber trotzdem, was...« Er unterbrach sich. Was immer auch vorging, es stand kurz vor dem Höhepunkt.

Kirk wählte eines der kleineren Fläschchen aus dem Regal. Damit kehrte er zu dem Tisch zurück.

Das Fläschchen in seiner Hand war aus dickem, heißgeformtem künstlichem Quarz mit einigen metallischen und keramischen Komponenten legiert. Es enthielt eine dünne, purpurfarbene Flüssigkeit. Als McCoy sah, welche Flasche der Captain da aus dem Regal genommen hatte, machte er einen hastigen Schritt auf ihn zu, doch dann blieb er stehen.

Wieder sprach Kirk zu dem Tisch. Die glatte, unverkennbar anorganische Oberfläche glänzte im Deckenlicht, ebenso die kleinen Räder und Anzeigen. McCoy studierte ihn, bis seine Augen schmerzten, er suchte nach irgend etwas, das ihm entgangen sein mochte, etwas, das ihm das Geheimnis des Tisches enthüllen könnte.

Es sah aus wie ein Untersuchungstisch. Kirk trommelte leicht mit einem Finger darauf.

Es hörte sich auch an wie ein Untersuchungstisch.

Bei Andromeda, es *war* ein Untersuchungstisch!

»Ich habe hier eine Fläschchen mit Orientinsäure«, erklärte Kirk dem Tisch ernst. »Sie frißt sich durch alles, außer dieser besonderen Legierung des Fläschchens. Wenn Sie noch nie gesehen haben, welche Wirkung sie hat, bin ich gern bereit, es zu demonstrieren.« Er tupfte wieder auf den Tisch. »An Ihnen.«

Eine Pause setzte ein, dann hob Kirk das Fläschchen über den Tisch und legte den Daumen auf den Deckelöffnungsmechanismus, der in die Seite eingelassen war.

Der Tisch flimmerte plötzlich wie etwas, das man manchmal aus den Augenwinkeln zu sehen glaubt, aber gar nicht vorhanden ist, wenn man in diese Richtung schaut. Dann kräuselte sich der Tisch und veränderte die Form. Einen Augenblick später war es kein Untersuchungstisch mehr. An dessen Stelle stand ein hochgewachsenes Wesen mit vielen dicken Gliedmaßen und leuchtenden Linsenaugen vor ihnen und blickte sie reglos an.

»Ich habe es gesehen«, krächzte McCoy, »aber ich glaube es nicht!«

»Ein Vendorier, Doktor«, erklärte ihm Spock. »Ihr Planet steht unter Quarantäne, und wenige Leute bekommen sie je zu Gesicht. Unter Quarantäne stehen sie deshalb, weil sie ihre Molekularstruktur nach Belieben verändern und sich zu allem umformen können, was von etwa gleicher Masse ist, vor allem aber, weil Täuschung zu ihrer Lebenseinstellung gehört.«

Kirk erklärte weiter: »Ihre ungewöhnlichen Fähigkeiten könnten von großem Wert für die Föderation oder auch für andere sein. Aber so interessant ihre physischen Eigenschaften sind, psychologisch sind die Vendorier leider noch nicht für eine Teilnahme an einer Weltengemeinschaft geeignet.

Mr. Spock, fordern Sie eine Wachmannschaft an. Sie soll sofort hierherkommen.«

»Ja, Captain.« Spock wandte sich zum Gehen. McCoy machte ihm Platz, um ihn zur Tür vorbeizulassen, dabei gelangte er in die Reichweite des Vendoriers.

Kräftige Tentakel schnellten vor und schlangen sich um den Arzt.

»Jim!«

Kirk und Spock sprangen sofort auf den Vendorier zu.

Das fremdartige Wesen entwirrte die Fangarme und wirbelte McCoy den beiden anderen Offizieren entgegen. Alle drei stürzten zu Boden.

Für ein so schwerfällig aussehendes Geschöpf bewegte sich der Vendorier sehr behende und schoß an ihnen vorbei. Spock gelang es, sich herumzurollen und nach dem fliehenden Fremden zu greifen. Doch alles, was er zu fassen bekam, war eine Handvoll von etwas, das sich wie Schlangenhaut ohne Schuppen anfühlte. Er konnte es nicht festhalten. Eine Sekunde später war der Vendorier durch die Tür verschwunden.

Kirk war aufgesprungen und raste zum Ausgang. Spock machte einen Schritt, um ihm zu folgen, doch dann änderte er statt dessen die Richtung und trat zu dem Sprechgerät an der Wand.

»Spock an Brücke – schließen Sie mich ans Bordinterkom an, Leutnant.« Und dann, Sekunden später: »Alarm für alle Sicherheitstrupps, Eindringling an Bord! Ich wiederhole: Alarm für alle Sicherheitstrupps, Eindringling an Bord...«

Kirk war bereits auf dem Korridor. Er spähte nach rechts, dann nach links und sah gerade noch, wie der Vendorier in einem Seitengang verschwand. Ein Sicherheitstrupp rannte um eine hintere Ecke des Korridors und stand eine Sekunde später vor ihm.

Spocks Stimme klang laut aus allen Lautsprechern des Sternenschiffs:

»Beim Eindringling handelt es sich um einen Vendorier, der in der Lage ist, jegliche Gestalt oder Form von etwa derselben Masse anzunehmen...«

3

Eine Jeffriesröhre verlief in der Nähe durch die Decks. Der Vendorier nutzte seine Fähigkeit, in alle Richtungen gleichzeitig blikken zu können, und stellte zufrieden fest, daß keine Verfolger in Sicht waren. Er kletterte in die Röhre.

Wie eine riesige orange Spinne stieg er die geriffelte Innenwand hoch. Von unten waren leiser werdende Schritte zu hören, als Kirk und der Sicherheitstrupp den unteren Korridor entlangrannten.

Nahe der oberen Öffnung hielt der Fremde an und überkreuzte zwei Tentakel. Aufs neue nahm er die Gestalt Carter Winstons an. Nach ein paar Zentimetern und einem vorsichtigen Blick nach links und rechts kletterte er aus der Röhre und schloß deren Dekkel wieder.

Menschliche Gestalt anzunehmen, brachte Vorteile, aber auch Nachteile. Beispielsweise konnte man damit nicht in alle Richtungen blicken. So sah der Vendorier Anne Nored erst, als er um eine Ecke bog und mit ihr zusammenstieß. Sie taumelte, und automatisch stützte er sie, damit sie nicht fiel.

Doch diesmal warf sie sich nicht in seine Arme, sondern stieß ihn von sich und richtete ihren Phaser auf seine Brust.

Der vermeintliche Carter Winston blickte mit gespielter Verwunderung zuerst auf ihren Phaser, dann in ihr Gesicht.

»Anne, was tust du da?«

»Meine Pflicht«, antwortete sie angespannt. »Es ist nicht schwer zu erraten, wer der Eindringling ist. Du bist der einzige Fremde an

Bord, Carter. Oder was immer du bist. Ein – ein Vendorier.« Laufschritte erklangen irgendwo hinter ihnen. Sie starrte ihn an, dann warf sie einen schnellen, nervösen Blick über die Schulter.

Die Ablenkung dauerte nicht einmal eine Sekunde, aber die Reflexe des Vendoriers waren schneller als menschliche, auch in der Gestalt Carter Winstons. Er schlug ihr den Phaser aus der Hand. Die Waffe schlitterte über den Boden und prallte gegen die rückwärtige Wand. Anne spurtete, sie aufzuheben. Im gleichen Moment stürmten Kirk und ein kleiner Trupp Sicherheitsleute um eine entfernte Biegung.

Anne griff nach dem Phaser, drehte sich um, ging auf ein Knie nieder, hielt den Phaser mit beiden Händen und stützte den rechten Ellbogen auf den Oberschenkel. So zielte sie auf die fliehende Gestalt. Sie konnte sie gar nicht verfehlen.

Aber sie schoß nicht. Statt dessen senkte sie den Phaser.

Der Sicherheitstrupp rannte an ihr vorbei hinter dem Fliehenden her. Kirk jedoch blieb neben ihr stehen.

»Leutnant Nored, Sie hätten ihn aufhalten können. Warum haben Sie nicht geschossen?«

Sie stand auf und antwortete, ohne ihn anzublicken. »Ich konnte es nicht. Ich weiß, daß ich Ihnen eine Erklärung schuldig bin, aber...« Ihr fiel absolut nichts ein, was sie nicht noch mehr als Idiotin hingestellt hätte.

»Ich wußte, daß er der Eindringling sein mußte, aber – ich brachte es einfach nicht fertig, auf ihn zu schießen.« Ihre Stimme zitterte.

»Er ist ein Alien, Leutnant – nicht Carter Winston. Ein Vendorier. Eine gestaltwandelnde Lebensform mit orangen Tentakeln und einem nichtmenschlichen Gehirn.«

»Das sagt mir auch mein Verstand, aber da ist noch was anderes in mir, das sich nicht so leicht überzeugen läßt.« Auch wenn es wirklich so war, hörte sie sich immer noch wie eine Idiotin an.

»Leutnant«, sagte Kirk und sein Ton war erstaunlicherweise keineswegs rügend, »den Mann, den Sie liebten, gibt es nicht mehr. Carter Winston ist tot. Wahrscheinlich bereits seit Jahren.«

»Das weiß ich, Captain. Aber ich, ich...« Sie wandte das Gesicht ab. Mit Worten war dem Problem nicht mehr beizukommen. »Verstand und Liebe sind kein gutes Gespann.«

»Wenn Sie Commander sind, können Sie sich Tiefsinnigkeit leisten. Aber jetzt...« Er kam nicht dazu, seinen Satz zu beenden, denn Spock traf ein wenig außer Atem ein. »Die Sicherheitstrupps melden, daß der Fremde sich nicht mehr auf diesem Deck aufhält, Captain.«

»Wie wollen sie das wissen?« Kirk seufzte. »Das hatte ich befürchtet. Sobald wir ihn aus den Augen verlieren, kann er sich praktisch in alles verwandeln, was sich auf diesem Schiff befindet. Ich frage mich, weshalb er wieder Carter Winstons Gestalt annahm, statt der Dr. McCoys oder der meinen.«

»Ich weiß es nicht, Captain. Ich kann nur vermuten, daß dieser häufige Gestaltwandel nicht so leicht für ihn ist, wie es für uns den Anschein hat. Er braucht jetzt eine bewegliche Form – ein Untersuchungstisch oder ein Stück Wand beispielsweise wäre ihm gegenwärtig nicht von Nutzen. Vielleicht ist es einfacher und kräftesparender, eine vertraute Form anzunehmen. Und mit Carter Winstons Gestalt ist er offenbar sehr vertraut.«

»Tatsächlich«, begann Kirk, hielt jedoch inne und grinste ironisch.

Spock beobachtete ihn geduldig. »Sie könnten mich zumindest an Ihrer Idee teilhaben lassen, Captain, auch wenn mir der Humor verborgen bleibt.«

»Oh, es ist nichts, Spock. Mir kam nur flüchtig der Gedanke... Ich dachte...« Jetzt grinste er breiter. »Ich dachte, daß Sie jetzt der Vendorier sein könnten.«

Spock lächelte nicht, was nicht überraschte. »Und wieso glauben Sie, daß ich es nicht bin, Captain?« Beide Brauen zogen sich hoch.

Kirk hörte zu lachen auf, blickte Spock unsicher an, dann grinste er wieder. »Der Vendorier kann zwar seine Gestalt verändern, aber ein paar andere Dinge nicht. Ich riskiere es einfach, Sie für Spock zu halten.«

»Das ist sehr zuvorkommend von Ihnen, Captain. Wir sind uns also völlig einig, wer ich bin. Die Frage bleibt...« Er machte eine dramatische Pause: »...wie steht es mit Ihnen?«

»Ich stand bereits bei Leutnant Nored, während der Fliehende noch zu sehen war!« entgegnete Kirk gekränkt. »Es ist wirklich ein Problem. Wenn wir nicht aufpassen, bringt er uns dazu, daß wir aufeinander schießen. Aber mit genügend Zeit finden wir ihn schon. Es ist nur ein Problem.«

Irgendwo im weiten Raum gibt es eine formlose, boshafte Wesenheit, die Sternenschiffskapitäne belauscht, um dann ein falsches Spiel mit ihnen zu treiben. Diese Wesenheit mußte wohl gerade Kirks Worte gehört haben, denn wie auf ein Stichwort hin begann das Signal für Alarmstufe Rot mit Sirenengeheul und Lichtzeichen aufdringlich auf sich aufmerksam zu machen.

Die verschiedensten Besatzungsmitglieder tauchten auf und rannten zu ihren Gefechtsstationen. Wie jede gut geschulte Besatzung es sollte, ignorierten sie die beiden Offiziere und kannten bloß den einen Gedanken, so schnell auf ihre Posten zu gelangen, wie es nur menschen- oder auch nichtmenschenmöglich war.

»Was jetzt?« Kirks Frage klang eher resigniert als hoffnungsvoll. Er trat zu dem blinkenden Kommunikatoranschluß.

»Hallo, Brücke? Hier spricht der Captain. Scotty, was ist da oben los? Was hat der Vendorier jetzt schon wieder ausgebrütet?«

»Es ist nicht der Vendorier, Captain«, erwiderte der Chefingenieur. »Ich wollte, er wäre es. Zwei romulanische Schlachtkreuzer, Sir, und wenn sie nicht auf Abfangkurs sind, werden wir jetzt mit dem größten kosmischen Zufall konfrontiert, seit dieser Doppelstern in M-31 gleichzeitig zur Nova wurde.«

»Machen Sie weiter, Scotty. Wir sind gleich oben.«

»Was haben Sie da gerade gesagt, Captain? Daß wir es nur mit einem Problem zu tun haben?«

»Spock, wenn ich nicht wüßte, daß Sie nicht zu boshaftem Sarkasmus neigen, würde ich – ach, vergessen Sie es.«

Bis sie auf der Brücke zurück waren, Kirk wieder in seinem Kommandosessel und Spock an seiner wissenschaftlichen Station saßen, waren die beiden Romulaner bereits nahe genug für Sichtkontakt durch die Teleaugen des Hauptbildschirms.

Die Hoffnung, daß es sich vielleicht doch um Föderationsschiffe handelte, machten die unverkennbaren Silhouetten zunichte. In der Bauweise glichen sie den Schlachtkreuzern des klingonischen Reichs. Kennzeichen und bestimmte kleinere, aber unverkennbare Unterschiede wiesen sie als Romulaner aus.

Kirks erster Gedanke war, sofort eine Logbuchaufzeichnung vorzunehmen. Nicht nur für den Fall, daß es zu Feindseligkeiten kam, sondern weil Information gebraucht wurde, falls durch diese Begegnung rechtliche Maßnahmen notwendig werden sollten. Also schaltete er rasch das Logbuch ein.

Er wollte gerade mit dem Eintrag beginnen, als ihm ein plötzlicher Einfall kam. Nein, es war zu früh, sich auf pessimistische Möglichkeiten einzustellen. Er klickte das offizielle Logbuch wieder aus und schaltete statt dessen das normale Aufnahmegerät ein.

»Mr. Scott, haben wir eine Chance, ihnen zu entwischen?«

»Nicht in der augenblicklichen Situation, Captain.« Scott schüttelte besorgt den Kopf. »Sie tauchten plötzlich auf, ohne daß unsere Sensoren zuvor etwas anzeigten.«

»Es war, als hätten sie uns aufgelauert, Captain«, flocht Sulu ein.

»Hmmm.« Kirk neigte sich dem Mikrophon zu. »Aufgrund eines Täuschungsmanövers des Vendoriers in der Gestalt Carter

Winstons verletzte die *Enterprise* die Romulanische Neutrale Zone und wurde von Schiffen des Romulanischen Kaiserreiches entdeckt. Nach den Bestimmungen unseres Abkommens steht Einheiten der romulanischen Flotte das Recht zu, die *Enterprise* zu beschlagnahmen. Was die Dinge noch kompliziert, ist, daß wir bisher nicht in der Lage waren, den Vendorier festzunehmen, der für diese Situation verantwortlich ist.«

Da es Gesetze gab, die untersagten, gegen neutrale Intelligenzen mit Gewalt vorzugehen, behielt Kirk den folgenden Gedanken für sich – daß es ihm nämlich ein großes Bedürfnis war, diesem Unruhe stiftenden Gestaltwandler, sobald sie ihn erwischt hatten, die sieben Körpertentakel zu einem Knoten zusammenzubinden und dann wieder zu trennen – mit einem Fleischerbeil!

Aber im Augenblick mußte er sich erst einmal mit einer schwierigeren Situation befassen.

»Wir werden abgetastet, Captain«, meldete Uhura. »Und meine Instrumente zeigen einen Kommunikationsstrahl an. Sie versuchen, Verbindung zu uns aufzunehmen.« Sie zögerte. »Soll ich einen Interferenzschild errichten, Sir?«

Kirk überlegte schnell. »Nein, es hat keinen Sinn, es hinauszuschieben, Leutnant«, antwortete er schließlich. »Ich habe das Gefühl, daß diese Burschen sich nicht hinhalten lassen.« Er lächelte grimmig. »Hören wir uns an, was sie zu sagen haben. Wenn es eine visuelle Übertragung ist, dann leiten Sie sie auf den Schirm. Ich würde ganz gern sehen, mit wem wir es zu tun haben – vielleicht interessiert sie auch mein Gesicht.«

Es gab ein Bild.

Als die humanoide Gestalt des romulanischen Commanders endlich deutlich zu sehen war, verstärkte seine entspannte Haltung den Verdacht, der in Kirk zu wachsen begonnen hatte.

»Sie haben offenbar eine Vorliebe für Neutrale Zonen, Captain. Soviel ich weiß, ist das heute bereits zumindest das dritte Mal.«

Na, wenn das kein selbstgefälliger Kerl ist, dachte Kirk. Seine Antwort war eine höfliche Entschuldigung. Das war alles, was er sich abringen konnte. Eine respektvollere Haltung konnte er nicht vortäuschen.

»Es war nicht absichtlich, das versichere ich Ihnen.«

Der romulanische Commander antwortete trocken: »Das ist es nie. Aber die Bedingungen des Abkommens sind klar. Sie lassen keinen Spielraum für gute Absichten. Ich würde mich ja gerne von Gefühlen leiten lassen, auf die Ihre Rasse so stolz ist, und diesmal über das Abkommen hinwegsehen, aber jeglicher Verstoß, und sei es nur aus Freundschaft, könnte zum Krieg führen.

Übergeben Sie Ihr Schiff, Captain. Wir sichern Ihnen gute Behandlung zu und werden Sie und Ihre Besatzung beim nächsten Föderationsstützpunkt außerhalb der Neutralen Zone absetzen.«

Kirks Gedanken überschlugen sich. »Habe ich Ihr persönliches Wort darauf, Commander...?«

»Larus – Commander Larus. Ich schwöre es bei meiner Familie und meinem Kommando, Captain. Sie und Ihr Personal brauchen sich keine Sorgen zu machen.« Er bemühte sich sehr, seine Schadenfreude zu unterdrücken. »Ich habe persönlich nichts gegen Sie. Ich muß aber Ihr Schiff übernehmen, wie es die Bedingungen des Abkommens zwischen unseren Regierungen verlangen. Mir persönlich ist diese Maßnahme sehr unangenehm.«

Wenn du nur an deiner Lüge ersticken würdest, du grinsender romulanischer Schmierenkomödiant! wünschte ihm Kirk insgeheim. Sein Lächeln war jedoch so höflich wie das des anderen.

»Ich hätte gern noch ein paar Minuten, um meine Besatzung zu informieren. Ein paar Vorbereitungen werden unvermeidlich sein.«

»Selbstverständlich, Captain Kirk. Das verstehe ich vollkommen. Nehmen Sie sich ruhig Zeit – fünf Minuten Ihrer Schiffszeit, nicht mehr!« Abrupt verschwand das Bild vom Schirm.

»Übertragung beendet, Captain«, sagte Uhura. »Aber sie tasten uns immer noch ab.«

»Gut. Sollen Sie uns doch abtasten, bis ihre Sensoren elektrische Migräne kriegen.« Kirk drehte sich um und betätigte einen Schalter in der rechten Armlehne seines Sessels. Spock verließ seine Station und stellte sich neben den Captain.

»Kirk an Sicherheitsdienst. Wie steht es mit der Suche nach dem Vendorier?«

»Hier Nored, Sir.« Die Stimme des Leutnants war jetzt ruhig und kühl dienstlich, keine Gefühlsbewegung schwang mehr aus ihr. Gut! »Noch keine Spur. Alle Decks werden laufend patrouilliert. Niemand hat ihn bis jetzt gesehen, aber...«

»Wie wollen Sie das wissen, Leutnant?« entgegnete Kirk verärgert. »Jeder könnte ein dutzendmal an dem Vendorier vorbeigegangen sein, ohne ihn zu bemerken.«

»Das glaube ich nicht, Captain.« Noreds Antwort klang fest und selbstbewußt. »Die Phaser unserer Streifen stehen auf unterster Lähmstufe. Ich habe den Befehl gegeben, den Strahl auf alles zu richten, woran sie vorbeikommen – Wände, Decke, Einrichtung. Es wird dadurch zwar eine Menge versengter Farbe geben, aber ich glaube, der Vendorier wird es sich unter diesen Umständen zweimal überlegen, an solch einer Tarnung festzuhalten.

Und die Männer der einzelnen Streifen halten sich dicht zusammen und bewachen einander. Deshalb glaube ich nicht, daß er die Gelegenheit bekommen wird, sich in einen unserer Leute zu verwandeln. Der Fremde wird jedenfalls zu beschäftigt sein, die Form zu wechseln, um noch größere Schwierigkeiten zu bereiten.«

Kirk war mit Noreds Vorsichtsmaßnahme zufrieden. Sie würden den Fremden früher oder später aufscheuchen. »Machen Sie weiter, Leutnant.« Er beendete die Verbindung und deutete mit einem Kopfnicken auf den Hauptbildschirm, wo wieder die romulanischen Schiffe zu sehen waren.

»Wie Scotty schon sagte, dürfte diese Begegnung kaum ein Zufall sein. Die Romulaner haben von Anfang an auf uns gewartet. Das Wrack von Winstons Schiff – ich frage mich, was ihm wirklich zugestoßen ist – wurde dazu benutzt, einen Saboteur und Spion an Bord der *Enterprise* zu bringen. Und wer wäre für diese Rolle besser geeignet als ein formwandelnder Vendorier, der nach Belieben die Gestalt jedes Beobachteten annehmen kann?

Als ich in meine Kabine ging, hat er mich eine Zeitlang ausgeschaltet, um meine Gestalt anzunehmen. Dann begab *er* sich auf die Brücke und befahl die Kursänderung. Als ich wieder zu mir kam«, er zuckte die Schultern, »war es schon zu spät, die Zone unbemerkt wieder zu verlassen. Eine saubere Falle.«

»Sieht ganz so aus, Captain, doch etwas gibt mir immer noch ein Rätsel auf.«

»Was, Spock?«

»Wie brachten es die Romulaner fertig, einen Vendorier für ihre Zwecke einzuspannen? Mir fällt kein logischer Grund ein, weshalb einer der Gestaltwandler für sie arbeiten sollte. Ich kann mir nicht vorstellen, was sie ihm dafür geboten haben.«

»Wir beschäftigen uns mit der Frage der Motivation später, Mr. Spock. Im Moment müssen wir ein Sternenschiff retten. – Leutnant M'ress, stellen Sie eine Verbindung zu Commander Larus her. – Uhura, lauschen Sie auf alles, was unsere Freunde da draußen von sich geben. Und überwachen Sie ihre Taster.«

Der weibliche felidische Navigationsoffizier führte den Befehl aus. Ihr Schwanz zuckte dabei nervös. »Verbindung herrgestellt, Captain«, schnurrte sie. »Sie haben offenbarr berreits darrauf gewarrtet.«

Wieder wurde das Bild der zwei romulanischen Kreuzer durch das ihres Commanders ersetzt. Kirk entging nicht, wie sehr der Romulaner sich bemühte, seine übliche Arroganz zu unterdrükken.

»Ihre Zeit ist abgelaufen, Captain. Ich nehme an, Sie sind jetzt bereit, mir Ihr Schiff zu übergeben.«

»Ihre Annahme ist falsch, Commander.«

»Captain!« entrüstete sich der Romulaner. »Wir sind in der Übermacht, außerdem steht das Recht auf unserer Seite. Ich bewundere zwar Ihren Mut, aber gestatten Sie mir, Sie darauf aufmerksam zu machen, daß Sie sich bei der taktischen Einschätzung Ihrer gegenwärtigen Lage irren.«

»Ich habe keine andere Wahl, Commander«, entgegnete Kirk. »Hätte ich durch Unachtsamkeit die Grenze zur Neutralen Zone übertreten, könnte man darüber reden, ja. Aber das Abkommen weist unmißverständlich darauf hin, daß Täuschungen jeglicher Art – falsche Leuchtzeichen, Signale, alles, was dazu dient, ein Schiff in die Neutrale Zone zu locken –, als eine Provokation des Täuschers, keineswegs des Getäuschten zu betrachten ist. Demnach sind Sie es, der das Abkommen verletzt hat, nicht ich.«

»Gelockt, Captain?« rief der Romulaner mit erstaunlich gut gespielter Empörung. »Wie könnten wir ein Föderationsschiff so tief in die Neutrale Zone *locken*?«

»Durch den Einsatz eines Spions in der Gestalt des verstorbenen Carter Winstons.«

Der romulanische Commander schwieg einen Augenblick. Er schüttelte betrübt den Kopf, dann sagte er: »Ein gestaltwandelnder Spion? Also wirklich, Captain! Ihr Mut wird offenbar noch durch Ihre Phantasie übertroffen. Beides sollten Sie zügeln.«

»Sie benutzten einen Vendorier«, fuhr Kirk ungerührt fort. »Und das ist eine Verletzung gleich mehrerer Abkommen, ganz zu schweigen von der Übertretung der galaktischen Quarantänebestimmungen, die für Vendoria gelten.«

Entweder beschloß der romulanische Commander seinen Bluff aufzugeben, oder er verlor die Lust an der gespielten Jovialität. Übergangslos verfiel er in seine natürliche Schroffheit.

»Ihre fünf Minuten sind längst abgelaufen, Captain. Entweder Sie übergeben Ihr Schiff, oder Sie machen sich zum Kampf bereit!«

»Ich werde mein Schiff nicht übergeben«, erwiderte Kirk nachdrücklich.

Es wird also zum Kampf kommen, dachte Chefingenieur Scott.

Er hatte gleich zu Beginn der Alarmstufe die Brücke verlassen und sich zu seiner Kampfstation auf dem Maschinendeck begeben. Nun, sie hatten schon mehrmals Schwierigkeiten mit den Romulanern gehabt und sie heil überstanden. Auch wenn der Gegner ihnen diesmal zahlen- und waffenmäßig überlegen war, machte er sich keine übermäßigen Sorgen. Sie brauchten nur...

Abrupt blieb er auf der vorletzten Stufe der schmalen Wendeltreppe stehen. Direkt vor ihm, nur wenige Schritte vom Kopfende der Treppe entfernt, stand ein Techniker vor einer geöffneten Wandplatte und hantierte dahinter. Er hatte keine Anordnung gegeben, diese Platte zu öffnen! Und niemand, absolut niemand, durfte ohne Scotts ausdrücklichen Befehl oder seine Erlaubnis an diesen Relais arbeiten.

»He! Was machen Sie da?«

Der Techniker drehte sich rasch um. »Nichts, Sir.« Er ging zur Treppenluke und half Scott die letzte Stufe herauf. »Nur das!«

Er berührte Scotts Schulter mit einer Hand. Dann beeilte er sich, den zusammensackenden Chefingenieur festzuhalten, ehe er die metallene Wendeltreppe hinunterschlittern konnte. Er zog ihn behutsam durch die Luke und legte die schlaffe Gestalt auf den Boden. Dann wandte er sich schnell wieder den Relais zu.

Jeden Moment mochte wieder jemand kommen, und er war in Eile. Da war es vielleicht besser, seine eigene Gestalt anzunehmen. Mit mehr Gliedmaßen würde er die Arbeit schneller erledigen können. Er verschränkte die Arme und verschwamm.

Der Vendorier stützte sich nur auf zwei Tentakel und benutzte die fünf anderen, die dicken Kabel hinter der geöffneten Wandplatte loszureißen.

Das erste rote Licht blinkte auf Sulus Konsole auf.

»Captain!« rief er, während er verzweifelt an den Kontrollen unterhalb des Warnlämpchens arbeitete. »Unsere Deflektorschilde versagen!«

Kirk fluchte lautlos und drückte auf eine Taste in der Armlehne. »Kirk an Maschinenraum! Brücke an Maschinenraum! Scotty, was geht da unten vor? Unsere Abwehrschirme lösen sich auf!«

Im Hauptmaschinenraum rannte ein schlaksiger junger Ingenieur zu dem plappernden Sprechgerät und meldete sich atemlos.

»H-hier, Sir.«

»Wer spricht?« fragte Kirk scharf. »Wer sind Sie?«

»Zweiter Ingenieur Gabler, Sir – Captain.«

Kirk warf einen Blick auf Spock. »Bauen Sie sofort die Schilde wieder auf, Gabler!«

»Das kann ich nicht, Sir!« schrie der andere hilflos.

»Dann reißen Sie Mr. Scott aus seinem Schläfchen, damit er sich darum kümmert!«

Jetzt war die Reaktion am anderen Ende völlig Verwirrung. »Das wollte ich soeben, Sir. Ist er denn nicht oben, vorn bei Ihnen?«

»Nein. Er ist nicht vorn bei mir, Mister! Sie wissen, wo die Kampfstation des Chefingenieurs ist!«

»Ja, Sir. Aber er ist hier nirgendwo, Sir!«

»Also dann…« Kirk hielt inne und zählte bis sechs, dann sagte er etwas ruhiger: »Nun gut, Mr. Gabler. Es ist unbedingt erforderlich, daß wir so schnell wie möglich unsere Schilde zurückhaben! Tun Sie, was Sie können!«

»Jawohl, Sir.« Gabler schaltete ab und blickte auf die kleine Gruppe Ingenieure, die sich um das Intercom geschart hatten.

»Steht nicht einfach herum und gafft wie Idioten! Die Deflektorschilde verlieren Saft. Überprüft die Instrumente, die Leitungen, findet heraus, wo der Fehler liegt!«

Sofort machten die Ingenieure sich an die Arbeit, und Gabler rannte zu seiner Station zurück, aber seine Gedanken waren nicht bei dem technischen Problem.

Was war mit Scott?

Inzwischen leuchtete ein anderes Lämpchen an Sulus Konsole auf. »Die Schleuse der Shuttlehalle wird aktiviert, Sir. Der Vendorier versucht offenbar zu fliehen!«

»Noch haben wir das Sagen auf diesem Schiff«, knirschte Kirk. »Schließen Sie alle Eingänge zur Shuttlehalle.«

Sulu drückte auf eine Taste. Dann blickte er stirnrunzelnd auf. »Es tut sich nichts, Sir.«

»Notfallüberbrückung, Mr. Sulu«, sagte Spock ruhig. »mechanischer Sicherheitsverschluß zur Verhinderung von Luftabfall.« Er blickte zu Kirk, als Sulu sich mit den nötigen Handgriffen beeilte. »Wir werden die Shuttleschleuse erst wieder bedienen können, wenn dic unterbrochenen Relais und Verbindungen ersetzt sind, Captain.«

Kirk hörte ihn kaum. Ihm war der gleiche Gedanke gekommen, während Spock die Anweisung erteilte.

»Schleusentür schließt sich, Sir!« rief Sulu aufgeregt.

Das war das Signal für Kirk, aufzuspringen. »Ein Problem bewältigt! Spock, übernehmen Sie das Kommando. Reden Sie mit den Romulanern. Halten Sie sie hin. Behaupten Sie irgendwas. Sagen Sie ihnen, wir werden uns einverstanden erklären, aber daß ich immer noch verzweifelt überlege, wie ich mein Gesicht wahren kann – das müßte ihr Commander verstehen.

Uhura, schicken Sie einen Sicherheitstrupp zum Shuttledeck, aber die Türen müssen geschlossen bleiben. Es genügt einstweilen, daß der Vendorier dort gefangen ist. Sie können mich unten im

Maschinenraum erreichen. Ich muß herausfinden, was, zum Teufel, dort passiert ist.«

Während er zum Herzen des Sternenschiffs eilte, grübelte Kirk über ihre Möglichkeiten nach. Die Schilde waren nicht völlig ausgefallen, aber ihre Abwehrkraft war sehr geschwächt. Und selbst wenn alle Schutzschilde mit Höchstleistung arbeiteten, hätte die *Enterprise* gegen zwei romulanische Schlachtkreuzer kein leichtes Spiel.

Und jetzt, da die Schildstärke um mindestens fünfzig Prozent abgefallen war...

Aber wenigstens, dachte er mit grimmiger Befriedigung, konnten wir die Flucht des vendorischen Spions verhindern. Da erinnerte er sich an Spocks Frage, wie die Romulaner es geschafft hatten, den Gestaltwandler für ihre Drecksarbeit zu gewinnen. Er wußte zwar nicht viel über die vendorische Kultur, aber das wenige sagte ihm, daß diese Allianz sehr merkwürdig war.

Endlich erreichte er den Maschinenraum. Auf seine Fragen wies ihn ein gestreßter Techniker zu einem anderen Deck. Er stieg die metallene Wendeltreppe hinauf und fand sich mitten in einer emsigen Schar von Besatzungsmitgliedern. Einer zeigte ihm, wo sich Gabler und Scott über eine geöffnete Wandplatte beugten.

»Was ist passiert, Scotty?«

»Oh, hallo, Sir. Ich weiß es nicht. Ich kam herauf, um die Sicherheitsrelais der Deflektorschilde zu kontrollieren.« Entrüstung und Verwirrung sprachen aus seinem Ton, als er fortfuhr: »Und da war dieser einfache Techniker und nahm völlig ungerührt die Verbindungen auseinander!

Also in einer solchen Situation hätte mein Anblick den Kerl vor Schreck erstarren lassen müssen – schließlich hantierte er unbefugt an so wichtigen Geräten. Aber statt dessen lächelt er mich freundlich an, kommt seelenruhig herüber und hilft mir auf Deck. An mehr erinnere ich mich beim besten Willen nicht.«

»Er kann nicht sehr lange hier gewesen sein«, warf Gabler ein. »Gleich nachdem ich mit Ihnen gesprochen habe, fanden wir Chefingenieur Scott.«

»Er war lange genug hier!« brummte Scott.

Das klang nicht sehr gut, fand Kirk. »Wie lange werden Sie für die Reparatur brauchen, Scotty?«

»Mindestens zwei Stunden, Captain.«

Zwei *Stunden*!

»Machen Sie schleunigst weiter.« Kirk drehte sich um und ging. Er wußte, wann es besser war, jegliche melodramatischen Bemerkungen zu unterlassen. Wenn Scott sagte, daß es zwei Stunden dauern würde, würde es wenig nützen, wenn Kirk ihm befahl, es in einer Stunde zu schaffen. Die Zeitschätzung des Chefingenieurs war so zuverlässig wie seine Arbeit. Zwei Stunden also, wenn jeder sein Bestes gab, und er würde die Schilde wiederhaben.

Aber konnten sie die Romulaner noch zwei Stunden hinhalten? Ihr Commander hatte ihm lediglich fünf Minuten zugestanden, und die nur widerwillig. Vielleicht blieben ihnen nicht einmal mehr zwei Sekunden.

Es gab nur eines, um das sie pokern konnten – das war die *Enterprise* selbst.

Der romulanische Commander hatte bereits zugegeben, daß er sich einzig und allein für das Sternenschiff interessierte – ganz und funktionsfähig. Wenn die romulanischen Sensoren auch bloß den Bruchteil ihrer Bestandteile wert waren, würde er inzwischen erfahren haben, daß die Schilde der *Enterprise* außerordentlich geschwächt waren. Kirk nahm nicht an, daß er mit dem Angebot, den Vendorier laufenzulassen, die Romulaner hinhalten konnte. Wenn der Vendorier fliehen konnte, um so besser. Wenn nicht, nun, er hatte seinen Zweck erfüllt.

Aber sie würden zögern, das Schiff zu zerstören, nachdem sie sich so viel Mühe gemacht hatten, es in die Finger zu kriegen.

Allerdings hatte Kirk keine Ahnung, wie lange der schöne Traum von einer gekaperten *Enterprise* den romulanischen Commander davon abhalten würde, sie zu beschießen. Das war der kritische Faktor.

Die Vernichtung der *Enterprise* wäre für die Verteidigungskräfte der Föderation ein kleiner Schlag verglichen mit einer Beschlagnahme des voll einsatzbereiten Schiffes – aber eben doch ein Schlag.

Kirk hatte keine Wahl. Er mußte darauf setzen, daß die Romulaner so scharf auf das Schiff waren, daß sie es nicht zerstörten. Nerven, nicht Phaser würden den Ausgang dieser Konfrontation entscheiden.

Er lächelte und fühlte sich ein wenig besser.

Man konnte auf Unsichereres setzen als auf die Habgier eines Romulaners…

4

Ein Shuttle stand vor der Hauptschleuse des Hangardecks der *Enterprise*. Die Schleusentüren würden sich erst wieder öffnen lassen, wenn erfahrene Techniker die absichtlich beschädigten Teile ersetzt hatten. Drei Mann vom Sicherheitsdienst war es gelungen, die Hangarhalle zu erreichen, bevor alle Eingänge verschlossen worden waren. Einer der drei lag schlaff quer über der Schwelle des offenen Shuttleluks, ein anderer zusammengesackt am Fuß der ausgefahrenen Rampe.

Ein dritter oder vielmehr eine dritte stand der vierten Person in dieser stillen Halle gegenüber.

Anne Nored hielt ihren Phaser auf sie gerichtet. Ihre Hand war ganz ruhig, ebenso ihre Stimme.

»Diesmal kommst du nicht an mir vorbei. Ich habe meine Lektion gelernt.«

Die Carter-Winston-Gestalt nickte bedächtig. »Ja, er hat gesagt, daß du so bist. Tüchtig und pflichtbewußt ebenso wie liebevoll und schön. Du bist genau, wie er dich beschrieben hat, Anne.«

Die Phasermündung schwankte nicht um einen Millimeter.

Annes Blick verriet Mißtrauen und ihre Stimme Zögern – aber sie mußte einfach fragen:

»Carter? Was hat er gesagt? Wieso – wieso kennst du ihn so gut?«

Der Winston/Vendorier antwortete. Obwohl ihr Instinkt Anne riet, jedes seiner Worte nur als schlaues Manöver anzusehen, war da etwas in Winstons Stimme, das... Nein, verdammt, es war nicht Winston! Nur eine gekonnte Tarnung, eine geradezu unheimliche Nachahmung.

Doch ob Nachbildung oder nicht, der Ton der Stimme klang fast ehrlich.

»Er hat viele Dinge gesagt. Manche waren nur Gefühle, tiefe Gefühle, die er nicht immer ganz ausdrücken oder hinreichend übermitteln konnte. Ich verstand zwar die Worte und die grobe Bedeutung, aber ich spürte, daß sie viel mehr waren, als ich zu begreifen imstande war. Die Sprache vermittelt manchmal aufreizend wenig und verwirrt mehr als sie verständlich macht.

Ich bemühte mich sehr, diese Gefühle zu verstehen. So viele der Ideen und Vorstellungen, die er mir übermitteln wollte, waren für mich neu, fremdartig, seltsam – aber immer aufregend. Je weniger ich sie verstand, desto mehr wollte ich darüber wissen.« Winston schüttelte den Kopf.

»Meine Rasse hat ihre Fehler, aber als den größten sieht man unsere einzigartige Fähigkeit an, andere nachzuahmen, andere Form anzunehmen. Etwas für uns so Natürliches erscheint anderen intelligenten Geschöpfen so erschreckend fremd. Ich habe gehört, daß es auf vielen Welten Tiere gibt, die zu Ähnlichem imstande sind. Aber wenn diese Fähigkeit mit Intelligenz verbunden ist, werden andere Rassen nervös.

Manchmal«, fuhr er bitter fort, »sind wir...« Seine Stimme nahm wieder einen sanfteren Ton an. »Aber Carter Winston hat dich ehrlich geliebt.«

Der Phaser schwankte ganz leicht, blieb jedoch auf den Vendorier gerichtet. Verflixt, wo trieben sich nur die anderen Sicherheitstrupps herum?

Anne hatte keine Ahnung, daß Kirk befohlen hatte, die Shuttlehalle vom übrigen Schiff zu isolieren. Wo blieb der Captain? Oder Mr. Spock? Irgend jemand mit Befehlsgewalt, der ihr diese Verantwortung abnehmen würde.

Sie hätte eigentlich gar nicht mit diesem Wesen reden sollen, hätte den Mund halten und wenigstens einen kurzen Phaserschuß auf eines seiner Beine abgeben sollen, um seine Bewegungsfreiheit einzuschränken.

Statt dessen fragte sie leise: »Wie ist er gestorben?«

»Winstons Schiff geriet tatsächlich im freien Raum in einen dichten Meteoritenschwarm. Die Deflektorschilde seines kleinen Schiffs waren zu schwach.

Sie hielten gerade so lange, daß er sich nach einer Landemöglichkeit umsehen konnte. Die einzige erreichbare Zuflucht war Vendoria. Winston wußte, daß das Betreten dieser Welt verboten war, aber er hatte keine Wahl. Es war ohnehin ein Wunder, daß er mit seinem Schiff überhaupt noch eine Landung schaffte. Leider überstanden weder er noch sein Schiff diese Landung heil. Seine Verletzungen waren sehr schwer.« Winston verlagerte sein Gesicht von einem Bein auf das andere.

»Wie es bei uns üblich ist, wurde er nach der ersten chirurgischen Versorgung einem einzelnen von uns zur Pflege überantwortet.« Er blickte Anne fest an. »Mir. Er lebte noch fast vier

Jahre, bevor die Schäden in seinem Organismus ein Stadium erreichten, in dem unsere medizinische Wissenschaft nicht mehr helfen konnte.

Wir kamen uns in diesen vier Jahren sehr nahe.« Eine kleine Pause setzte ein, während die beiden einander anblickten – die eine vielleicht ein bißchen zu menschlich, der andere höchstens der Gestalt nach.

Oder doch mehr?

»Du bist so sehr wie er – seine Stimme, seine kleinen Gesten, seine Eigenheiten. Sogar die Betonung mancher Worte.«

»Weißt du, Anne, wir Vendorier genießen unsere Gabe der Gestaltwandlung. Sie ist wunderbar. Aber ihretwegen sind wir von der übrigen zivilisierten Galaxis isoliert. Deshalb ist alles Neue, das wir nachahmen können, ein besonderer Glücksfall. Es wird gewissermaßen zum Exklusivbesitz seines Entdeckers. So war es bei mir mit Carter Winston.

Ich nahm sehr oft seine Gestalt, diese Gestalt, an. Für immer längere Zeit. Eine wirklich erstaunliche Gestalt. In sie zu schlüpfen, war ein großes Vergnügen, denn sie paßte so gut, nicht nur körperlich, sondern auch geistig.

Und ich glaube, Winston sah mich gern als sein Abbild. Er fand meine eigene Gestalt nicht abstoßend – als interstellarer Händler hatte er keine primitiven Vorurteile über Äußerlichkeiten –, aber ich bin sicher, die Möglichkeit, jemand so Vertrauten wie sich selbst um sich zu haben, machten ihm seine letzten Tage leichter.« Winston lächelte.

»Das war etwas anderes, als am Sterbebett ein fremdartiges Monstrum an seiner Seite zu haben.«

»Und er hat gesagt, daß er mich liebt?«

»Ja. Sehr oft. Und dadurch kommen wir zu einem anderen Problem.« Er zögerte. »Du mußt wissen, ich habe das Gefühl, daß ich sehr viel seiner inneren Einstellung und seiner Emotionen aufnahm. Je länger ich bei ihm war, desto mehr wurden sie zu einem Teil von mir. Ich weiß nicht, wie das bei Menschen ist, aber ein Vendorier kann nicht längere Zeit in enger Beziehung zu einem anderen stehen, geschweige denn die gleiche Gestalt annehmen, ohne in gewissem Sinn zu einem Teil von ihm zu werden.

Wir waren uns zuletzt so nahe, daß ich hungrig wurde, wenn Winston es war; fühlte er sich müde und erschöpft, wurde auch ich müde und erschöpft. Sogar noch tiefer reichte es. Wenn er Schmerzen hatte, bekam auch ich sie, wenn ich in seiner Gestalt war. Wir trösteten uns dann gegenseitig. Ich versuchte ihn aufzuheitern, und er mich.

Unsere Verbindung wurde so stark, daß ich sogar sein Heimweh hatte, eine tiefe Sehnsucht nach einer Welt empfand, die ich nie gesehen hatte und auf die ich nie einen Fuß setzen würde. Und«, fuhr er ganz leise fort, »seine Liebe zu dir war so unendlich stark, daß ich mich nicht dagegen wehren konnte und sie ebenfalls empfand.« Er blickte Anne wieder an.

»Weil ich bei ihm war, als er starb, erlosch sie auch nicht wieder.«

Trotz aller Beherrschung zitterte sie nun am ganzen Körper. Die Hand mit dem Phaser sank langsam immer tiefer. Er hätte sie jetzt mühelos überrumpeln können, aber er tat es nicht. Alle aggressiven Gedanken verschwanden aus ihrem Bewußtsein. Verräterische Feuchtigkeit bildete sich in ihren Augenwinkeln. Sie hob die freie Hand und versuchte, sie wegzuwischen, doch um so stärker rannen nun Tränen über ihre Wangen.

Sie hob beide Hände, doch diesmal, um sie instinktiv nach ihm auszustrecken.

»Carter...«

Er kam näher. Eine Hand berührte die Finger um den Phaser. Anne wehrte sich nicht. Dann hob er beide Hände höher, faßte ihre Schultern und schob sie sanft von sich.

»Du darfst meinetwegen nicht weinen.«

»Carter, ich...«

»Anne, sieh mich an. So schaue ich aus.«

Er machte ein paar Schritte rückwärts und überkreuzte die Arme auf der Brust. Carter Winston verschwand.

An seiner Stelle stand ein großes, siebententakeliges Wesen: eine Alptraumgestalt aus orangefarbigen Gliedmaßen, die dicken Kabeln ähnelten, und einem großen knollenartigen Kopf, dessen Augen wie Juwelen wirkten. Es sprach, und die Stimme war wie die von Carter Winston – doch sie klang nun so eigenartig fern und hallend. Sie kam jetzt aus einem nichtmenschlichen Kehlkopf.

»Wie könntest du... das... lieben?«

Ihre Hände glitten vom Mund, zu dem sie in der ersten Überraschung geflogen waren. Wie die meisten Menschen hatte sie noch nie zuvor einen Vendorier gesehen. Seine Gestalt war so unmenschlich, so völlig fremdartig wie die wildesten Drogenträume.

Doch der erste Schock verging. Das Geschöpf verschränkte zwei Tentakel und nahm wieder die vertraute Gestalt Carter Winstons an. Mitgefühl sprach aus seiner wieder menschlichen Stimme und... noch etwas?

»Verstehst du jetzt, warum ich dir gesagt habe, daß du mich vergessen sollst?« sagte der Vendorier, und es fiel ihm offenbar gar nicht auf, daß er das Pronomen gewechselt hatte.

»Aber bedauerlicherweise kann *ich* es nicht!« ertönte Captain Kirks Stimme. Beide drehten sich um und blickten zum Nebeneingang. Kirk war Augenblicke vor dem angeforderten Sicherheitstrupp angekommen. Er hielt einen Phaser auf Winston gerichtet.

Er kam jedoch nicht dazu, ihn einzusetzen, denn die Druckwelle des ersten Phaserbeschusses durch die Romulaner schmetterte alle auf den Hangarboden. Benommen rollte Kirk herum und versuchte, gleichzeitig auf die Füße zu kommen und zu zielen, aber wohin? Er sah sich verwirrt in der ganzen Shuttlehalle um.

Der Fremde war verschwunden.

Jetzt erst wandte Kirk sich Anne Nored zu. Sie drückte eine Hand auf die Stirn und hatte sichtlich Schwierigkeiten, aufzustehen. Er half ihr hoch.

»Carter... Carter...«

»Der Vendorier ist weg, Leutnant Nored«, sagte Kirk angespannt. »Ich muß auf die Brücke zurück. Sind Sie okay?«

»Ja, nur eine Beule. Ich werde zu meiner Abteilung zurückkehren.« Sie machte einen Schritt und wäre fast gefallen.

Kirk trug sie halb zum Ausgang zurück, wo ihnen bereits der Sicherheitstrupp entgegenkam.

»Fähnrich Tuan zur Stelle, Captain.« Der aufgeregte junge Mann versuchte, Kirk anzusehen und gleichzeitig über seine Schulter in die riesige Shuttlehalle zu schauen. »Wo ist der Fremde?«

»Der Fremde ist wieder weg, Mr. Tuan. Und hören Sie auf, mit dem Phaser herumzuwedeln, bevor Sie sich selbst verletzen.« Der Fähnrich bekam einen roten Kopf und beeilte sich, die Waffe ins Halfter zu stecken.

Kirk seufzte. »Stellen Sie hier eine Wache auf. Das Schleusentor ist blockiert, aber der Vendorier könnte möglicherweise versuchen, mit dem Phaser eine Öffnung für das Shuttle durchzuschießen. Verständigen Sie Waffenkammer und Maschinenraum. Und die Sicherheitszentrale. Sie werden die Suche alle noch einmal von vorn anfangen müssen, aber vielleicht können wir den Gestaltwandler jetzt auf diesem Deck festhalten.«

»Jawohl, Sir.«

»Leutnant Nored, ich glaube, die Sicherheitsabteilung kommt ohne Sie zurecht.« Sie blickte ihn nicht an. »Begleiten Sie mich auf die Brücke. Vielleicht können Sie sich dort nützlich machen.«

Am liebsten hätte er noch ein paar nicht so freundliche Bemerkungen hinzugefügt. Sie hatte den Vendorier wieder gestellt gehabt und erneut entkommen lassen. Er verstand zwar ihre seelische Verfassung, konnte jedoch ihre Handlungsweise nicht entschuldigen. Mr. Spock würde noch weniger Verständnis dafür aufbringen. Sie würde auf der Brücke, fern der Suche, jedenfalls besser aufgehoben sein. Eine angenehmere Alternative als Bau.

Außerdem wäre es schwer zu beweisen, daß sie den Fremden absichtlich hatte laufen lassen. Die Romulaner hatten ihren Teil dazu beigetragen.

Ja, was war mit den Romulanern?

Spock wartete bereits mit einem Bericht. Er fing zu reden an, noch ehe Kirk in seinem Kommandosessel Platz genommen hatte. Anne Nored wanderte geistesabwesend auf der Brücke umher. Sie war immer noch benommen, nicht nur von ihrer unsanften Landung auf dem Fußboden.

»Direkttreffer, Captain«, meldete Spock ruhig. »Die sekundären Antriebssysteme sind beschädigt. Der romulanische Commander hat offensichtlich seine Vor- und Nachteile abgewogen und befunden, daß er uns genug Zeit zum Überlegen gelassen hat. Er ist zum Kampf bereit.«

»Ich spürte nur eine Druckwelle, Mr. Spock. Keine weiteren Angriffe?«

»Nein, Captain. Nur der eine Phaserschuß.«

»Dann hofft er, unsere Entscheidung zu beschleunigen, aber das Schiff will er immer noch. In der beschädigten Sektion sind nur Maschinen. Noch will er Tote und einen direkten Kampf vermeiden.«

Er blickte zu Leutnant M'ress an der Kommunikationsstation, als sie ihn unterbrach:

»Derr rromulanische Commanderr will Sie sprrechen, Sirr. Soll ich ihn auf den Schirrm geben?«

»Mir wäre lieber, Sie würden ihn... Schon gut, Leutnant.«

Einen Augenblick später hatte das Gesicht des romulanischen Offiziers das Bild seiner Schiffe auf dem Hauptschirm abgelöst.

Die Romulaner geben keine guten Pokerspieler ab, dachte Kirk. Ihre Miene war noch verräterischer und unbeherrschter als die von Menschen. Ihre Gesandten und Botschafter hatten bestimmt ihre liebe Not mit der Kunst der Diplomatie.

Beispielsweise dachte der Commander zweifellos, daß sein Gesicht jetzt ausdruckslos war, aber sein erwartungsvolles Lächeln reichte von Ohr zu Ohr.

»Captain Kirk«, begann er – und auch aus seiner Stimme sprach Erwartung. Was er wohl nun ausgebrütet hat? fragte sich Kirk. Ihm behagte die Patsche gar nicht, in der sie saßen.

»Unsere Hauptphaserbatterien sind auf Ihr Schiff gerichtet. Mir fiel ein – ah, erstaunlicher Mangel an Abwehrmaßnahmen Ihrerseits auf. Widerstand wäre nunmehr nicht nur sinnlos, sondern würde auf kriminelle Weise Leben gefährden.

Wenn Sie schon keine Rücksicht auf sich selbst oder Ihr Schiff nehmen, sollten Sie doch wenigstens an Ihre Mannschaft denken. Unser Angriff war mit voller Absicht auf einen menschenleeren Teil Ihres Schiffes gerichtet. Ich kann jedoch nicht garantieren, daß unsere Kanoniere auch weiterhin diese Wahl treffen werden.« Es gelang ihm sogar, bedauernd zu wirken, als er sich ein wenig nach vorn lehnte.

»Sind Sie jetzt bereit, uns Ihr Schiff zu übergeben? Wie Ihnen gewiß bekannt ist, ist es nicht unsere Art, jemandem eine zweite Chance zu geben.«

Was der Romulaner ihm sagte, war: Ja, er wollte die *Enterprise*, aber, nein, so sehr auch nicht, ihm noch mehr Zeit zu lassen. Kirks Gedanken überschlugen sich.

Er könnte vielleicht einen Ausweg finden, wenn sich seine Gedanken nicht ständig um die nicht kalkulierbaren Absichten des Vendoriers drehen würden. Und mit dem Vendorier würde er schon fertig, wenn die Romulaner nicht wären. Aber beide zusammen!

Es spielte keine Rolle. Er hatte ohnehin keine Zeit mehr.

Ohne volle Deflektorkraft, dachte er grimmig, sind wir wie Tontauben. Kirk hatte noch nie in seinem Leben eine Tontaube gesehen und würde sie vermutlich nicht einmal erkennen, wenn sie in sein Essen fiel, aber archaische Metaphern hatten ihr eigenes Leben in der terranischen Sprache.

»In diesem Stadium rät die Vernunft zur Kapitulation, Captain«, sagte Spock leise. »Auch ich sehe keine Lösung. Es gibt viele Sternenschiffe, aber nur ein Individuum.«

Natürlich gibt es noch andere Sternenschiffe, dachte Kirk. Aber welche Chance hatte er, je wieder das Kommando über eines zu bekommen, wenn er die *Enterprise* aufgab, ohne einen Schuß abzufeuern?

Sulu hatte bedrückt sowohl die Innen- wie Außensensoren überwacht und laufend die Anzeigen kontrolliert. Jetzt unterbrach er aufgeregt Spocks Rat – und Kirks Niedergeschlagenheit. Ja, er unterbrach alles, was gerade auf der Brücke getan wurde:

»Captain, ich verstehe es nicht – aber die Deflektorschilde bauen sich wieder auf!«

Mit zwei Schritten war Kirk neben ihm und starrte ungläubig auf die Anzeigen. »Es ist nur ein Schild...«

»Ja, Sir, aber unser Hauptabwehrschirm, und er steht zwischen uns und den Romulanern. Sehen Sie!« Er deutete auf einen Energieanzeiger. »Er ist auf voller Leistung!«

Kirk eilte zu seinem Sessel zurück. Ein Weiser zerbricht sich nicht den Kopf über das plötzliche Auftauchen eines Vorrats an Speeren, wenn die Wilden sein Tor stürmen wollen. Er wirft sie einfach. Gedanken über ihre Herkunft kann er sich immer noch machen, wenn er sie aus seinen Angreifern herauszieht.

Sie mußten sofort handeln, bevor irgendeinem Techniker auf einem der Schlachtkreuzer auffiel, daß die Schilde der *Enterprise* wieder volle Energie hatten.

»Mr. Sulu, zielen Sie auf die Triebwerke des vorderen romulanischen Schiffes. Phaser und Photonentorpedos!«

Sulus Hände spielten auf den Kontrollen wie auf einer Orgel. »Phaser und Torpedos klar, Sir.«

»Wir müssen eines gleich mit diesem ersten Angriff ausschalten.«

»Kein Problem, Captain.«

»Feuer!«

»Feuer!« bestätigte Sulu.

»Ausweichmanöver, Mr. Sulu. Halten Sie den guten Schild zwischen uns und den Romulanern.«

Der romulanische Commander war längst vom Schirm verschwunden. M'ress hatte automatisch auf das Sensorbild der zwei Schlachtkreuzer umgeschaltet. Eigentlich war das schade, Kirk hätte jetzt gern das Gesicht des Commanders gesehen.

Dafür sah er, wie die Phaserstrahlen das Heck des näher gelegenen Schiffes trafen.

»Sie verfolgen uns, Sir«, meldete Sulu ruhig. »Beide.«

Kirk nickte nur. Sie hatten wahrscheinlich erwartet, daß er zu entkommen versuchen würde, nicht aber, daß er angriff.

Plötzlich leuchtete es am Heck des vorderen Kreuzers auf. Die Schilde der Romulaner hatten die schweren Phaser der *Enterprise* abgewehrt, aber eines oder gar zwei der starken Photonentorpedos waren durchgekommen. Das beschädigte Schiff schien zu zögern und verschwand vom Schirm – nicht, weil es vernichtet, sondern weil es langsamer geworden war.

»Zweites Schiff feuert, Captain«, meldete Spock.

Kirk blickte angespannt auf. »Phaser und...« Doch ehe er seinen Befehl beenden konnte, wurde die Brücke von einer Schockwelle erschüttert. Der Verfolger hatte die *Enterprise* unter Beschuß genommen. Und diesmal wollte er sie nicht nur beschädigen, sondern vernichten.

Der auf wundersame Weise neu erstandene Deflektorschild hielt. Die künstliche Schwerkraft stabilisierte sich, und die Schiffsbeleuchtung blieb an.

»Kleine Schäden auf den Decks E und H«, meldete Spock Augenblicke später. »Verluste auf dem E-Deck, leichte Beschädigung der Schiffshülle und Luftverlust in vier Kabinen. Automatische Versiegelung hat bereits eingesetzt.«

»Das zweite Ziel erfassen!« befahl Kirk ruhig. Er bemerkte, daß M'ress ihn bewundernd anblickte. Sie schwitzte nicht, aber sie atmete schwer – Nervosität, wie Kirk erkannte. Offenbar wußte sie nicht, daß Sternenschiffkapitäne nur unter der Haut schwitzten. Deshalb waren sie auch die ganze Zeit so reizbar.

»Zweites Schiff im Visier, Sir«, erwiderte Sulu. Und eine Sekunde später: »Ziel erfaßt, Sir.«

»Phaser und Torpedos, Mr. Sulu. Torpedos gestaffelt, auf dieselbe Stelle, soweit möglich.« Vielleicht konnten sie die romulanischen Schilde an einer Stelle überlasten. Dem Gegner die Schneid zu nehmen, mochte ebenso wirkungsvoll sein, wie ihn zu vernichten.

»Abgefeuert, Captain.«

Grelle Blitze zuckten um den romulanischen Kreuzer, als seine Schilde unter dem Doppelangriff wankten. Sulus Blick blieb auf seinen Anzeigen haften, seine Stimme war ruhig.

»Phaser – Volltreffer, Sir.« Ein grelles Aufleuchten überlagerte kurz den Schirm. »Zwei Photonentorpedotreffer!«

Doch der Romulaner, durch den Phasertreffer gewarnt, hatte die Schildenergie auf Maximum erhöht, und die Torpedos verpufften mit blendendem Lichtschein, ohne daß Schaden entstand.

Kirk hörte Spocks Meldung und versuchte, sich seine Enttäuschung nicht anmerken zu lassen. Falls es den romulanischen Computern gelang, einen Torpedo hinter ihren einzigen guten Deflektorschirm zu setzen...

»Klar zum Feuern, Mr. Sulu.«

»Klar, Sir.«

Der dritte Angriff war nicht nötig. Eine Sekunde verfolgte sie der romulanische Kreuzer noch dichtauf, im nächsten verschwand er schnell aus Sensorreichweite, als sein Commander den Kampf abbrach und in den Tiefen der Neutralen Zone verschwand.

»Wir verlieren die Verbindung, Sir«, meldete Sulu. »Der Kreuzer wendet.«

Erleichterung schwang in Kirks Stimme. »Kehrt wohl um, um dem beschädigten Schwesterschiff zu helfen. Gut. Ein Kampf bis zum Ende wäre für beide Seiten schlecht gewesen.«

»Vielleicht hat ihnen unser Beschuß des ersten Schiffs zu denken gegeben«, meinte Sulu.

Kirk schüttelte den Kopf. »Das glaube ich nicht, Mr. Sulu. Die Romulaner haben einige tadelnswerte Eigenschaften, aber Feigheit gehört gewiß nicht dazu. Nein, sie hatten damit gerechnet, daß unsere Schilde zusammenbrechen. Deshalb haben sie nicht sofort angegriffen. Und als diese sich im Gegenteil plötzlich wieder aufbauten...

Ihr ganzer Plan beruhte vom ersten Manöver an darauf, daß eine Reihe von Dingen geschehen würde. Als jedoch so einiges schiefging, beschlossen sie, ihr Vorhaben aufzugeben. Die Romulaner planen ihre Hinterhalte gern sorgfältig im voraus. Überraschungen mögen sie nicht.

Und weil wir von Überraschungen sprechen, Mr. Spock, wie schwer haben wir das andere Schiff beschädigt? Fragen Sie doch bitte Ihren klugen Computer.« Spock drehte sich zu seinem Terminal um und gab die Frage ein.

»Ich hoffe, nicht zu sehr«, fügte Kirk hinzu. »Bei schweren Beschädigungen oder Verlusten an Leben sähe sich das romulanische Oberkommando vielleicht veranlaßt, den Kampf fortzusetzen. Sie sind sehr stolz.«

In dieser Beziehung konnte Spock Kirk beruhigen. »Bei dem ersten Schiff wurde die Hauptenergieversorgung lahmgelegt, Captain. Es dürfte zu keinen ernsten Verletzungen unter der Besatzung gekommen sein. Das Schiff wird mit dem Sekundärantrieb fliegen können, wenn auch mit geringerer Geschwindigkeit. Mit der Hilfe des anderen Kreuzers müßten die Romulaner es zumindest soweit reparieren können, daß sie ihren nächsten Stützpunkt erreichen.«

Kirk nickte befriedigt. Er schwang herum, als er den Lift hörte. Chefingenieur Scott stieg aus und kam auf ihn zu.

»Gute Arbeit, Mr. Scott. Der Deflektorschild war gerade noch rechtzeitig oben.«

Scotts Reaktion war anders, als Kirk erwartet hatte. Statt sich über das Kompliment zu freuen, blickte ihn der Chefingenieur verwirrt an.

»Aber Sir, die Schildleitungen sind noch nicht alle repariert. Ich wollte lediglich fragen, ob ich hier oben helfen kann. Meine Techniker führen die restlichen Reparaturen aus. Sie werden noch eine gute Stunde brauchen, genau wie ich sagte.«

Spock verließ seine Station und kam herüber, um sich am Gespräch zu beteiligen.

»Interessant«, stellte er fest.

»Aber verdammt, Scotty, die Schilde hatten Energie! Zumindest der Hauptschild. Wenn Sie mit den Reparaturen noch gar nicht fertig sind, wie...« Er machte eine Pause. Ihm wurde plötzlich etwas klar.

»Natürlich! Winston, oder vielmehr, der Vendorier!«

»Das könnte durchaus im Rahmen des Möglichen liegen, Captain«, pflichtete ihm Spock bei. »Wenn er imstande ist, seine innere Struktur zu verändern, um ein Untersuchungstisch zu werden, kann man annehmen, daß er auch eine solche Verwandlung schafft. Ich meine, in einen...«

»Deflektorschild?« Trotz der Umstände, die auf den Vendorier hinwiesen, hatte Kirk Zweifel. »Der Schild mußte die geballte Energie der gesamten Phaserbatterie eines Schlachtkreuzers abwehren!« Er schüttelte den Kopf. Er wollte ja glauben, daß so etwas möglich war, aber...

»Vendorier sind großartige Imitatoren, Mr. Spock, aber keine Superwesen. Kein lebender Organismus könnte seine Substanz so dünn verteilen und diese ungeheure...«

»Er war nicht der *Schild*, Captain«, berichtigte Spock. »Es gibt viele Instrumente – komplexe Kontrollen, Schaltelemente und andere elektronische Komponenten – in einem Untersuchungstisch. Ich kann mir ebenfalls nicht vorstellen, daß ein Einzelwesen ein Deflektorschild werden könnte, aber eine Reihe von herausgerissenen Kabeln und lahmgelegten Schaltungen? Vergessen Sie nicht, daß der Vendorier die Leitungen, die er beschädigte, genau gesehen hat.«

Scott hatte mit zunehmend kribbeligerem Gefühl zugehört. Aus seiner Neugier war pure Frustration geworden.

»Würde vielleicht jemand die Güte haben, mir zu sagen, was eigentlich los ist?« bat er völlig verwirrt.

Doch bevor einer der beiden Offiziere antworten konnte, öffnete sich die Lifttür aufs neue. Automatisch blickten alle in diese Richtung.

Die orange Gestalt, die an der Liftöffnung halb stand, halb schwebte, war Kirk und Spock inzwischen vertraut, aber für Scott und das übrige Brückenpersonal war die alptraumhafte Erscheinung etwas völlig Neues, Unerwartetes.

Scott schluckte. »Was ist denn das für ein Wesen?«

»Das ist Ihr Deflektorschild, Mr. Scott«, erwiderte Spock.

»Mein Deflek...« Scotts Blick verriet, daß er nicht recht wußte, was merkwürdiger war – die Kreatur an der Tür oder der Erste Offizier des Schiffs. Er blickte wieder zu dem Vendorier hinüber.

»Im wesentlichen ist das richtig«, bemerkte der Vendorier mit Carter Winstons Stimme. Er kam auf sie zu. »Ich tat, was ich konnte.« Trotz seiner Rundumaugen drehte er sich leicht Kirk zu, wie es schien. Es war eine sehr menschliche Geste.

»Ich vermute, die Gefahr für Ihr Schiff ist vorüber, Captain?«

»Ja. Außer die Romulaner halten noch andere Überraschungen für uns bereit.«

»Das glaube ich nicht«, entgegnete der Vendorier. »Ich bin froh. Es tut mir leid, daß ich Ihr Schiff und Ihre Leute in Gefahr brachte. Das lag nicht in meiner Absicht.«

Vielleicht konnte Kirk jetzt die Frage stellen, die ihn schon beschäftigte, seit sie herausgefunden hatten, daß der seltsame Spion ein Vendorier war.

»Warum haben Sie das getan? Welche Belohnung hatten die Romulaner Ihnen versprochen?«

»Um das zu verstehen, Captain, ist es wichtig, daß ich Ihnen ein wenig über mich erzähle. Den Rest können Sie von Leutnant Nored erfahren.« Kirk blickte zum weiblichen Leutnant hinüber, der den Vendorier aufmerksam beobachtete.

»Meine – Zuneigung zu dem Menschen Carter Winston gab Anlaß zu vielen – Bemerkungen unter meinen Mitvendoriern, Captain. Ich habe mich schon immer etwas anders gefühlt und auch ein wenig anders benommen, als es vendorische Norm ist. Für geistig von dieser Norm Abweichende hat man auf Vendoria nicht viel Verständnis.

In der Zeit, da Carter Winston noch lebte und ich ihn pflegte und immer mehr Zeit mit ihm verbrachte, wurde viel über meine Verirrung geredet. Aber zwischen uns gab es ein Band, das nichts mit Gestalt und Rasse zu tun hatte. Ich fühlte, daß ich mit dem verletzten Menschen mehr gemein hatte als mit anderen Vendoriern.

Sie begannen mich zu meiden. Ich wurde zum Ausgestoßenen in meiner eigenen Spezies, Captain. Aber das störte mich nicht – solange Winston lebte. Doch nachdem er gestorben war, straften meine Mitvendorier mich mit Verachtung. Ich fühlte mich einsam, dann verbittert und zuletzt wieder schrecklich einsam.

Obgleich geraume Zeit verging, änderte sich meine Situation nicht. Man fuhr fort, mich wie einen Aussätzigen zu behandeln. Als ein romulanisches Schiff die Stadt besuchte, in deren Nähe ich als Einsiedler lebte...« Er machte eine Pause. »Sie hatten Vendoria übrigens in den vergangenen Jahren regelmäßig besucht, immer in der Hoffnung auf ein Bündnis mit uns. Aber wir wollten davon nichts wissen.«

»Interessant«, murmelte Spock. »Das muß ich weitergeben. Ich weiß, daß mein Vater und auch andere Botschafter sehr an dieser Information interessiert sein werden. Ich nehme an, sie werden sich mit ihrem romulanischen Kollegen darüber unterhalten wollen.« Er ging zu seiner Datenkonsole zurück, um einen Bericht über die romulanische Verletzung der vendorischen Quarantäne einzugeben.

»Sie sagten«, forderte Kirk den Fremden zum Weiterreden auf, »daß Ihre Mitvendorier nichts mit den Romulanern zu tun haben wollten.«

»Warum auch? Die Romulaner hatten ihnen nichts zu bieten. Aber bei mir war das etwas anders.« Das schwache Licht seiner Augenlinsen schien etwas stärker zu werden. »Mein eigenes Volk lehnte mich ab. Ich war ein nutzloser Ausgestoßener.

Die Romulaner hatten mir nichts zu bieten – außen ein Leben, Captain. Eine Chance, etwas Nützliches zu tun. Es mag ja manchmal den Anschein haben, wir seien eine leichtfertige, träge Rasse, aber es ist buchstäblich lebenswichtig für einen Vendorier, mit etwas Nützlichem beschäftigt zu sein, etwas zu tun, das einen Wert hat.

Das konnte mir Vendoria nicht mehr bieten; meine Mitvendorier verhinderten es sehr wirkungsvoll, indem sie mich aus jeglicher Gemeinschaft ausschlossen. So war ich in meiner Verzweiflung empfänglich für die Wünsche der Romulaner. Sie müssen wissen, Captain, daß eine Beschäftigung bei uns lediglich dann als lohnend angesehen wird, wenn sie nicht nur für den Ausführenden von Wert ist, sondern auch für jemand anderen.«

Von Anfang an hatte Kirk diesem fremdartigen Eindringling nicht gerade freundschaftliche Gefühle entgegengebracht. Doch während »Winstons« Stimme diese Geschichte einer qualvollen Vergangenheit erzählte, betrachtete er den Vendorier immer weniger als feindlichen Eindringling und immer mehr als eine tragische Person, als Opfer von Umständen, gegen die sie machtlos war – als Bestraften, den sein eigenes Mitgefühl verdammt hatte.

»Was war der Grund, daß Sie schließlich Ihre Meinung über die Romulaner – und uns – änderten?«

»Es hat ganz den Anschein, Captain, daß ich vollkommener Carter Winston geworden bin, als ich ahnte. Vielleicht spürten meine Freunde und Kollegen auf Vendoria das besser als ich selbst. Meine Weigerung, diese Veränderung in mir anzuerkennen, trieb den Keil offenbar noch stärker zwischen uns.

Ich mußte mich zwingen, mich an die Abmachung zu halten, als mir die Romulaner eröffneten, daß sie Ihr Schiff zu kapern planten. Aber mir wurde schließlich klar, daß sie auch bereit waren, es samt Besatzung zu vernichten, wenn es mit der Übernahme nicht klappen sollte. Da empfand ich dieses Leid, das, wie ich genau weiß, Carter Winston an meiner Stelle empfunden hätte.

Er liebte das Leben so sehr, und das Leben anderer bedeutete ihm so viel, Captain Kirk. Seinetwegen konnte ich nicht zulassen, daß die Romulaner Anne oder sonst jemandem auf dem Schiff etwas antaten.

Wie Sie und Mr. Spock vermuteten, verwandelte ich mich erneut. Ich ersetzte mit meinem Körper die unterbrochenen Leitungen im Deflektorsystem. Es war – sehr schwierig. Die schwierigste

Verwandlung, die ich je unternommen habe. Der innere Aufbau mußte absolut exakt sein. Es gab keine Toleranzen. Ich mußte mich so strukturieren, daß Energie durch meinen Körper fließen konnte.« Er schien auf seinen dicken Tentakeln zu schwanken.

»Aber ich durfte auf keinen Fall zulassen, daß Sie durch meine Handlung – durch Carter Winstons Handlung – körperlichen Schaden erlitten.«

Kirk nickte. »Ich glaube, ich verstehe. Ich glaube zumindest, ich verstehe es, soweit das für einen Nichtvendorier möglich ist.«

»Ich kann nicht mehr zu den Romulanern zurück«, sagte die Stimme mit hohlem Klang. »Ich habe Ihr Schiff und seine Besatzung in Gefahr gebracht. Und ich kann nicht nach Vendoria zurückkehren. Was wird jetzt aus mir?«

Das war geradezu lächerlich! Diese Kreatur, die auf eigentümliche Weise schwankend vor Kirk stand, hatte fast die Vernichtung der *Enterprise* verursacht. Kirk hatte wahrhaftig keinen Grund, absolut keinen Grund, Mitleid mit ihr zu empfinden.

Und dennoch...

»Zuerst werden Sie wohl vor ein Gericht gestellt, nehme ich an.« Plötzlich fiel es Kirk sehr schwer, ein Lächeln zu unterdrücken und so ganz gelang es ihm auch nicht.

»Meines Wissens hat noch nie ein Vendorier vor einem Föderationsgericht gestanden. Ich vermute, man wird sehr ungewöhnliche und beispiellose Vorkehrungen treffen müssen, um zu verhindern, daß Sie sich in den Richter oder den Gerichtscomputer verwandeln.

Aber Sie haben die *Enterprise* vor den Romulanern geschützt. Sie haben uns innerhalb einer sehr kurzen Zeit in Gefahr und in Sicherheit gebracht, Vendorier.«

»Bitte nennen Sie mich Carter Winston, Captain. Er selbst hat schon seit vielen Monaten keinen Bedarf mehr für diesen Namen. Und irgendwie fühlt er sich für mich... richtig an.«

»Okay, Winston. Das Gericht wird entscheiden müssen, ob unsere Rettung durch Sie die Schwierigkeiten aufwiegt, in die uns Ihre Aggression ursprünglich gebracht hat.« Unwillkürlich betastete er seinen Nacken.

»Ich persönlich erhebe keine Anklage. Ich glaube auch nicht, daß sonst jemand an Bord es tun wird. Es war der sanfteste Angriff, dem ich je ausgesetzt war.«

»Danke, Captain.«

»Bis wir Sie auf einen Planeten bringen können, wäre es vermutlich für das geistige Gleichgewicht meiner Besatzung das beste, wenn Sie sich der Gestalt Carter Winstons bedienten.«

»Ich verstehe, James Kirk.« Tentakel hoben und überkreuzten sich. Leutnant M'ress hatte bisher noch keine Verwandlung miterlebt und zischte nun leise. Der orange Kopffüßer war verschwunden, und an seiner Statt stand Carter Winston vor ihnen.

»Ich fürchte«, fuhr Kirk fort und bemühte sich um etwas Schärfe in seiner Stimme, »daß ich Sie unter Bewachung stellen muß. Ich glaube zwar, daß ich anfange, Ihnen zu trauen, aber...«

»Das macht mir nichts, Captain.« Winston lächelte. »Aber Sie werden sich besser fühlen, wenn Sie wissen, daß ich bewacht werde, zumindest bis wir in Föderationsgebiet gelangt sind. Denn wenn man nicht sicher sein kann, daß die Hose, in die man am Morgen schlüpft, auch wirklich eine Hose ist...«

»Ich sehe schon, Sie haben auch Winstons Humor übernommen.« Kirks Lächeln wuchs. »Ich glaube, es kommt schon alles in Ordnung – Carter. Ich werde den Sicherheitsdienst rufen. Ein Bewacher dürfte genügen.« Er langte nach der Einschalttaste des Intercoms.

»Captain, könnten Sie vielleicht mich zu diesem Wachdienst einteilen?«

Kirk hatte Anne Nored völlig vergessen. Er blickte zu ihr hinüber. Dadurch entging ihm Carter Winstons staunende Miene.

»A-aber«, stammelte Winston. »Du hast mich gesehen! Du weißt, was ich bin!«

»Ich bin bereits seit einigen Jahren Sternenschiffoffizier, Carter«, flüsterte sie. »Weißt du, auch ich habe mich ein bißchen verändert. Seit unserer Trennung habe ich viel Seltsames in diesem Universum gesehen, auch einiges, das sogar dich erschrecken würde. Letztendlich ist die Form bei weitem nicht so wichtig wie manches andere.

Als Carter Winston – selbst als ein Teil von ihm –, glaube ich, wirst du ein besseres Leben haben, als die Romulaner oder sonst jemand dir bieten könnte. Oh, verdammt!« Sie stampfte hilflos mit dem Fuß. »Ich weiß nicht, wie ich es sagen soll – können wir uns wenigstens darüber unterhalten?« Ihre Augen blickten ihn flehend an.

»Ich... ich weiß nicht.« Kirk sah, daß Winston völlig verwirrt war. Das war das letzte, was er je erwartet hätte. Hilflos blickte er Kirk an, der Anne zunickte.

»Sie übernehmen die Wache, Leutnant.«

Sie lächelte. »Danke, Sir.« Dann blickte sie zu Carter zurück, und aus ihren Augen sprach... Kirk schüttelte den Kopf. Anne Nored hatte recht. Das Universum war wahrhaftig voll von herrlichen, seltsamen und unerhofften Überraschungen.

Sie traten zum Lift.

Zufällig kam McCoy in der gleichen Kabine herauf. Er trat zur Seite und sah zu, wie der Fremde und Anne einstiegen. Die Tür schloß sich hinter ihnen.

Einen Moment lang blieb der Arzt noch nachdenklich stehen. Dann ging er zu den drei anderen höheren Offizieren hinüber, die sich angeregt miteinander unterhielten.

»Sie haben ihn erwischt!«

»Eine exakte Beobachtung, Doktor.«

McCoys Lippen zuckten. »Ho-ho-ho und auch Ihnen fröhliche

Weihnachten, Spock.« Er blickte Kirk an. »Ich bin froh, daß er unter Bewachung steht, Jim. Es wäre einfach zu viel gewesen, wenn er sich in einen zweiten Spock verwandelt hätte!«

Wie prophetisch doch manchmal die kleinen Späße des Menschen sind! Der Augenblick würde kommen, da McCoy die Gelegenheit bekam, sich an diesen Satz zu erinnern – und sich vielleicht wünschte, es wäre so.

Doch momentan entlockte er Kirk und Scott nur ein vergnügtes Lächeln.

»Das mag sein, Doktor«, entgegnete der Erste Offizier der *Enterprise*. »Aber zwei Dr. McCoys würden es vielleicht schaffen, ein Minimum an medizinischer Effizienz auf diesem Schiff zu gewährleisten.«

»Vorsicht, Dr. McCoy«, mahnte Scotty grinsend, als der Arzt, wieder einmal übertrumpft, zu kochen begann. »Ich bin mir nicht sicher, ob die Lebenserhaltungsgürtel imstande sind, Ihnen bei der Hitze, die Sie ausstrahlen, das Leben tatsächlich zu erhalten.«

»Hitze? Na, Ihnen werd' ich's zeigen...«

ZWEITER TEIL

Planet der Amazonen

Nach einem Drehbuch
von Margaret Armen

5

Sie setzten Carter Winston schließlich im Valeriasystem ab. Dort befand sich, nachdem sie die Neutrale Zone verlassen hatten, die nächste Welt, die sich des seltsamen Falles von Carter Winston annehmen konnte.

Es überraschte nicht, daß Anne Nored um ihre Versetzung zu der Sicherheitseinheit bat, die ein Auge – mehrere Augen – auf den Gefangenen haben würde, und zwar sowohl vor wie auch nach der Verhandlung.

Ebensowenig überraschte es, daß Kirk ihrem Gesuch stattgab. Es war ihm längst klar, daß ihre Anwesenheit das beste für Carter Winston/Wasauchimmer sein würde, wenn er von der Anklage, die *Enterprise* in die Neutrale Zone gelockt zu haben, freigesprochen wurde. Er hatte dem Vendorier geraten, zu plädieren, daß er unter Zwang gehandelt habe.

Es würde wahrscheinlich auch das beste für Anne Nored sein.

Ein wenig besorgt war Kirk immer noch, daß die Romulaner aus der Verletzung ihrer Neutralen Zone Kapital zu schlagen versuchen und ihr beschädigtes Schiff als Beweis für die unverminderte Kriegstreiberei der brutalen Föderation hinstellen würden.

Es trafen jedoch mehrere Umstände zusammen, die das verhinderten. Einer war die Tatsache, daß die *Enterprise* nicht nur auf einen, sondern gleich auf zwei kampfbereite romulanische Schlachtkreuzer gestoßen war. Eines hatten sie schwer beschädigt und das andere in die Flucht gejagt – allerdings würden die Romulaner zweifellos behaupten, sie hätten den Kampf nur abgebrochen, um dem Schwesternschiff zu Hilfe zu eilen.

Viel ausschlaggebender war Spocks amtlicher, von Winston bestätigter Bericht über den fortgesetzten romulanischen Besuch der mit Zustimmung aller unter Quarantäne gestellten Welt Vendoria. Politiker behoben diese unangenehme Situation auf ihre übliche Weise. Mehrere entscheidungsbefugte Persönlichkeiten setzten sich zusammen, gönnten sich diverse Drinks, tauschten nicht ganz salonfähige Witze aus und beschlossen, die ganze Sache unter den Tisch fallen zu lassen.

Inzwischen lag die *Enterprise* im Orbit über Valeria, um Nachschub für das erste Quartal des neuen Jahres an Bord zu holen und einige schon überfällige Reparaturen vorzunehmen. McCoy beispielsweise bekam endlich die Gelegenheit, seine Instrumente im Prüfstand eines größeren Krankenhauses des Planeten durchzuchecken. Und Scotty bekam Hilfe bei der Reparatur der Deflektorschildverbindungen, die Winston gründlich beschädigt hatte.

Trotz des vielseitigen Sortiments, das die Versorgungsstation im Orbit zu bieten hatte, konnte sie doch mit einigen bestimmten Ersatzteilen nicht dienen. Glücklicherweise war darunter nichts, was die *Enterprise* gegenwärtig unbedingt benötigte.

Um sie zu bekommen, hätte Kirk mehrere Parsec zu dem größeren Flottenstützpunkt auf Darius IV reisen müssen. Er entschied sich jedoch statt dessen, den Rest der Weihnachtszeit in der Umlaufbahn um das verschlafene, erholsame Valeria zu verbringen.

Obgleich der Planet immer noch eine Art Vorpostenwelt war, boten ihre größeren Städte doch so allerlei Vergnügungen für die Besatzungsmitglieder, die Jubel, Trubel, Heiterkeit suchten. Und ihre ländlichen, verträumten Gegenden taten den Nerven der weniger unternehmungslustigen gut.

Alles in allem war sie als Zwischenstation die ideale Welt.

Kirk verbrachte eine herrliche Woche an einem unglaublich klaren, sauberen Bergsee. Er fischte, entspannte sich, machte Wanderungen und rasierte sich nicht. Gegen Ende der sieben Tage fand er die offene Weite allerdings seltsam beengend, das riesige Tal schien immer kleiner zu werden, die hohen Berge ringsum wurden immer mehr zu Mauern, und er litt fast unter Klaustrophobie.

Das war ein sicheres Zeichen, daß er genug Urlaub gehabt hatte.

Er kehrte zur *Enterprise* zurück. Zwei Tage später waren die letzten Besatzungsmitglieder aufgespürt, ausgelöst, ausgenüchtert, ihre Kratzer und Schürfwunden und ähnliche kleinere Verletzungen behandelt.

Im Weltraum war seine Besatzung eine reibungslos funktionierende Maschinerie. Aber sie war auch ein Reservoir menschlicher Emotionen aller Art, das dann und wann abgelassen werden mußte, um Gesundheit und Stabilität zu gewährleisten. Je nachdem, aus welcher Sicht man es sah, war Valeria die glückliche oder bedauernswerte Welt, die damit überschwemmt worden war.

Wieder im freien Raum befahl Kirk einen Kurs, der die *Enterprise* in einem weiten Bogen wenden und nahe an Rifton vorbeibringen würde, einem der sieben Hauptstützpunkte der Sternenflotte.

Kirk blinzelte, rollte sich herum und blickte auf die Uhr über seinem Bett: 17.30. Die Zeit war so günstig wie jede andere, die erforderlichen Logbucheintragungen zu machen und so den Eingang der Befehle vom Sternenflottenoberkommando zu bestätigen.

Im Grunde genommen würde die Logbucheintragung nichts anderes als ein Duplikat der gleichen Befehle sein, aber offenbar hatte irgendein Analytiker irgendwo es als notwendig erachtet. Kirk seufzte. Paragraphenreiter, Amtsschimmel – Einstein hatte einmal behauptet, man könne das Universum umkreisen und wieder am Ausgangspunkt ankommen, und das war offenbar immer ein Vierzigseitenbericht in dreifacher Ausführung.

Er drückte auf den Aufnahmeschalter in seinem Schreibtisch und stellte das Gerät auf Zimmerempfang.

»Sternzeit 5483.7. Die *Enterprise* hat den Befehl erhalten, einer kleinen Kolonne Erzfrachter Standardgeleitschutz zu Carsons Welt zu geben.« Er fügte nicht hinzu, daß er das für eine unentschuldbare Vergeudung von Sternenschiffzeit hielt und für schrecklich langweilig obendrein. Eine solche Bemerkung hätte man im Hauptquartier gar nicht gern gehört.

Hätte er die alternative Zukunft gekannt, wäre seine Einstellung vielleicht eine andere gewesen.

»Besagte Frachter sollen dort vier Millionen Tonnen schweres Chrom- und andere Durmischerze laden und nach Bethulia III bringen.« Er hielt inne, um sich die nächsten Worte zu überlegen, dann fuhr er fort:

»Diese Ladung Mischerze ist für die Entwicklung der neuen Metallindustrie auf Bethulia III erforderlich und für den im nächsten Sternenflottenrechnungsjahr geplanten Bau von zwei oder möglicherweise drei Sternenschiffen. Im Hinblick auf das Abkommen von 5260 zwischen der Föderation und dem Klingonischen Imperium, das Angriffswaffen in diesem Raumquadranten...« Er runzelte die Stirn, ehe ihm die Ursache seines Unmuts bewußt wurde.

Der kleine Bildschirm auf seinem Schreibtisch blinkte gleichmäßig in forderndem Gelb. Jemand hatte eine Nachricht für ihn, die nicht warten konnte. Gereizt schaltete er das Logbuch aus und schwang die Beine aus dem Bett. Wehe, wenn es nichts Wichtiges war!

Der Monitor piepte, als er sich dem Schreibtisch näherte, und links unten auf dem Schirm begann ein grünes Licht zu blinken. Leutnant Uhuras Signal, daß der Ruf hereinkam, ob er bereit war oder nicht.

Er setzte sich vor den Schirm und drückte auf die Taste, die Uhura bestätigte, daß er tatsächlich anwesend war.

»Kirk hier. Was gibt es, Leutnant?«

»Subraumgespräch vom Wissenschaftszentrum der Sternenflotte, Sir«, erklärte Uhura.

»Aber wir haben doch bereits unsere Orders...« Er unterbrach sich. Irgend jemand auf Rifton hatte es so eilig, die *Enterprise* zu erreichen, daß er den hohen Energieaufwand nicht scheute, die Verbindung über die rasch wachsende Entfernung zwischen ihnen herzustellen.

Kirk blinzelte den Schlaf aus den Augen. »Stellen Sie durch, Leutnant Uhura.«

Das verschwommene Bild, das sich zu formen begann, war durch die Entfernung verzerrt, doch unter Uhuras geschickten Händen schwanden die Störungen weitgehend. Das Bild auf dem Schirm erwies sich schließlich als das von Wissenschaftsvizeadmiral Julianna van Leeuwenhook. Es war immer noch körnig und von Interferenzen durchzogen, doch Kirk wußte, daß Uhura wahre Wunder wirkte, um es überhaupt so stabil zu halten.

»Hier Captain James Kirk.« Die Vizeadmiralin, deren langes graues Haar in weichen Wellen auf die Schultern fiel, lächelte. »Wie geht's im Wissenschaftszentrum, Admiral? Tut mir leid, daß ich Sie verpaßt habe.«

Sie zuckte leicht die Schultern – eine Geste, die Langeweile ausdrücken mochte, vielleicht aber auch etwas ganz anderes. »Mir auch, Captain. Es hätte mir diesen umständlichen Anruf erspart.

Aber ich erfuhr erst, nachdem Sie bereits wieder abgeflogen waren, daß sich die *Enterprise* in der Gegend befunden hatte. Sie brauchen sich nicht zu entschuldigen, weil für einen Höflichkeitsbesuch keine Zeit war. Subraumverbindungen sind teuer, aber...

Um Ihre Frage zu beantworten, es ist hier alles beim alten. Statt unsere Arbeit zu erleichtern, führt jedes gelöste Problem zu einem Dutzend neuen. Jede Entdeckung stellt uns vor hundert neue Fragen. Während mein Personal und mein Budget arithmetisch wachsen, wächst die Zahl der Projekte, die anstehen – und alle als eilig und vorrangig deklariert! – geometrisch.

Selbst wenn mein Personal und die Mittel sich morgen vervierfachen würden, James, wären wir in zwei Wochen hoffnungslos im Rückstand.« Sie lächelte wieder.

»Soll das heißen, daß das jetzt nicht der Fall ist?« fragte Kirk.

»Und ob wir im Rückstand sind! Der einzige Unterschied liegt darin, daß es wohl ein hoffnungsloses Unterfangen, aber wenigstens ein organisiertes hoffnungsloses Unterfangen ist.« Das Lächeln schwand, und sie runzelte die Stirn. »Diese Organisation hat eben zu einer interessanten Entdeckung geführt. Darüber möchte ich mit Ihnen reden. Aber zuerst verraten Sie mir Ihre gegenwärtige Position und Entfernung von Rifton.«

»Einen Moment, Admiral.« Er drückte auf die Intercomtaste. »Mr. Spock, bitte unsere gegenwärtige Position.«

Nach einer kurzen Pause erhielt er die Antwort: »Neun-sechs-fünf-fünf rechte Deklination zur Galaxisebene, einhundertfünfzig Grad Nord.«

»Vielen Dank, Spock.« Kirk wiederholte die Angabe für die Vizeadmiralin.

Sie nickte. Sie brauchte keine Karten und Tabellen. Julianna van Leeuwenhook konnte Astrogationsprobleme im Kopf lösen.

»Sie sind gut vorangekommen. Die Erzkolonne, die Sie eskortieren – das war doch Ihr neuer Auftrag, nicht wahr?«

»Ja, Admiral«, erwiderte er und stählte sich. Ihm war nicht entgangen, daß sie die Vergangenheitsform benutzt hatte.

»Nun, sie ist schon ziemlich weit gekommen. Sie hatten bisher keine Schwierigkeiten, oder?«

»Nein, Admiral.«

Sie wirkte erfreut. »Gut. Dann würde ich meinen, daß sie den Rest ihres Weges auch allein schafft.«

»Ihre Kapitäne werden da anderer Ansicht sein.«

»Das wird ihnen nichts nutzen. Ich werde mich mit dem Kommandanten des Derwischvorpostens in Verbindung setzen. Er kann ein kleines Schiff für den restlichen Geleitschutz zur Verfügung stellen. Er wird es müssen. Ein Stück können die Kapitäne der Erzfrachter auch allein zurechtkommen. Oh, ich weiß, daß ihre Ladung zu wertvoll ist, ihnen nur eine kleine Fregatte zuzuteilen. Aber bis sie mit dem Laden auf Carsons Welt fertig sind, werde ich bereits ein anderes Sternenschiff für sie dort haben.« Sie rutschte auf ihrem Sitz, und das unglaubliche Kommunikationssystem übermittelte sogleich auch das Quietschen ihres Sessels über die Lichtjahre hinweg. »Vielleicht sind Sie bis dahin zurück und können sie selbst abholen, Captain.«

»Zurück von wo, Admiral?« Offenbar schwand ihr leichter, wenngleich langweiliger Auftrag mit maximaler Solgeschwindigkeit in unerforschte Regionen.

»Ich möchte, daß die *Enterprise* einen kleinen Umweg macht.« Sie bemühte sich, es unbedeutend klingen zu lassen. Aber gerade deshalb sträubten sich Kirk die Haare.

»Oh, es ist nichts Besonderes, wirklich. Dürfte Sie höchstens ein oder zwei Tage kosten. Die *Enterprise* ist dem – ah – betroffenen Gebiet am nächsten.«

Kirk seufzte. Zumindest hörte es sich nicht wie eine weitere Katastrophe an. Seine Erinnerung an den Mantillesvorfall war noch allzu lebendig.

»Jawohl, Admiral.« Er drückte auf eine andere Taste. »Nehme neue Order auf.«

Sie beugte sich in ihrem Sessel vor. »Sie sind doch mit dem peripheren Sektor vertraut, der jetzt – lassen Sie mich nachsehen – backbordseitig von Ihnen liegt? Sektor 4423, auch als Zikadesektor bekannt?«

»Zikade?« Kirk zog die Brauen zusammen, während er über das fremde Wort nachdachte. Ah ja, die Zikade war ein terranisches Insekt, das als Larve viele Jahre unter der Erde zubrachte, ehe es auf kurze Zeit an die Sonne kam, und schließlich wieder in den Boden zurückkehrte, um sich zu entwickeln und zu verändern.

Sonst sagte ihm der Name nichts. Oder doch? Vage erinnerte er sich, daß er etwas über eine mysteriöse, selten besuchte Gegend am Rand der Föderationsgrenze gehört hatte. Dort verschwanden Sternenschiffe spurlos, ohne auch nur ihre Logbuchtorpedos zurückzulassen. Diese unerklärlichen Vorfälle hatten in großen Abständen stattgefunden.

Plötzlich erschien ihm der Geleitschutzauftrag regelrecht erstrebenswert.

»Ja, Zikade, Captain. Ich bin sicher, Ihr Wissenschaftsoffizier kann Sie mit der nötigen Information versorgen, auch mit allen Einzelheiten, die Sie vielleicht brauchen. Aber ganz kurz, die Situation im sogenannten Zikadesektor sieht folgendermaßen aus: Der Sektor wurde erstmals vor über hundertfünfzig terranischen Jahren erreicht – aber nie ganz erforscht. Die Besitzansprüche auf das Gebiet sind seither immer noch ungeklärt, aber es scheint dort nicht viel von Wert zu geben – jedenfalls wurde bisher nichts entdeckt, was einen Streit gerechtfertigt hätte.

Bei kürzlichen gemeinsamen Gesprächen mit Vertretern des Romulanischen Kaiserreichs und des Klingonischen Imperiums erfuhren wir, daß seit der ersten kartographischen Erfassung jeweils ein Sternenschiff, entweder eines der ihren oder der Föderation, in einem zyklischen Intervall von genau siebenundzwanzig Komma drei-vier-vier-Sternjahren dort verschwand.« Sie starrte auf den Schirm.

»Sagt Ihnen das etwas, Captain?«

Kirk war bestürzt. Die Frage war rein rhetorisch. Sechs Sternenschiffe aus dreierlei Hoheitsgebieten in insgesamt hundertfünfzig Jahren in ein und demselben Raumsektor zu verlieren, war ungewöhnlich, aber nicht alarmierend.

Doch irgendein Übereifriger im Wissenschaftszentrum hatte die Verschwinden nachgeprüft und eine unheimliche Regelmäßigkeit festgestellt. Die Schlußfolgerungen waren allerdings bedeutungsvoll. Natürliche Katastrophen traten nicht nach einem exakten Zeitplan ein.

»Sie wissen also, was ich meine, Captain«, fuhr die Vizeadmiralin fort. »Es ist wirklich nur ein kleiner Umweg für Sie, und Sie könnten sich in dem betroffenen Gebiet umsehen. Es genügt, wenn Sie das Gebiet zwei Tage lang mit maximaler Sensorenreichweite durchstreifen.

Zeichnen Sie alles auf, was Ihnen ungewöhnlich erscheint. Sie können den Sektor in zwanzig Stunden erreichen.«

Einwände wären nur Zeitvergeudung gewesen. »Mit Vergnügen, Admiral.« Er kratzte sich hinter dem Ohr, wo es hartnäckig juckte. Da war doch was faul – etwas im Hinterkopf, das ihn beunruhigte – ohhhh jahhhh!

Er starrte auf den Schirm. »Uh, Admiral, wann ist denn das letztemal dort ein Schiff verschwunden?«

»Sie sind gründlich, James«, erwiderte sie glatt. Sie tat, als konsultiere sie eine Liste außerhalb des Bildes. »Hm, ja – ich glaube, das war vor genau 27,344 Sternjahren.«

Kirk nickte. »Das hatte ich mir bereits gedacht, Admiral. Sie haben nicht den Ruf, Subraumgespräche zu führen, um jemanden auf eine Vergnügungsreise zu schicken.«

»Ich hatte ohnehin beabsichtigt, Sie darüber zu informieren, Captain«, entgegnete sie, ein wenig verstimmt, wie Kirk fand. »Jedenfalls, was die Verantwortlichkeit betrifft, betrachten Sie es als offiziellen Befehl des Sternenflottenkommandos. Nicht nur wir vom Wissenschaftszentrum sind an diesen Vorfällen interessiert. Mein Auftrag hat absolute Priorität, soweit es den Carsons Welt-Bethulia III-Flug betrifft. Sollten Ihnen die Erzfrachterkapitäne Schwierigkeiten machen, dann verweisen Sie sie an mich.« Sie lächelte kämpferisch. »Ich werde dafür sorgen, daß sie bekommen, was sie brauchen. Die paar Tage werden sie Sie nicht vermissen.«

Kirk unterließ es, darauf hinzuweisen, daß sie länger als nur ein paar Tage vermißt werden könnten, wenn es ihnen nicht gelang, das Geheimnis des Zikadesektors zu ergründen. Er erwähnte es nur deshalb nicht, weil es vielleicht von einigen Stellen als Insubordination ausgelegt werden könnte.

Außerdem fing die Sache an, ihn zu interessieren.

»Schön, Admiral. Wir werden unser Bestes tun, das Rätsel Ihres interstellaren Bermudadreiecks zu lüften.«

»Das weiß ich, James. Viel Glück!«

Das Bild der Vizeadmiralin begann zu schwinden, sich in einen Schauer flimmernder elektrischer Partikel aufzulösen.

Uhuras Stimme klang aus dem Empfänger. »Übertragung beendet, Sir. Und gerade noch rechtzeitig, wir sind schon fast außer Reichweite.«

»Danke, Leutnant.« Er schaltete aus und hing seinen Gedanken nach. Nicht, daß er abergläubisch oder dergleichen war. Diese Vorfälle könnten durchaus Zufall sein.

Natürlich könnten sie das, Kirk, alter Junge. Wenn alle zwanzig oder dreißig Jahre ein Schiff verschwand. Aber *genau* alle 27,344 Sternjahre?

Er war versucht, Direktverbindung zum Wissenschaftshauptquartier der Sternenflotte auf Vulkan aufzunehmen und mit Admiral Weems persönlich zu sprechen. Doch er gab diesen Gedanken sofort wieder auf. Selbst ein Sternenflottencaptain sollte sich seiner und der Gründe sehr sicher sein, bevor er versuchte, einen Vizeadmiral zu übergehen – und sei es auch nur zur Klärung von Detailfragen.

Außerdem, wenn sich etwas in dem unbekannten Sektor befand, das sich romulanische und klingonische Schiffe ebenso wie die der Föderation schnappen konnte, war vielleicht wichtige militärische Information im Spiel. Je weniger abhörbare Subraumgespräche in dieser Sache geführt wurden, desto besser. Er drückte wieder auf eine Taste des Intercoms.

»Mr. Spock... Mr. Sulu...?«

Beide meldeten sich. »Spock, ich werde in Kürze eine Menge Daten von Ihnen brauchen. – Mr. Sulu, wir haben einen neuen Auftrag und einen neuen Kurs. Bringen Sie uns zur Raumgrenze der Backbordregion, die als Zikadesektor bekannt ist.

Was soll das heißen, daß Sie nie davon gehört haben? Na, na, Sie enttäuschen mich, Mr. Sulu. Ich dachte, jeder hätte vom Zikadesektor gehört. Studieren Sie lieber mal Ihre Handbücher wieder. Mr. Spock wird Ihnen als Ergänzung dazu Informationen für die Navigation innerhalb dieses Gebiets beschaffen. – Die einzigen Karten, die es davon gibt, sind etwa hundertfünfzig Jahre alt, Spock. Kirk Ende.«

Nun mußte er sich nur noch einfallen lassen, wie er es den Kapitänen der Erzfrachter beibrachte, daß ihr Geleitschutz einen kleinen Abstecher machte.

6

Sie brauchten fast fünfundzwanzig Stunden, bis sie den mysteriösen Sektor erreicht hatten. Kein gigantisches galaktisches Ungeheuer wartete darauf, das Schiff in einem Happen zu verschlingen. Keine fremdartigen Intelligenzen lauerten ihnen mit unvorstellbaren interstellaren Waffen auf. Keine allesvernichtenden Robotfestungen harrten auf Eindringlinge, um sie in ihre Atome aufzulösen.

Sterne gab es natürlich in diesem Sektor. Den alten Karten zufolge hatten einige sogar Planeten. Aber es waren nur wenige, und diese in großen Abständen voneinander. Die *Enterprise* kreuzte nun bereits einen halben Tag in dem Gebiet und war auf nichts gestoßen, was auch nur annähernd als Bedrohung angesehen werden könnte.

»Sieht alles recht friedlich aus, Captain.«

Kirk nickte. Er versuchte, sich auf seiner Befehlsstelle zu entspannen, was ihm natürlich nicht gelang. Der Sessel war nicht zum Schlafen konstruiert, sondern ganz im Gegenteil dazu, ihn wachzuhalten.

»Wann werden wir die sogenannte Verschwindenszone erreichen, Mr. Spock?«

»Den Berechnungen nach in dreißig Sekunden, Captain.«

Kirk drückte die Fingerspitzen beider Hände auf dem Schoß zusammen und blickte auf den Hauptbildschirm. Da war nur interstellarer Raum mit den hellen Punkten naher und ferner Sterne – ein schwarzes Meer, das seine Gefahren mit dunkler Pracht verhüllte.

»Wir wissen lediglich, daß in diesem Sektor alle siebenundzwanzig Sternjahre Schiffe verschwunden sind«, murmelte er. »Für ein regelmäßiges Muster eine lange Zeit.« Er warf einen Blick auf das Ruderchronometer. Die restlichen zwanzig Sekunden waren vorüber.

»Leutnant Uhura, geben Sie Alarmstufe Gelb.«

»Tut sich etwas, Sir?«

»Nein. Reine Vorsichtsmaßnahme, Leutnant.«

Uhura war erleichtert. Nicht, daß sie Schwierigkeiten *erwartete*, aber die Regelmäßigkeit, mit der hier Schiffe verschwunden waren, machte sie doch nervös. Den Captain dagegen schien es nicht zu stören.

Kirk bemerkte die kühle Sachlichkeit seines Kommunikationsoffiziers und dachte, wie gut es war, daß zumindest seine Besatzung sich wegen dieses Auftrags keine Sorgen machte.

»Aye, Sir. Alarmstufe Gelb.« Uhura drehte sich leicht in ihrem Sitz und drückte auf eine Taste. Im ganzen Schiff wechselten die Leuchtplatten ihre Farbe, und die Sirenen heulten warnend.

Falls irgendwo da draußen im Raum wirklich eine übelwollende Wesenheit fähig war, auf diese sanft herausfordernde Geste zu reagieren, tat sie es jedoch nicht.

Spocks Anzeigen dagegen bestätigten, daß alle Decks beruhigend rasch auf den Befehl reagierten. »Alle Stationen jetzt in Bereitschaft, Captain«, meldete er.

Minuten vergingen. Immer noch nichts. Kirk entspannte sich nun doch ein bißchen. Er hatte sich unwillkürlich verkrampft gehabt. Doch nun, da sie sich bereits mehrere Minuten in der Verschwindenszone befanden, und das Deck noch immer fest unter seinen Füßen war, wurde er auch innerlich etwas ruhiger.

Die Nervosität überraschte ihn immer wieder. Schließlich war es nicht das erste Mal, daß er sich in einer solchen Situation befand. Er seufzte – Angespanntheit war eine Berufskrankheit.

Niemand bemerkte, daß Uhura scharf von ihrer Konsole aufblickte. In ihren Kopfhörern war ein ferner Laut, und es gab keinen Zweifel, daß er in dem Augenblick begonnen hatte, als sie in den Verschwindenssektor eingedrungen waren. Doch er war anfangs so schwach gewesen, daß sie nicht darauf geachtet hatte.

Jetzt aber wurde er rasch lauter, und sie erkannte, daß er nicht natürlichen Ursprungs war.

»Captain, ich empfange eine Art Subraumfunksignal.«

Kirk nahm diese Neuigkeit ruhig, fast erwartungsvoll auf. Also war tatsächlich etwas hier. Doch ein Funksignal war kaum ein Grund zur Besorgnis.

»Geben Sie es auf die Brückenlautsprecher, Leutnant. – Mr. Sulu, besteht die Möglichkeit, daß diese Wellenlänge unsere Navigation beeinträchtigt?«

»Sieht nicht so aus, Sir. Sie liegt weit außerhalb des Wellenbereichs des Ruders.«

Uhura regulierte die Feineinstellung. Einen Moment war gar nichts zu hören, doch dann schwoll ein seltsam vertrauter Ton aus den Wandlautsprechern und füllte die Brücke.

Er war sinnlich, lockend und auf eine fremde Art melodisch. Ein tiefer rhythmischer Schlag trieb die Melodie voran, ein Rhythmus, der geradewegs von alten terranischen Trommeln kommen mochte. Das wortlose Lied klang vage nach Gitarren und Flöten.

Es war wunderschön.

Es war betörend.

Es war mitreißend.

Der Gesichtsausdruck eines Mitglieds der Brückenbesatzung jedoch verriet keine Verzückung. Die Weise verwunderte Uhura lediglich.

»Es klingt mehr nach reiner Musik als nach einer verständlichen Botschaft, Captain.« Das Signal wurde stärker, und Uhura nahm die Lautstärke entsprechend zurück.

»Herrlich«, murmelte Kirk. »Die anderen sollen auch was davon haben, Uhura. Schalten Sie die Schiffslautsprecher ein.«

»Ja, Sir.« Ihr fiel nicht auf, daß die männliche Brückenbesatzung in eine musikalische Verzückung geraten war, die an Nirwana grenzte. Es fehlte gar nicht viel und sie hätten sich zur Musik gewiegt. Sogar Spock mußte sich zwingen, sich auf seinen Monitor zu konzentrieren, statt auf die Musik.

Der Rudergänger Arex starrte auf ferne Sterne, und seine drei Füße klopften zur Musik, die aus den Lautsprechern schwoll.

Und für eine geraume Weile gab es nichts, nichts außer der einschmeichelnden Melodie von den Instrumenten unbekannter Spieler – bis Spock plötzlich überrascht von seinem Monitor aufschaute.

»Captain, wir werden abgetastet.«

Kirk antwortete stockend. Es schien ihm schwerzufallen. »Von wo – können Sie es zurückverfolgen?«

»Einen Moment, Captain.« Spock machte die entsprechenden Eingaben. »Das Signal kommt anscheinend von einem fünfzehn – nein, zwanzig – Lichtjahre entfernten Sternensystem.«

»Irgendwelche Infos darüber vorhanden?«

Wieder mußte der Computer arbeiten. Eine holographische Sternenkarte ersetzte die getüpfelte Schwärze interstellaren Raums auf dem Hauptbildschirm. Nur zwei Planetensysteme waren auf der alten Karte angezeigt. Eines glühte in einem schwachen rötlichen Schein.

»Das Taurussystem«, erklärte Spock. »Eine kleine Sonne vom G-Typ ganz am Rand dieses Sektors. Sie ist der einzige Stern innerhalb vieler Parsec, der möglicherweise bewohnbare Planeten hat. Es wurde nie eine Oberflächenuntersuchung durchgeführt.«

Diese Informationen rissen Kirks Aufmerksamkeit aus dem Bann der Musik.

»Dann ist es aber ein ungewöhnlich starkes Signal, wenn es aus solcher Entfernung bis zu uns kommt«, stellte Scott fest. Er blickte von der Technikstation herüber, als die Musik ein wenig schneller zu werden schien… ein wenig eindringlicher.

»Merkwürdig, Captain, ich bin sicher, daß ich was höre, was gar nicht da ist – aber ich hab' den Eindruck, daß sie uns ruft.«

»Das ist seltsam«, murmelte Kirk. »Ich habe genau das gleiche Gefühl, Scotty.«

Endgültige Bestätigung der lockenden Kraft der Musik kam aus einer Ecke, aus der Gefühle am allerwenigsten zu erwarten waren.

»Sie scheint tatsächlich Eigenschaften zu haben, die einer Aufforderung nicht unähnlich sind«, stellte Spock fest.

Nur Uhura hatte dieses Gefühl nicht. Sie studierte die Männer völlig verwundert. »Ich kann nicht finden, daß es sich wie eine Aufforderung anhört, Captain«, sagte sie.

Kirk blickte sie an, etwas unfreundlich, wie sie fand. »Wie Sie meinen, Leutnant Uhura. – Leutnant Arex, nehmen Sie Kurs auf das Taurussystem. Sol Sieben.«

Uhura versuchte sich einzureden, daß alles in Ordnung war. Gewiß, die fremde Musik war interessant, ausgeprägt – ein netter kleiner Ohrwurm. Aber ein Ruf? Eine Aufforderung, irgend etwas noch Unbekanntes zu tun? Also wirklich!

Sie beobachtete weiterhin ihre Kommunikationskonsole, doch ihre Hauptaufmerksamkeit galt ihren männlichen Kollegen. Alle – Kirk, Scott, Sulu, sogar Arex, ja selbst Spock – hatten verträumte, geistesabwesende Gesichter. Ein ähnlicher Ausdruck war ihr bei Musikliebhabern nicht fremd. Aber es mußten hier andere Kräfte am Werk sein, die mehr als nur Begeisterung von ihren Zuhörern forderten.

Oder stimmte etwa mit ihr etwas nicht?

Es war fast so, als säße sie als einzige völlig Unmusikalische in einem Mozartkonzert.

Nein, mit ihrem Gehör war alles in Ordnung und mit ihrem Musikverständnis ebenfalls. Trotzdem wollte sie sich sicherheitshalber noch eine zweite Meinung einholen. Sie drückte auf eine Taste des Sprechgeräts und sprach ganz leise hinein.

Kurz darauf glitt die Lifttür auf, und Oberschwester Christine Chapel kam ihrem Anruf folgend auf die Brücke. Sie ließ den Blick rasch rundum schweifen, ehe sie zu Uhura ging.

»Sie wollten mich sprechen, Leutnant?« flüsterte sie und legte eine Hand auf Uhuras Schulter. Die Kommunikationsoffizierin hatte sie gebeten, leise zu reden, wenn sie auf der Brücke war – aber es sah nicht so aus, als ob sonst jemand sie bemerkte. »Ist alles in Ordnung?«

»Mit *mir* schon«, antwortete Uhura. Sie deutete mit dem Kopf auf die Brückenmitte. »Aber ich möchte, daß Sie ein Auge auf die Männer hier werfen.«

»Das tue ich sowieso.« Uhura erwiderte ihr Lächeln nicht. »Wonach soll ich denn Ausschau halten?«

»Beobachten Sie sie einfach und sehen Sie selbst, ob Ihnen etwas auffällt.«

Chapel zuckte etwas verwirrt die Schulter. Sie drehte sich um und studierte ihre vorgesetzten Offiziere.

Komisch, nicht einer von ihnen redete mit einem anderen. Das übliche Geplaudere, das man hier gewöhnt war, fehlte völlig. Nur die seltsame Musik war zu hören, die seit einer Weile auch aus den Schiffslautsprechern kam. Tatsächlich schien jeder, außer Uhura, unter irgendeinem Bann zu stehen.

Kirk und Sulu hatten sich aus ihren Sesseln erhoben. Sie schienen mit offenen Augen zu träumen und blickten ins Leere, dazu lächelten sie verzückt. Chapel vermutete, daß ihnen die Musik mehr als nur einen Ohrenschmaus bot.

»Wunderschöne Bilder«, murmelte Sulu wie zur Bestätigung ihrer Vermutung.

Was für Bilder?

Uhura und Chapel sahen nichts.

Die Kommunikationsoffizierin blickte die Oberschwester an. »Es hat angefangen, als wir das Signal empfingen. Und seitdem wird es zusehends schlimmer. Schauen Sie nur!« Sie deutete auf die wissenschaftliche Station. »Es hat sogar Spock gepackt!«

Im Gegensatz zu Sulu und Kirk war Spock sitzen geblieben, aber auch er starrte wie gebannt ins Leere.

Eine Leere jedoch nur für Uhura und Chapel.

»Faszinierend«, wisperte Spock. »Wie eine vulkanische Hochzeitstrommel.« Das schimmernde Phantom, das vor seinen Augen tanzte, nahm deutlichere Umrisse an und festigte sich, als seine Phantasie ihm Form und Wirklichkeit verlieh.

Sie hatte glänzendes schwarzes Haar, das in seidigen Wellen bis zu ihren Füßen fiel, spitze Ohren und nach oben geschwungene Brauen. Sie trug ein mit funkelnden Steinen besticktes Trikot, das ihren Körper wie eine glitzernde zweite Haut bedeckte. Bänder mit aufgereihten Juwelen waren in das ebenholzfarbene Haar geflochten und funkelten, wenn das Licht darauf fiel, in allen Regenbogenfarben.

Mit sinnlicher Anmut stellte sie sich hinter eine kleine Dreieckstrommel. Ihre zarten, bleichen Hände öffneten sich wie eine weiße Blume und begannen auf dem straffgespannten Fell einen unhörbaren Rhythmus zu trommeln. Nein, nun konnte er ihn doch hören! Er war so klar und lebendig wie sie.

Sie fing an, sich betörend zu wiegen, schwang langsam hin und her, während sie spielte. O ja, er konnte es hören, Dschungeltrommeln, von Gitarren und hellen vulkanischen Tassans begleitet. Aber die Töne kamen aus den Intercom, nicht von der Trommel, oder? Er blinzelte und sagte mit dicker Zunge – die Worte kamen so langsam und schwerfällig, als versuche er, durch Buttermilch zu reden –:

»Ich erlebe audio-visuelle Suggestionen, Captain.«

»Ich auch, Spock.« Stimme und Haltung waren gar nicht mehr die eines pflichtbewußten Sternenschiffkapitäns.

Sie war wunderschön. Ihr goldblondes Haar war in schimmernden Stufen hoch aufgetürmt und wölbte sich wie eine goldene Woge über ihrer makellosen Stirn. Eine sanfte Brise drückte das weichfließende Negligé an ihren Körper, wo es sich betörend an die bezaubernden Rundungen und Kurven schmiegte.

Sie lehnte sich ihm entgegen, und ihre tiefblauen Augen blickten ihn warm und einladend an. Die Blütenblätter der leuchtendroten Blume in ihren Händen öffneten sich ihm. Sie bildeten ein stilisiertes Herz.

Kirk schüttelte sich. »Und dimensionale Visionen.« Er runzelte die Stirn. »Haben Sie eine Ahnung, was sie verursacht, Spock?«

Als der Wissenschaftsoffizier endlich antwortete, schien er einige Parsec entfernt zu sein. Er war immer noch in die betörende Hochzeitsmusik vertieft.

»Logischerweise müssen wir annehmen, daß sie ein Nebenprodukt der Abtastung sind.«

All das wäre Uhura völlig verrückt vorgekommen – wenn nicht sämtliche Männer es so ernst genommen hätten. Jetzt konnte sie jedenfalls nicht mehr schweigen.

»Welche Bilder, Sir? Wir sehen nichts.« Sie blickte auf Schwester Chapel, die bestätigend nickte.

Irgendwie fand Kirk die Kraft, sich von seinem tanzenden Trugbild abzuwenden und sie anzublicken. »Schwester Chapel, Sie sind sicher, daß Sie auch nichts sehen?«

»Ganz sicher, Sir. Was sehen Sie denn alle?«

Kirk ignorierte ihre Frage und ließ den Blick über Sulu, Scott, Arex und Spock wandern. Alle starrten blicklos und mit leicht törichter Miene ins Leere. Mit dem Bild seiner üppigen Blondine vor sich fiel es Kirk schwer, sich auf Uhura zu konzentrieren.

»Sagen Sie mir, Leutnant«, fragte er neugierig, »habe ich genau so dämlich dreingeschaut?«

Uhura zögerte kurz, dann antwortete sie fest: »Genauso geistesabwesend, Sir.«

»Hmmm.« Kirk dachte nach, aber es fiel ihm immer schwerer, sich zu konzentrieren. Egal wie er sich drehte, die Goldblonde blieb in seinem Blickfeld.

»Schwester, nehmen Sie eine Medmessung vor. Leutnant Uhura, bitten Sie Dr. McCoy auf die Brücke.«

Chapel verließ die Kommunikationsstation und nahm ihren Medtricorder von der Schulter. Da er momentan auf Menschen eingestellt war, überging sie Leutnant Arex und begann mit dem albern lächelnden Sulu. Sie hatte keine Ahnung, was er sah, aber sie war nicht sicher, ob sie es überhaupt wissen wollte.

Inzwischen versuchte Uhura ihr Glück am Intercom. »Krankenstation – Dr. McCoy, bitte melden Sie sich auf der Brücke.« Sie machte eine Pause, während Kirk sie gleichmütig beobachtete. Sie blickte ihn erstaunt an und versuchte es erneut.

»Dr. McCoy, melden Sie sich bitte auf der Brücke – Krankenstation, bestätigen Sie!« Nichts. Sie sah erst Kirk, dann Chapel an und schüttelte den Kopf. »Keine Antwort.«

»Versuchen Sie es weiter, Leutnant«, wies Kirk sie verträumt an. Im Augenblick war es ihm offensichtlich völlig egal, ob McCoy antwortete oder nicht.

»Jawohl, Sir.«

Im Aufnahmeraum der Krankenstation blinkte das Lämpchen des Intercoms mit mechanischer Geduld, während Uhuras Stimme aus dem Empfänger ertönte. »Dr. McCoy – melden Sie sich auf der Brücke... Dr. McCoy...«

Dr. McCoy saß an seinem Schreibtisch. Er hatte sich, mit den Beinen auf der Tischplatte und hinter dem Kopf verschränkten Händen, in seinem Sessel zurückgelehnt. Momentan starrte er zur Decke, aber er sah sie genausowenig wie das Ruflicht des Sprechgeräts.

Vage war sich ein Teil seines Ichs des blinkenden grünen Lichts bewußt und auch Uhuras ferner, drängender Stimme. Er ignorierte beides mit unerschütterlichem Gleichmut. Ganz andere, viel wichtigere Dinge beschäftigten ihn.

»Magnolien in voller Blüte«, seufzte er mit verzückter Miene. »Welche Pracht... Diese Symmetrie der Form... Wundervoll!«

Uhura gab es auf. Sie hatte so ihren Verdacht, weshalb Dr. McCoy nicht antwortete. Und wenn er stimmte, würde nichts unterhalb eines Generalalarms dem guten Doktor auch nur die geringste Reaktion entlocken.

Einen Augenblick überlegte sie, ob sie nicht von sich aus Alarm geben sollte, aber sie war noch nicht bereit, die Verantwortung auf sich zu nehmen. Trotz des bannenden Einflusses der fremdartigen Musik schienen Kirk, Spock und die anderen Offiziere durchaus noch handlungsfähig zu sein. Sie las die Anzeigen für die Außenwerte ab, sie waren keineswegs wie erhofft.

»Das Signal wird stärker, Captain.« Rasch regulierte sie die Verstärker. Auch das rhythmische Pulsieren war eindringlicher geworden und die Melodie komplexer.

»Mr. Spock«, befahl Kirk, »überprüfen Sie Ihre Tasteranzeigen noch einmal.«

Spocks Antwort kam umgehend, wirkte jedoch schläfrig. »Das habe ich soeben getan, Captain, aber dieses Signal erschwert die Arbeit. Die Anzeigen ergeben immer noch keine schlüssigen Werte. Es besteht kein Zweifel, daß dieses Signal unterbewußtes Verlangen anspricht, aber wie es mit der Musik zusammenhängt, steht noch nicht fest.

Es ist seltsam, daß offenbar nur Männer auf die halluzinogenen Fähigkeiten der Sonde reagieren. Darf ich vorschlagen, daß wir...« Seine Stimme war bei den letzten Worten leiser geworden, und nun starrte er stumm auf den Hauptbildschirm, genau wie Captain Kirk.

Die Umrisse einer Welt wurden sichtbar. Sie wuchs rasch auf dem Schirm. Eine Eigenart ihrer Ionosphäre verlieh der Atmosphäre einen leicht goldenen Schimmer. Und so, wie der Planet anschwoll, schwoll auch die Lautstärke der musikalischen Sondierung an, bis die gesamte Brücke von Wellen purer Emotion überspült wurde. Der unablässige peitschende Rhythmus widerstand Uhuras verzweifelten Bemühungen, die Lautstärke auf erträglichen Pegel zu reduzieren. Die Musik schien nun nicht mehr aus den Lautsprechern zu kommen, sondern aus den Wänden.

Ein grelles Licht blitzte, und plötzlich war die Brücke in ein tiefes rosa Leuchten gebadet. Gleichzeitig hob sich die Musik zu einem ohrenbetäubenden Crescendo, das alle lähmte. Und mit einemmal schwand die ungewöhnliche Verschmelzung von greller Farbe und durchdringender Musik.

Nachdem die gequälten Netzhäute von den letzten schmerzenden rosa Flecken befreit waren, endete auch die Sondierung. Die Stille nach der langen betörenden Musik war bestürzend. Kirk, Spock und die anderen Männer starrten noch immer wie hypnotisiert auf den Schirm, der die kleine, messingfarbene Welt zeigte.

»Verringern Sie die Geschwindigkeit, Mr. Sulu, und bringen Sie uns in eine Umlaufbahn.«

»Aye, Sir«, antwortete Sulu gleichmütig.

Kirk erhob sich aus seinem Sitz und gähnte. »Mr. Spock, wir stellen einen kleinen Trupp zusammen und sehen uns auf dem Planeten um. Geben Sie Transporteringenieur Kyle die ungefähre Position des Signalgenerators an. Er soll uns in die Nähe beamen. Lebenserhaltungsgürtel, Mr. Spock?«

»Sind offenbar nicht nötig, Captain«, entgegnete Spock, nachdem er die Sensorenwerte nachgelesen hatte. »Alles scheint für humanoides Leben wie geschaffen. Es ist wirklich nicht wichtig.«

Uhura fiel fast von ihrem Sitz. Es entging ihr nicht, daß des Vulkaniers außergewöhnlich uncharakteristischer Gleichmut bei einer so lebenswichtigen Frage auch Schwester Chapel erschreckt hatte. Niemandem sonst schien es aufzufallen.

»Scotty, Sie übernehmen bis zu unserer Rückkehr das Kommando.«

»Hm? Oh. Geht in Ordnung, Captain.« Scotty starrte mit glückseliger Miene auf den Schirm, aber Uhura vermutete, daß sein verzücktes Grinsen durch einen anderen Anblick hervorgerufen wurde.

Kirk und Spock stiegen in den Turbolift. Augenblicke später betraten sie den Transporterraum. McCoy wartete bereits. Der einzige Sicherheitsmann, den Kirk mitnehmen wollte, Fähnrich Carver, kam kurz nach ihnen an.

»Ingenieur Kyle... Ingenieur Kyle!« wiederholte Kirk etwas heftiger, nachdem der Transporteringenieur nicht reagiert hatte.

»Was?« Kyle hob den Kopf aus den Händen und blickte ihn lächelnd an. »Oh, Sie sind es, Captain. Wie geht's?«

»Recht gut, Kyle, recht gut.« Kirk stieg auf die Transporterplattform. »Hat Spock Ihnen Bescheid gegeben? Können Sie mit den Koordinaten was anfangen?«

Kyle nickte und grinste Spock an, als wäre der Wissenschaftsoffizier sein Bruder, den er schon lange nicht mehr gesehen hatte.

Die anderen Offiziere stellten sich nun ebenfalls auf eine Transporterscheibe. Alle lächelten einander glücklich an, vielleicht hingen sie aber nur irgendwelchen höchst privaten Gedanken nach. Nach mehreren Minuten drang offenbar ein Hauch von Wirklichkeit in Kirks Verträumtheit.

»Ich möchte Sie ja nicht belästigen, Kyle«, murmelte er, »aber wenn Sie einen Augenblick Zeit hätten, vielleicht könnten Sie uns dann hinunterbeamen.«

»Aber ja, Captain, ich tu' doch alles für Sie.«

Glücklicherweise hatte Kyle diese Handgriffe schon Tausende von Malen vorgenommen. Er hätte sie im Schlaf tun können – und so ähnlich war es auch. Seine Gedanken waren nicht bei der Sache, aber er betätigte den Schieberegler mit instinktiver Sicherheit.

Mit etwas Glück würde er die kleine Gruppe nicht hundert Meter über dem Planetenboden rematerialisieren.

Auf der Brücke schlenderte Scotty zum Kommandosessel und ließ sich darauf plumpsen. Flüchtig zog er die Brauen zusammen und runzelte die Stirn, als habe er das Gefühl, daß nicht alles so war, wie es sein sollte. Aber dann kehrte seine vorherige Zufriedenheit zurück, und ein seliges Lächeln breitete sich über seine Züge aus. Fast gleichgültig drückte er auf den Logbuchschalter.

»Schiffslogbuch... Sternzeit 5483.8. Stellvertretender Kommandant Chefingenieur Scott.« Aus irgendeinem Grund reizte ihn das zum Lachen. Er kicherte. Uhura öffnete unwillkürlich ungläubig den Mund.

»Wir halten weiterhin Standardorbit um einen Planeten im Taurussystem.« Er starrte das Bild der fraglichen Welt auf dem Schirm vor sich an. Dieser Anblick wurde jedoch ständig von anderen Phantomen überlagert, die irgendwo zwischen seiner Nase und dem Schirm über sein Blickfeld huschten. Sie kitzelten sein Bewußtsein wie Seifenblasen, ehe sie verschwanden und einen Hauch angenehmer Erinnerung zurückließen.

Einmal sah er eine erstaunlich orchideenähnliche Blume, in deren Blütenkopf sich ein Gesichtchen von zarter, elfenhafter Schönheit befand. Ein andermal klimperten und klingelten Tausende von immer wieder aneinanderprallenden Goldmünzen, die von einem starken Wind über einen Sandstrand gerollt wurden. Ein weiteres Mal entquollen einem mundgeblasenen Kristallkelch Kaskaden von herrlich geschliffenen Edelsteinen. Hin und wieder spiegelten die Facetten Gesichter, die absolut nichts mit der Mineralstruktur zu tun hatten.

Er fuhr beseligt mit seinem Eintrag fort und sang die Worte fast.

»Die Anzeigen von Sonden und Sensoren, die eingesetzt wurden, nachdem der Landetrupp des Schiff verlassen hatte, lassen darauf schließen, daß es auf der Planetenoberfläche einst eine gewaltige Kultur gab.« Halbbewußt fragte er sich, ob es nicht eine gute Idee wäre, das Kirk und Spock unten auf dem Planeten mitzuteilen. Aber warum eigentlich, sie würden es selber schnell genug herausfinden. Ganz abgesehen davon, was spielte es schon für eine Rolle? Was spielte *überhaupt* eine Rolle?

Eine anmutige Frauengestalt schien sich aus den Konturen eines Bergzugs zu erheben, der soeben auf der Planetenoberfläche sichtbar wurde. Ah! Bezaubernd!

»Anzeichen von Leben jeglicher Art sind selten und auf bestimmte Gegenden konzentriert. Captain Kirk hat sich mit einigen anderen hinuntergebeamt, um sich umzusehen. – Oh! Phantastisch!« Seine Stimme wurde so leise, daß nicht einmal das empfindliche Logbuchmikrophon sie aufnehmen konnte.

Zwei Personen gab es auf der Brücke, die keine Orchideengesichter sahen, keine windgeflüsterten Verlockungen hörten, keine Juwelenkaskaden erblickten. Und das Ganze beunruhigte sie.

Sie arbeiteten beide angespannt an der Wissenschaftsstation. Uhura hatte das Elektronengehirn der *Enterprise* mit einem Strom von Fragen gefüttert. Jetzt studierte sie die Worte und Zahlen, die auf dem Monitor erschienen. Bei jeder neuen Antwort vertiefte sich ihr Stirnrunzeln und ihre Befürchtung wuchs.

»Die Werte entsprechen absolut nicht Spocks Angabe«, sagte sie bestürzt. »Ich habe bereits drei Sensorenanzeigen, die völlig anders sind – zwei haben mit der Wellenlänge dieser Sondierung zu tun. Das paßt absolut nicht zu Spock!«

Sie war wütend auf sich, weil sie nicht Generalalarm gegeben hatte, als sie dazu noch Gelegenheit gehabt hatte. Jetzt würde er kaum noch etwas nützen. Sie ließ den Blick über die restlichen Männer auf der Brücke wandern.

Sulu schlief mit dem Kopf auf der Navigationskonsole, Lt. Arex klatschte wie ein kleiner Junge mit allen drei Händen. Und Scott – Chefingenieur Scott – ignorierte das immer noch eingeschaltete

Logbuch und dirigierte ein unsichtbares Orchester. Sogar Uhura wäre vielleicht errötet, wenn sie die Instrumente hätte sehen können. Sie benutzte die Fernbedienung, um das Gerät auszuschalten.

Nein, die Reaktion der Besatzung auf einen Generalalarm wäre nur allzu gering gewesen.

Sie wandte sich wieder dem Computer zu. Irgendwo in den Sensorenwerten mußte es doch eine Erklärung geben!

Der Tempel erinnerte Kirk an das Bild eines antiken griechischen Tempels in einem Zerrspiegel. Erkennbare architektonische Strukturen waren vorhanden, aber sie paßten zu keinem bekannten irdischen Muster. Er hätte nicht einmal sagen können, ob die marmorähnliche Fassade aus leuchtendem Weiß mit rosa Adern und schwarzer Riefelung aus Stein oder Metall war. Das obere Ende des Bauwerks schien mit einem rosa Nebel zu verschmelzen, der sanft in der hellen Luft wallte.

Einen Moment zuvor hatten mehrere kleine Dunstgebilde unmittelbar vor diesem Bauwerk die feste Form von Kirk, Spock, McCoy und Carver angenommen.

Es sah ganz so aus, als hätten sie ihre Lebenserhaltungsgürtel vergessen. Das hätte schlimme Folgen haben können, wenn Spocks gleichmütige Behauptung sich nicht als richtig erwiesen hätte, daß der Planet für Humanoiden wie geschaffen war. Inzwischen wäre der Zweifel jedes Außenstehenden an ihrem Geisteszustand berechtigt gewesen, doch keiner der Betroffenen hielt diese Achtlosigkeit auch nur für erwähnenswert.

Spock hatte wenigstens daran gedacht, den Tricorder mitzunehmen. Auch der Sicherheitsmann hatte einen, und McCoy hatte außer seiner Erste-Hilfe-Ausrüstung seinen Medtricorder dabei.

Ihr Blick wich nicht von dem »Tempel«. Bewundernd betrachteten sie die Säulen aus poliertem Stein/Metall und die zarten, der Schwerkraft trotzenden Bogen.

»Eine phantastische Architektur«, murmelte Kirk. »Nur eine sehr hochentwickelte Rasse kann das erschaffen haben.« Er hielt es offenbar nicht für übermäßig erstaunlich, daß der Tempel statt aus Stein möglicherweise aus Durmetallegierung oder einem anderen technologischen hochwertigen Baustoff errichtet war.

Seine Meinung über die erstaunlich hochentwickelte Kultur dieser Welt wurde von den drei anderen geteilt. Carver drehte sich zu Kirk um und deutete auf seinen Tricorder. Er hatte offenbar Schwierigkeiten, auch nur ein Wort herauszubringen. Was war mit den Soldaten heutzutage nur los?

»Möchten Sie die bei Betreten neuer Planeten üblichen Untersuchungen durchführen lassen, Sir?«

»Oh, ich halte das nicht für nötig, Carver«, entgegnete Kirk müßig. »Wozu die ganze Arbeit? Hier gibt es nichts Bedrohliches.« Niemand widersprach seiner Behauptung. »Spock kann sich um das erforderliche Abtasten kümmern.«

Glücklicherweise war die Urteilsfähigkeit des Wissenschaftsoffiziers weniger beeinträchtigt als die des Captains. Er nahm bereits Messungen vor, was ihn jedoch nicht davon abhielt, den Tempel zu betrachten, und auch seine Stimme war nicht minder verträumt und abwesend.

»Es hat etwas Unwiderstehliches an sich, Captain«, sagte er.

»Ja.« Jetzt hörten sie keine Musik, kein bannender Rhythmus pochte in ihren Ohren, trotzdem hatte Spock recht: etwas *zog* an ihnen!

Kirk machte einen halben Schritt rückwärts und runzelte die Stirn. Spock war mit seinem Tricorder beschäftigt, bis auch ihm abrupt bewußt wurde, daß etwas auf bedrohliche Weise Gewalt über sie gewann.

»Captain, die Heftigkeit dieser Anziehungskraft läßt darauf schließen, daß hier mehr als nur visueller Zwang am Werk ist. Ich rate, auf Abstand zu bleiben, bis ich die Tiefe und Bedeutung dieses Einflusses feststellen kann. Der Taster zeigt Lebensformen an – konzentriert an einer Stelle im Innern des Bauwerks.«

Kirks tranceähnlicher Gesichtsausdruck vertiefte sich, und das flüchtige Gefühl des Unbehagens schwand. Er schien zu zögern, etwas zu suchen. Aber als sein Blick schließlich zum Tempel zurückkehrte, blieb er dort wie angewurzelt haften.

»Es gibt hier ganz offensichtlich keine Gefahr, Spock. Eine feindselige Lebensform wäre bereits herausgestürmt, um uns anzugreifen. Gehen wir.« Er bewegte sich schnell, fast ungeduldig, auf die Tempeltreppe zu.

McCoy und Carver bedurften keines Zuredens, ihm dichtauf zu folgen. Spock kam ihnen etwas vorsichtiger nach.

Es war natürlich alles sehr logisch. Das war nicht das Problem. Das Problem war, daß seine Logik ihn in mögliche Richtungen führte, von denen er nichts wissen wollte. Aber irgend etwas hier verstand es, logisches Denken zu erschweren. Spock glaubte, Ursache und Wirkung schon fast verbunden zu haben, doch dann verschwamm wieder alles in seinem Kopf.

Eine gewaltige, kunstvoll geschnitzte Flügeltür führte am Kopfende der Treppe in den Tempel. Sobald sich ihr die Männer der *Enterprise* auf ein paar Schritte genähert hatten, schwangen die Flügel lautlos nach innen auf. Das an sich hätte schon Grund zur Vorsicht sein sollen, aber Kirk führte sie hinein, als würden sie schon lange erwartet.

Sie schritten durch eine hohe, schmale Halle zu einem riesigen, einem Audienzsaal ähnlichen Raum. Große Liegen, die an Hängematten erinnerten, mit Seidenkissen, und rotgoldene, würfelförmige Tische standen entlang beider Seiten. Verschiedenerlei Zierat und Gebrauchsgegenstände aus Edelsteinen geschnitten schmückten Tische und Wände.

Sie näherten sich einem hohen, gepolsterten Podest am hinteren Saalende. Dort warteten die Fremden auf sie.

Auf dem Podest selbst und in einem Halbkreis herum standen die atemberaubendsten, schönsten Frauen, die irgendeiner von ihnen je gesehen oder sich auch nur vorgestellt hatte. Sie trugen lange, togaähnliche Kleidung, die sich betörend an den Körper schmiegte. Ein paar Frauen hatten es sich auf dicken, pelzbezogenen Kissen bequem gemacht.

Wie alles auf dieser Welt schien auch ihre Haut golden und rosa getönt zu sein, während ihr wallendes, taillenlanges Haar in allen Regenbogenfarben schimmerte. Die Augen waren von einem tiefen Veilchenblau, in dem man versinken wollte.

Alle waren gut zweieinhalb Meter groß.

Als sie sich schließlich bewegten, geschah es langsam, mit großer Vorsicht und betonter Geduld. Die Reaktion des Landetrupps war ähnlich.

»Strahlend!« »Wie Göttinnen!« »Was für Augen!« waren nur einige der gewisperten Bemerkungen. Sogar Spock war überwältigt. Ihm blieb jedoch genug Geistesgegenwart, sich McCoys Medtricorder zu borgen. Der gute Doktor schien ihn nicht zu brauchen.

Ein rasches Tasten brachte interessante Information.

»Die Form ist – wie ganz offensichtlich – humanoid«, murmelte er. »Aber es gibt einige innere Unterschiede von unbestimmter Bedeutung. Vor allem weichen sie endokrinologisch von der humanoiden Norm ab. Auch arbeiten ihre Körper auf erstaunlich hoher elektrischer Ebene.

Den Tricorderwerten zufolge ist die Reichweite ihrer Psychokinestatik – äußere Einflüsse, die eine Wirkung auf die Körperfunktion haben – ungewöhnlich hoch.«

»Bezauberndste Körperfunktionen, die ich je gesehen habe«, murmelte McCoy völlig hingerissen.

Aber die Reaktion der Frauen, als sie sich erhoben und die Männer langsam in ihre Mitte nahmen, war nicht weniger ekstatisch.

»Sie sind hier!« »So Wundervolle...« »Sie ehren uns mit ihrer Gegenwart!« Diese und ähnliche Ausrufe waren nicht gerade geeignet, das Selbstbewußtsein männlicher Zuhörer zu schmälern.

Das alles gab Spock flüchtig zu denken, und auch nur, weil ihre Reaktion genauso war, wie ein Mann sie sich erträumte. Es war ideal – zu ideal. Zu vollkommen. Doch diese Überlegungen hielten ihn nicht davon ab, sich davon betören zu lassen.

Die Männer der *Enterprise* mußten sich zurücklehnen, um Augenkontakt zu halten, als die größte der Frauen auf sie zutrat und jedem die Hand gab. Ihre Stimme klang wie Gebetsglöckchen von Lhasa.

»Ich bin Theela.« Allein schon der Name schien Wärme und Liebe anzudeuten. »Die Oberfrau. Willkommen, James Kirk, Dr. McCoy, Mr. Spock, Fähnrich Carver. Willkommen, Verehrte.«

»Willkommen, Verehrte!« erklang der himmlische Chor der übrigen Frauen.

Kirk murmelte eine angemessen gefühlsduselige Antwort, ebenso, wenngleich nicht wortwörtlich, seine Begleiter – Spock nicht ausgeschlossen. Sie hatten Glück, daß kein Recorder ihre Worte für die Nachwelt aufnahm. So würde wenigstens später niemand sie mit ihren infantilen Antworten aufziehen können.

Zu dem Zeitpunkt jedenfalls erschienen sie ihnen nicht infantil, sondern angenehm passend.

»Woher kennen Sie unsere Namen?«

»Die *Oyya* hat sie uns mitgeteilt«, erklärte Theela. Sie drehte sich zu einem leuchtendblauen, mit Silberfäden durchzogenen Vorhang um. Statt einen Schalter zu betätigen oder ein Signal zu geben, summte sie einen weichen Ton. Der Vorhang glitt daraufhin geräuschlos zur Seite.

Aus der Wand hinter dem Vorhang ragte ein großer durchsichtiger Würfel. In seiner Mitte schwamm ein perfektes dreidimensionales Modell – nein, kein Modell, sondern ein Abbild, oder wie immer man es nennen mochte – der *Enterprise*. Es war vollkommener als ein Hologramm sein konnte und so echt, als wäre das Schiff verkleinert und in den Würfel gesteckt worden.

Der Landetrupp trat näher heran und betrachtete das Gerät mit großem Interesse. Als Beispiel fremdartiger Technik war es faszinierend, aber nicht sensationell. Obgleich es Aspekte hatte, die ihnen nicht vertraut waren – kein Föderationsgerät könnte beispielsweise eine so realistische Abbildung zustande bringen –, war die zur Herstellung erforderliche Technologie nicht so, daß sie sie nicht hätten verstehen können.

Aber gerade diese Aspekte gaben Spock wieder zu denken. Sie und die Vollkommenheit einer solchen Maschine im Vergleich zu dem im Grunde genommen barbarischen Ambiente. Es paßte nicht zusammen.

»Tonale Kontrolle«, murmelte er schläfrig. »Sehr beeindrukkend.« Theela blickte zu ihm hinab.

»Die *Oyya* wird Antwort auf alles geben, was sie gefragt wird, Mr. Spock.«

Spock war skeptisch, doch bevor er etwas fragen konnte, ging Theela weiter und blieb neben Kirk stehen.

»Wir sind sehr froh, daß Sie das Signal gehört und darauf reagiert haben, Captain.«

Signal... Da war doch etwas mit einem Signal... Etwas hämmerte hartnäckig in seinem Hinterkopf und schrie nach Aufmerksamkeit. Verärgert drängte er es noch weiter in den Hintergrund.

»Dieses Signal – war es ein Hilferuf?« fragte er.

Theelas Lächeln schwand. Eine Sekunde lang schien eine schreckliche Traurigkeit sie zu befallen. Dann zwang sie rasch wieder Fröhlichkeit in die Stimme.

»Ich werde seine Bedeutung später erklären, Captain. Erst wollen wir das Festmahl genießen, das wir zur Feier Ihres Kommens – und Ihrer sicheren Ankunft – vorbereitet haben.«

Kirk hätte die Sache gern weiterverfolgt. Er wollte es, er hatte das Gefühl, daß er es sollte, aber angesichts von Theelas strahlendem Lächeln und der Nähe ihres aufregenden Körpers verlor die Frage ihre ursprüngliche Dringlichkeit.

Mehrere Frauen geleiteten jeden Mann zu einer schaukelnden, mit Kissen überfüllten Hängematte und halfen ihm sanft hinein. Andere brachten kunstvoll geschmiedete goldene Tabletts, auf denen sich exotisch bunte Früchte häuften und weißgoldene Kelche mit kühlem sprudelndem Trunk standen.

Jeweils zwei oder drei Frauen gesellten sich zu einem Mann. Sie fingen zu essen und trinken an. Von den Delikatessen wurden besondere Leckerbissen für die Besucher ausgewählt.

Eine dunkle Riesin erhob sich und nahm mehrere runde, goldene Früchte aus einer Kristallschale. »Ich heiße Darah, verehrte Gäste«, hauchte sie mit sinnlicher Stimme. Sie trat in die Saalmitte.

Dort jonglierte sie mit den Früchten und bewegte sich gleichzeitig in einem wilden, schier ungebändigten Tanz. Bei jemand anderem hätte diese Kombination lächerlich gewirkt, doch Darah verwandelte sie in ein unbeschreiblich verführerisches Ballett.

Kirk und seine Begleiter schauten zu. Theela hatte sich zu seinen Füßen niedergekniet und streichelte seine nackten Beine über den Stiefelschäften. Von verborgenen Instrumenten vibrierte berauschende Musik. Wenn überhaupt möglich wirkten die Frauen nun noch exotischer, noch lebendiger als zuvor. Sehr viel lebendiger.

»Logbuch des Captains«, sagte Kirk und seufzte schwer, und es war ihm egal, ob ein Tricorder eingeschaltet war oder nicht, der seine Worte aufnahm. »Sternzeit 5483.9. Die Schönheit dieses Ortes ist unvergleichlich. Er ist die Erfüllung der heimlichen Wünsche eines jeden Mannes, seiner Träume. Exquisit in jeder Weise.« Er hielt schläfrig inne, und es gelang ihm, den Kelch an die Lippen zu heben, um sich einen weiteren Schluck des sektähnlichen Getränkes zu gönnen.

»Wir sind hier, um ... um ...« Beinahe runzelte er die Stirn. Eine innere Stimme versuchte ihn zu warnen, verstummte jedoch hinter einem Wall rosa Fleisches. »Um zu untersu ...« Theela bewegte die Hüften verführerisch, und er lächelte.

»Von den Frauen geht ein unsagbares Glücksgefühl aus.« Er sah zu, wie Darah ihren jonglierenden Tanz fortsetzte und behende über den Boden hin und her glitt. McCoy pflichtete Kirks Worten, die nicht aufgenommen wurden, rückhaltlos und begeistert bei.

»Wirklich, Theela, ihr seid die schönsten Frauen der Galaxis. Aber wo sind eure Männer?«

»Sie haben ihren eigenen Tempel, ihren eigenen Lebensraum«, erklärte ihm die Riesin. »Wir halten das für das beste. So können wir ohne Belästigung durch die anderen unsere eigenen Vergnügungen suchen und unsere Bedürfnisse stillen.«

»Darauf trinke ich«, gluckste McCoy.

Darah wirbelte mit fliegender, hauchdünner Toga auf sie zu. Plötzlich rief sie lachend: »Mr. Spock!« Sie warf ihm lachend eine der goldenen Früchte zu.

»Darauf trinke ich«, wiederholte McCoy.

Automatisch erhob sich Spock, um nach der Frucht zu greifen, dabei schwankte er und wäre fast gefallen. Theela fing ihn auf, ehe er auf dem Boden aufschlagen konnte.

Kirk war halb aus seiner Hängematte, um Spock zu helfen. Die Notlage seines Freundes unterbrach endlich seine wachsende Lethargie. Er kam jedoch nur ein paar Schritte weit, ehe auch er schwindelerfüllt taumelte. Schließlich überwand sein Bewußtsein den rosigen Dunst, der ihn eingehüllt hatte, und machte ihm klar, daß hier etwas faul war.

Auch McCoy und Carver waren auf den Beinen, aber wacklig, und keiner befand sich in einer Verfassung, jemandem, ja kaum sich selbst, zu helfen. Andere Frauen eilten herbei, um sie zu stützen.

»Bringt sie ins Schlummergemach«, befahl Theela. »Sie sind müde und schwerfällig von zuviel Speise und Trank. Sie müssen sich ausruhen.«

Aus ihrer Stimme sprach keine Bosheit, keine Drohung, nur ehrliche Sorge um ihr Wohlergehen. Es ergab keinen Sinn, daß sie unter Drogen gesetzt und übertölpelt worden waren. Und die Reaktion der Riesinnen war keineswegs Triumph.

Mit je zwei Frauen, die sie stützten, taumelten die Männer der *Enterprise* zu einem Seitenkorridor. McCoy gelang es, wenngleich mit schwerer Stimme, etwas Verständliches über die Lippen zu bringen:

»Wahr-wahrscheinlich dieser Nektar oder was immer es war, was sie uns zu trinken gaben. Er ist so stark wie saurianischer Brandy.«

»Darauf trinke ich«, murmelte Carver sarkastisch. Von den vieren hätte er wahrhaftig der letzte sein sollen, der sich der Verlokkung des unbekannten Getränks ergab. Er war vielleicht ein Sicherheitsmann! Aber er machte sich sinnlose Vorwürfe. Sie waren alle überlistet worden!

McCoy sah aus, als wolle er mehr sagen, konnte es jedoch nicht. Die Wirkung des starken Drinks hatte ihn nun fast völlig überwältigt.

Auch sehen konnte keiner mehr von ihnen sehr gut. Keiner blickte zurück. So sah auch keiner, wie traurig Theela ihnen nachschaute. Tränen stahlen sich aus ihren großen veilchenblauen Augen.

7

Sie schliefen sehr lange in dem dämmrigen Schlummergemach, das luxuriös ausgestattet war. Kirk lag auf einer riesigen, weichen Bettcouch, die mit schillernden schwarzen Vorhängen vom Rest des Zimmers abgeschirmt war.

Ein goldenes Stirnband mit einem großen blauen Edelstein in der Mitte hatte man um seinen Kopf gestreift. In dem Halbdunkel funkelte der Stein nicht.

Kirk hatte tief und traumlos geschlafen, und als er jetzt aufwachte, wollte er sich aufsetzen. Doch bei dem Versuch erfaßte ihn Schwindel, und er sank auf die Kissen zurück. Zittrig hob er die Hand zum Kopf, berührte ihn, betastete ihn. Er fühlte das Stirnband. Versuchshalber griff er danach und zog. Es ließ sich nicht vom Kopf ziehen; es saß eng – zu eng.

Er versuchte es erneut mit beiden Händen. Offenbar gab es keinerlei Art von Verschluß. Aber vielleicht konnte er es an einer verborgenen Naht auseinanderreißen. Es ging nicht. Es saß zu fest. Als er ein zweites Mal versuchte, sich aufzusetzen, gelang es ihm, doch nicht ohne einen weiteren Schwindelanfall. Ihm war leicht übel. Wieder wandte er seine Aufmerksamkeit dem Stirnband zu.

Da hörte er die Stimme. Sie klang drängend und besorgt.

»Jim... Jim...!«

Komisch, das hörte sich wie McCoy an, allerdings war da ein subtiler Unterschied. Er hatte nie, nicht einmal, wenn er betrunken gewesen war, so... so zittrig geklungen.

Eine Hand zog die glatten Vorhänge auseinander. McCoy stand auf unsicheren Beinen schwankend in der Öffnung. Auch er trug ein enges Stirnband um den Kopf. Kirks Augen weiteten sich, sein Mund klappte auf.

Pilles Haar war schütter und grau geworden! Seine Haltung gebückt und sein Gesicht – sein Gesicht von Falten durchzogen wie das eines Sechzigjährigen.

Doch ein noch größerer Schock folgte.

Spock schloß sich ihnen einen Augenblick später an. Seine Haltung war noch aufrecht, aber das Zittern seiner Hände war nicht zu übersehen. Auch sein Haar war mit Grau durchzogen, auch er sah älter aus, wenngleich nicht in so hohem Maß wie McCoy. Auch war er nicht in dem fortgeschrittenen Stadium der Austrocknung wie dieser. Vulkanier hatten im allgemeinen eine höhere Lebenserwartung als Menschen. Deshalb hatte diese eigenartige Alterungskrankheit Spock wohl weniger stark betroffen als McCoy.

Im Hintergrund bemerkte Kirk einen sehr gealterten Carver. Zum erstenmal wünschte er sich, er hätte einen jüngeren Sicherheitsmann mitgenommen. Aber Carver war der Jüngste von ihnen, es schien demnach, als wäre der Alterungsprozeß nicht proportional. Carver war schneller gealtert als jeder von ihnen.

Man konnte fast meinen, er habe mehr zu geben gehabt.

Kirk stand auf und musterte sie der Reihe nach.

»Pille – Spock – was ist mit euch passiert?«

»Nicht nur mit uns, Jim«, entgegnete McCoy leise mit dieser Altmännerstimme. »Mit dir auch.«

Kirk schwankte. McCoys Feststellung traf, obgleich er sich dagegen wehrte. Er hob die Hand, um sein Gesicht zu betasten. Seine Hand – trockene, runzlige Haut. Trocknere, weniger geschmeidige Haut an den Wangen, lose Fleischlappen am Hals, schlaffe Haut unter den Augen – Falten, Krähenfüße, die nicht sein dürften, die vor wenigen Stunden auch nicht dagewesen waren.

Er konnte die weiße Strähne nicht sehen, die sich durch sein Haar zog, aber McCoy machte ihn darauf aufmerksam.

»Du siehst wie etwa fünfzig aus, Jim. Spocks unnatürlich fortgeschrittenes Alter schätze ich auf ebenso hoch, allerdings hat er mehr Jahre zur Verfügung als wir.«

»Wir müssen hier raus«, stammelte Kirk verzweifelt. Er hatte einmal einen Mann gesehen, der auf Dryad, der Treibhauswelt im Demetersystem, seinen Schutzanzug verlor. Er hatte es bis zu einer Überlebensbasis geschafft. Als der Rettungstrupp ihn schließlich erreichte, fand er einen sehr großen, menschenförmigen, gefleckten Pilz mit kurzen braunen Ranken vor.

McCoys runzliges Gesicht war genauso bestürzend.

Kirk wollte zum Ausgang laufen und langte unwillkürlich nach seinem linken Bein. Offenbar hatte er sich in den vergangenen Stunden nicht nur runzlige Hände, ein faltiges Gesicht und eine weiße Haarsträhne zugezogen, sondern auch eine leichte Schleimbeutelentzündung.

Er fühlte sich unsagbar hilflos.

Uhura und Chapel starrten ungeduldig auf den Monitor des Medcomputers in der Krankenstation, als könnten sie die Maschine so zu höherer Geschwindigkeit anspornen. Wie in Erhörung ihres lautlosen Gebets, spuckte sie endlich eine Mikrobandkassette aus.

Chapel griff danach, und die beiden Frauen eilten damit zum Abspielgerät. Sie steckte die Kassette in den Schlitz und drückte auf die Taste. Während das Gerät das Band zurückspulte, sagte sie zu Uhura:

»Die Ergebnisse jeder Abtastung, jeder Sondierung durch die weiblichen Mitglieder des Wissenschaftsteams. Wenn es eine Antwort gibt, muß sie darauf sein.« Der Bildschirm des Geräts leuchtete auf, und nach einem kurzen Summen erklang die Computerstimme:

»Computerauswertung.« Die beiden Frauen holten tief Atem. »Überprüfung der letzten medizinischen und astrophysikalischen Tasterdaten mit Analyse, im Auftrag von Oberschwester C. Chapel.«

Schwache mechanische Geräusche folgten. Jede Sekunde schien

eine Stunde zu dauern. Endlich ertönte die Stimme wieder, über jedes Gefühl und jeden Zweifel erhaben.

»Die Sondierung des Schiffes erfolgt wie vermutet von dem angegebenen Planeten. Die Wellenlängen der Sonde üben eine außerordentlich kräftezehrende Wirkung auf Humanoiden männlichen Geschlechts aus. Werden Männer dieser Sondierung über längere Zeit ausgesetzt oder wird das Signal, wie auf der Tabelle angezeigt, erhöht, kann es zunehmende Schwächung herbeiführen, sowie beschleunigte Alterung, die mit vorzeitigem Tod endet.«

Chapel gab einen würgenden Laut von sich, und Uhura war wie erstarrt.

»Das gibt uns zumindest eine erste Vorstellung, womit wir es zu tun haben«, sagte die Kommunikationsspezialistin grimmig. Sie richtete ihre nächsten Worte an die Computereingabe: »Was können wir dieser Wirkung entgegensetzen?«

»Gegenmaßnahmen unbekannt. Kein medizinisches Gegenmittel. Suche erwünscht?«

»Erwünscht und vorrangig«, erwiderte Uhura. Sie trat an den Wandkommunikator, während Chapel die Daten noch einmal studierte.

»Leutnant Uhura an Sicherheitsoffizier Davidson.«

Eine zackige Frau mittleren Alters erschien auf dem winzigen Intraschiffsschirm. »Davidson hier. Was geht hier vor, Leutnant? Die Männer in meiner Abteilung benehmen sich...«

»...wie Lotosesser, seit wir im Orbit sind. Ich werde es Ihnen später erklären, Davidson. Schicken Sie einen nur aus Frauen bestehenden Sicherheitstrupp zum Transporterraum – am besten schon vor fünf Minuten. Ebenfalls nur aus Frauen zusammengestellte Sicherheitstrupps haben Posten an jedem Eingang zum Transporter- und Shuttledecke zu beziehen. Jeder – vor allem jeder *Mann*, der versucht, sich auf den Planeten zu transportieren, muß in Schutzhaft genommen werden. Ich glaube nicht, daß irgendeiner gewalttätig werden wird – darauf deutet bisher noch nichts hin –, aber weisen Sie Ihre Leute an, darauf vorbereitet zu sein.«

»Jawohl, Leutnant, aber...«

»Sie und Leutnant M'ress übernehmen das Kommando auf dem Schiff, bis ich zurückkomme. Ich werde einen Sicherheitstrupp mitnehmen.«

»Wie Sie befehlen, Leutnant.« Davidson machte ein zweifelndes Gesicht, salutierte jedoch zackig. Uhura beendete die Verbindung und drehte sich zu Chapel um, die sie mit großen Augen anblickte.

»Was haben Sie vor, Uhura?«

Uhura eilte bereits zum Lift. »Ich übernehme das Kommando über das Schiff!«

Kirk, Spock, McCoy und Carver standen im Audienzsaal und blickten auf das beeindruckende Podest. Theela saß dort und beobachtete sie. Darah und die anderen Frauen hatten es sich in der Nähe bequem gemacht. Auch sie beobachteten die Männer, die unsicher auf schwachen Beinen standen. Die blauen Edelsteine in ihren Stirnbändern glühten nun hell. Nur Spock und Carver waren vom totalen Zusammenbruch noch einen guten Schritt entfernt. Der Zustand Kirks und McCoys dagegen war bedenklich.

»Wir müssen an Bord unseres Schiffes zurückkehren«, murmelte der Erste Offizier der *Enterprise*, »zu unseren Pflichten.«

Kirk, der neben ihm stand, runzelte unsicher die Stirn. Ganz offensichtlich versuchte er, sich an etwas zu erinnern – aber woran?

Pflichten – ja, das war es. Pflichten. Er blickte zu den Frauen hinauf. »Pflichten... Ich habe...« Er stolperte, als der blaue Stein hell pulsierte, und mußte sich an Spocks Arm festhalten. Aber dieser Arm war nicht mehr, was er sein sollte, und so wären beide Männer fast gefallen.

Aus Theelas Stimme klang ehrliches Bedauern, doch das war für

Kirk und seine Männer kein Trost. »Sie können nicht fort, Mr. Spock«, sagte sie leise, »denn Sie werden hier gebraucht. Die Kurzwellen der Luramag wecken in Ihren Männern dieselben Gefühle wie zuvor in Ihnen. Auch sie werden gebraucht, auch sie werden sich zu uns hier gesellen.«

Kirk richtete sich auf, als er eine letzte Kraftreserve in sich fand. »Wir müssen gehen!« Er drehte sich zur Tür um und schwankte dort hin. McCoy versuchte ihm zu folgen und klappte fast zusammen. Wieder war es Spock, der ihn stützte.

»Haltet sie auf!« rief Theela.

Die anderen Frauen bildeten rasch eine Barriere zwischen den Männern und dem Ausgang. Zitternd vor plötzlich zunehmender Schwäche zögerten die Männer. Sie hatten nichts, womit sie sich hätten wehren können; man hatte ihnen, während sie schliefen, die Waffen weggenommen.

»Zusammen!« krächzte Kirk. Irgendwie glückte es ihnen, auf die Frauen zuzustürmen. Doch die Riesinnen faßten ihre Arme und zogen und schoben sie mühelos zurück. Dieser körperliche Kontakt schwächte sie abrupt noch mehr, und sie zerrten verzweifelt an ihren Stirnbändern. Einer nach dem anderen sackte hilflos auf den Boden. Und der blaue Stein auf der Stirn eines jeden glühte jetzt bestürzend grell.

Auf der Brücke der *Enterprise* saß Chefingenieur Scott verträumt im Kommandosessel. Sein Blick ruhte auf dem Schirm und der Traumwelt, die dort scheinbar abgebildet war. Ein steter Strom von sinnbetörenden Bildern zog vor seinen Augen vorbei.

Er hatte sich eine Schottenmütze verwegen schief aufgesetzt und sang ein altes gälisches Liebeslied. Normalerweise hätte Sulu seinen Vortrag unfein gefunden und Arex ihn ignoriert, doch jetzt lauschten die beiden ihm entzückt, als wäre es das musikalische Ereignis des Jahrhunderts.

Kommunikationsoffizier und Oberschwester traten aus dem Lift. Uhuras Blick fiel sofort auf Scott, dessen Ballade sich ihrem Ende näherte, während die beiden auf ihn zukamen.

Vor diesem Augenblick hatte Uhura Angst gehabt. Wie würde Scott reagieren? Doch wie auch immer, ob er nun protestierte oder nicht, das Kommando mußte ihm entzogen werden – im Notfall mit Gewalt. In seinem gegenwärtigen Zustand war unmöglich vorherzusehen, welche Befehle er erteilen würde. Natürlich hoffte sie, daß Chapel das Betäubungsmittel nicht einsetzen mußte, das sie in ihren Gürtel gesteckt hatte. Trotzdem klang ihre Stimme fest, als sie sagte:

»Mr. Scott, als ranghöherer Offizier übernehme ich die Verantwortung für die Sicherheit dieses Schiffes.«

Scott drehte sich bei diesen Worten um und starrte sie an. Ein peinliches Schweigen setzte ein. Uhura fühlte sich innerlich entsetzlich kribbelig. War diese seltsame Sonde imstande, außer Verzückung auch andere Emotionen hervorzurufen?

Offenbar nicht. Scott lächelte sie lediglich abwesend an. »Das ist sehr zuvorkommend von Ihnen, meine Liebe.« Er drehte sich im Sessel und wandte seine Aufmerksamkeit wieder dem Schirm zu.

Uhura hätte erleichtert sein sollen, statt dessen empfand sie Ärger. »Das war nicht so schwer, wie ich erwartet hatte. Verdammt! Was immer es ist, es hat sie fest am Haken«, sagte sie zu Chapel. Sie langte um den summenden Ingenieur herum und schaltete das Aufnahmegerät des Logbuchs ein. Scott machte keine Anstalten, sie davon abzuhalten – nicht daß er in seiner Verfassung Widerstand hätte leisten können.

»Schiffslogbuch, Zusatz. Eintrag Leutnant Uhura. Aufgrund von Chefingenieur Scotts euphorischem Geisteszustand, der eine vernünftige Führung unmöglich macht, übernehme ich in Abwesenheit der ranghöheren Offiziere Kirk, Spock und McCoy die Befehlsgewalt über die *Enterprise* und die volle Verantwortung.

Ein detaillierter Bericht über die Ereignisse, die zu diesem Eingreifen geführt und es erforderlich gemacht haben, folgt später.« Sie schaltete den Recorder wieder ab. »Hoffentlich«, sagte sie zu Chapel. »Christine, bis auf weiteres sind Sie der Chefarzt des Schiffes.«

»Jawohl, Leutnant.«

In einem kleinen Zimmer irgendwo im Haupttempel lagen Kirk, Spock, McCoy und Carver. Das Zimmer war weder so geräumig, noch so luxuriös ausgestattet wie ihr vorheriges »Schlummergemach«. Alle vier waren schlaftrunken.

Offenbar befanden sie sich allein in dem kleinen düsteren Raum. Es war wenig Licht hier und trotzdem nicht dunkel genug, es den Männern zu ersparen, mitansehen zu müssen, wie ihre Gefährten in der vergangenen Stunde weitergealtert waren.

McCoys Haar war nun fast schlohweiß, während Spocks Brauen graumeliert waren. Tiefere Furchen zeichneten jetzt Kirks Gesicht, und er hatte schwere Tränensäcke unter den Augen. Schwerfällig rollte er sich auf die Seite und sah sich im Zimmer um.

»Sie sind weg.«

»Ja«, bestätigte Spock. Versuchshalber stand er auf und probierte seine gealterten Muskeln aus. Kirk und Carver taten es ihm gleich.

Spock trat vor McCoy und deutete auf seine Taille. »Ihre Meditasche, Doktor. Enthält sie irgend etwas, das uns helfen könnte?«

McCoy starrte überrascht auf seinen Gürtel. Tatsächlich hing die Ausrüstung noch an Ort und Stelle und schien unbeschädigt zu sein. »Ich frage mich, weshalb sie sie mir nicht wie alles andere weggenommen haben«, murmelte er.

»Vielleicht weil es weder als Waffe noch als Kommunikationsgerät benutzt werden kann, Doktor.«

»Woher sollten sie das wissen?«

»Wenn ihre Frage an die Maschine, die sie die *Oyya* nennen, so formuliert war, daß nur diese Instrumente zu identifizieren waren, würde diese *Oyya*, wie es bei Maschinen üblich ist, nicht von sich aus mit zusätzlicher Information aufgewartet haben. Wenigstens in der Beziehung haben wir Glück.

Mir ist hier nichts aufgefallen, was auf praktizierte Medizin hinweist«, fuhr der Wissenschaftsoffizier fort. »Diese Gemeinschaft von Frauen ist eine ungewöhnliche Mischung aus uralt und ultramodern. Zweifellos nehmen sie an, daß Ihre Tasche nur Nahrungsmittelzusätze oder hygienische Artikel enthält.«

»Also, hygienisch werden sie sein!« McCoy fummelte an seiner Taille und brachte aus der Tasche einen gedrungenen Zylinder zum Vorschein, an dem sich an einer Seite winzige Anzeiger reihten. »Cortropin. Das müßte helfen. Es ist ein äußerst starkes Stimulans – aber es wird spätere Nachwirkungen haben. Ein nicht gerade unbedenkliches Mittel.«

»Es gibt vielleicht kein Später für uns, wenn wir es nicht benutzen, Pille.« Kirk rutschte von der Plattform. »Spritz es mir zuerst.«

McCoy schoß eine Dosis in den Oberarm des Captains. Kirk rieb sich die prickelnden Muskeln und machte sich daran, ihr Gefängnis näher in Augenschein zu nehmen, während McCoy den anderen ihre Dosis der rasch wirkenden Droge injizierte.

Kirk fand die Tür. Es überraschte ihn nicht, daß sie sich nicht öffnen ließ. Er stellte fest, daß sie nach außen aufging.

»Verschlossen«, erklärte er unnötigerweise.

McCoy drückte den Zylinder an seinen linken Arm und gab sich als letztem eine Dosis. Als er den Zylinder in die noch offenstehende Medtasche zurücklegen wollte, hielt Spock ihn zurück und sah den Inhalt interessiert durch.

»Was ist das, Doktor?« Er hob ein schmales, zusammenschiebbares Metallröhrchen hoch, das an einem dünnen Plastikschlauch befestigt war.

»Eine chirurgische Sonde, Spock. In ihrer Spitze befinden sich winzige Impulsorkontakte und Fragmentmanipulatoren.«

»Müßte genügen.« Spock zog das Instrument zu seiner vollen Länge auseinander und ging damit zur Tür. Kirk trat zur Seite. Auf seinen fragenden Blick hin, deutete Spock mit der Sonde auf die Tür. »Sie ist offenbar mit einer Magnetversiegelung geschlossen. Wenn das stimmt, müßte die Ausgangsspannung dieser Sonde genügen, das Sperrfeld zu unterbrechen.«

Er wählte einen feinen Impulsorkontaktstift, hielt ihn an die fast fugenlose Verbindung von Tür und Wand und strich vom Boden aufwärts, bis etwa in Augenhöhe ein Klicken zu vernehmen war. Spock zog zufrieden eine Braue hoch und aktivierte den Batteriestrom.

Nichts tat sich.

Er ging mit größter Behutsamkeit vor, nahm hin und wieder eine andere Einstellung vor und drehte und stocherte mit dem Impulsorkontaktstift am Schloß.

Kein Klicken war zu hören, ja überhaupt kein Laut. Die Tür öffnete sich gerade weit genug, daß sie sich hinauszwängen konnten. Spock gab die Sonde McCoy zurück, der sie vorsichtig wieder zusammenschob und in ihr Kästchen in der Meditasche legte. Vielleicht brauchten sie sie hier noch öfter.

Spock ging mit Kirk voraus, die beiden anderen folgten ihnen dichtauf. Nach nur wenigen Schritten einen schmalen Korridor entlang kamen sie zu einem dünnen Vorhang, durch den helles Licht zu sehen war.

Kirk schob sich vor Spock, zog den Vorhang einen Spalt zurück und spähte in den Raum dahinter. Es war der Audienzsaal. Niemand hielt sich darin auf.

Kirk drückte einen Finger auf die Lippen und führte die anderen schnell hindurch zum Hauptausgang. Der Hauptausgang? Ein beunruhigender Gedanke beschlich Kirk.

Die Flügeltür hatte sich automatisch geöffnet, als sie bei ihrer Ankunft das Kopfende der Freitreppe erreichten. Wenn sie das jetzt nicht tat, würden die vier Männer sich sehr schwertun, sie manuell zu öffnen, selbst wenn sie bei vollen Kräften waren. Aber seine Sorge war unnötig.

Als sie noch etwa zwei Meter davor waren, schwangen die hohen, dicken Flügel aus Stein/Metall auf. Hastig stiegen sie die Freitreppe herunter.

Ausgerechnet in diesem Moment betrat Theela von einem Seitenkorridor den Audienzsaal und sah die Fliehenden, gerade als die Tür sich hinter ihnen zu schließen begann.

»Wachen! Wachen!« rief sie.

Die vier alten Männer hatten bereits den Garten erreicht, der den Tempel umgab. Er war sehr schön angelegt und gepflegt. Doch jetzt wirkten die glänzenden Bäume und sauber geschnittenen Hecken bedrohlich und fremdartig.

Schon bald waren die Männer atemlos. Das Cortropin verlor seine Wirkung früher, als selbst Kirk gedacht hatte.

»Es liegt an unseren alternden Körpern, Jim«, krächzte McCoy. »Die Wirkung des Mittels ist geringer, weil es nicht genug Unterstützung durch die körpereigene Abwehr hat.«

Ihre Kräfte ließen immer schneller nach. Spock mußte McCoy bereits stützen. Kirk hielt verzweifelt nach einer Höhle Ausschau oder einem leicht erkletterbaren Baum oder überhaupt nach irgend etwas, das ihnen als zeitweilige Zuflucht dienen könnte. Doch das einzige mögliche Versteck, das er sah, war eine riesige Urne mit prächtigen Keramikintarsien.

Er keuchte nach Luft, räusperte sich. »Die große Urne ist unsere einzige Chance!« Dann drehte er sich zu McCoy um.

»Pille, noch einmal eine Dosis dieses Mittels.«

McCoy wehrte mit schlaffer, runzliger Hand ab. »Noch eine Dosis in unserem gegenwärtigen Zustand wäre unser Tod, Jim.

Ganz abgesehen davon, habe ich auch nichts mehr von dem Mittel.«

Sie eilten zum Fuß der Urne. Der nach außen ragende obere Rand schien sich haushoch über ihren Köpfen zu befinden und die glatte gewölbte Seite eine unüberwindbare Barriere zu sein.

»Ich glaube, ich schaffe es«, sagte Spock. Er trat ein paar Schritte zurück, nahm einen kurzen Anlauf und sprang. Es glückte ihm, einen der ziemlich weit oben abstehenden Henkel zu fassen zu kriegen. Er zog sich daran hoch und setzte sich obenauf, um in die Urne hineinzublicken.

Sie war geräumig, verhältnismäßig sauber – und leer. Allerdings war sie mit einem schweren Metallgitter bedeckt. Doch das müßten sie eigentlich zur Seite schieben können. Er klammerte die Beine fest um den Henkel und langte nach unten.

Da die anderen von unten nachhalfen, gelang es ihm, McCoy zu sich heraufzuziehen. Sie mußten sich beeilen. Die Frauen rannten bereits zwischen den ersten Bäumen hindurch.

Theela fiel ein roter Fleck auf, der nicht zu einer Pflanze gehörte. Sie lief darauf zu und erkannte, daß es ein winziger Stoffetzen war. Sie bückte sich danach und hob ihn auf. Kein Zweifel, er stammte von einer Uniform der Fremden.

Sie drehte sich um, legte die Hände als Trichter vor die Lippen und brüllte: »Hierher! Hier herüber!« Ohne zu warten, ob ihre Kameradinnen sie gehört hatten, folgte sie mit langen, eiligen Schritten dem Pfad um einen Busch herum.

Einmal blickte sie zum Himmel. Es wurde dunkel. Ein typisch taurisches Unwetter kam auf. Der Regen könnte den Flüchtigen helfen. Sie mußte sich beeilen.

Carver wurde vorsichtig in die Urne hinuntergelassen. McCoy war als nächster an der Reihe. Rasch half Kirk dem Vulkanier hinunter zu den wartenden Händen des Arztes und des Sicherheitsmannes.

Dann war nur noch Kirk draußen. Er löste die Beine vom Henkel, tastete sich vorwärts, langte nach dem Urnenrand – und verfehlte ihn. Seine Finger rutschten an der glatten Oberfläche ab. Einen entsetzlichen Augenblick lang glitt er hilflos am glänzenden Porzellan hinunter.

Im letzten Moment konnte er sich an der unteren Wölbung des Henkels festhalten. Es kostete ihn ungeheure Anstrengung, sich wieder zum oberen Henkelstück hinaufzuziehen.

»Captain, ist Ihnen was passiert?« ertönte die besorgte Stimme Carvers. Aber Kirk konnte sich den Atem für die Antwort nicht leisten. Er fühlte sich bestimmt tausend Jahre alt.

Er machte einen neuerlichen, vorsichtigen Versuch, die Urnenöffnung zu erreichen. Diesmal fanden beide Hände festen Halt am Rand. Er stemmte sich hoch, half mit den Knien nach und plagte sich, sich über den Rand zu schwingen.

Ein Geräusch erreichte seine Ohren – näherkommende Laufschritte. Das beflügelte ihn. Mit einem letzten, schmerzhaften Ruck schloß er das schwere Gitter über der Öffnung – und fiel kopfüber in die Urne. Spock und Carver brachten gerade noch so viel Kraft auf, ihn davor zu bewahren, auf dem harten Boden aufzuschlagen.

Darah und zwei andere Frauen erreichten die Lichtung und hielten in alle Richtungen Ausschau. In der zunehmenden Dunkelheit konnte kein Sonnenstrahl mehr auf die Urne fallen, der die Frauen vielleicht darauf aufmerksam gemacht hätte. Die drei trennten sich und suchten in verschiedenen Richtungen weiter.

Kirk, der sich allein fühlte wie nie zuvor, stand in der Urne und lauschte den Stimmen und Schritten außerhalb.

»Sie sind nicht hier, Theela«, rief eine Frau.

Die Entgegnung der Führerin war gleich darauf zu hören: »Kommt! Vielleicht sind sie zu der Stelle zurückgekehrt, wo sie ankamen.«

Die Offiziere im Innern wechselten erleichterte Blicke. Da fiel Kirk, der in der momentanen Atempause ein wenig seiner gewohnten Wachsamkeit zurückkehren fühlte, etwas auf.

»Unsere Stirnbänder! Seht sie euch an!« Die bisher leuchtendblauen Edelsteine in den teuflischen Bändern waren nur glanzlose geschliffene Steine. Keine Glut leuchtete mehr in ihnen. Die Männer musterten einander aufmerksam. Alle Steine waren völlig stumpf.

Spock hatte sich Gedanken über die glühenden Edelsteine gemacht, seit sie ihm zum erstenmal aufgefallen waren. Er hatte sich eine Theorie zurechtgelegt, und das gegenwärtige Fehlen von Licht schien sie zu bestätigen.

»Mir ist aufgefallen, daß das Glühen nachläßt, wenn die Frauen nicht in der Nähe sind. Ich glaube«, fuhr er fort, und nur seine Stimme war emotionslos, nicht jedoch seine Worte, »daß sie polarisierte Konduktoren irgendeiner Art sind, die Vitalenergie zu ihren Körpern leiten.«

»Lebenskraftzehrer«, fragte McCoy zweifelnd. »Das ist von einigen primitiven Parasiten bekannt, aber die Frauen...?« Er war ein wenig grün im Gesicht.

Spock nickte. »Das ist die logischste Erklärung, die unser fortschreitendes – erzwungenes – Altern mit diesen Geräten in Verbindung bringt.« Er deutete auf sein Stirnband.

»Sie erinnern sich vielleicht, Doktor, daß diese Frauen, als wir ihnen erstmals begegneten, müde und schlapp wirkten. Doch während unsere Kräfte nachließen, wurden sie immer kraftvoller und vitaler.«

»Lebendiger«, murmelte McCoy. »Ja, das ist mir jetzt auch klar. Wie dumm von mir, daß ich das nicht selbst erkannt habe! Wie dumm!«

»Sie brauchen deshalb keine Schuldgefühle zu hegen, Doktor. Sie befinden sich in einem viel geschwächteren Zustand als ich.

Ihre Beobachtungsgabe hat mit Ihrem körperlichen Verfall nachgelassen.«

Kirk blickte ihn nachdenklich an. »Wie lange haben wir noch, wenn sie uns wiederfinden, Spock?«

»Das ist ohne einen Tricorder oder Medcomputer schwer festzustellen, Captain, doch es sieht so aus, als ob wir pro Tag etwa um zehn Jahre altern. In der Gegenwart der Frauen noch mehr. Aber das ist natürlich nur eine grobe Schätzung.«

Niemand sagte etwas. Das war auch nicht nötig. Nicht, nachdem McCoy ihre Gefühle in einem knappen Satz ausgedrückt hatte.

»Zehn Jahre pro... In vier Tagen werden wir alle tot sein!«

»Tot«, bestätigte Kirk grimmig, »und nutzlos für sie. Nicht, daß es ihnen etwas ausmachen wird. Theela sagte, daß sich die anderen Männer der *Enterprise* zu uns gesellen würden. Die Sonde und ihre eigene Phantasie wird sie herunterlocken.

Wir müssen uns mit dem Schiff in Verbindung setzen. Irgendwie müssen wir zu einem Kommunikator gelangen.« Kirk legte eine Hand auf die harte gewölbte Wand und versuchte, zum Rand hochzuspringen. Er kam ihm nahe, aber die Anstrengung erschöpfte ihn so sehr, daß er fast zusammenbrach. Es sah ganz so aus, als würde keiner es ohne die Hilfe der anderen aus ihrem Versteck schaffen.

»Mir ist noch mehr Kraft geblieben als einem von Ihnen«, wies Spock auf das Offensichtliche hin. Carver hätte ihm vielleicht widersprechen können, unterließ es jedoch. »Mein inneres System ist anders, Captain, und meine Lebenserwartung höher. Es wäre klüger, wenn ich mich allein zum Tempel begebe und versuche, die Kommunikatoren zu finden und das Schiff zu benachrichtigen.«

Widerwillig mußte Kirk ihm beipflichten. »Ja, einer allein hätte eine bessere Chance, an ihnen vorbeizukommen als vier. Trotzdem...«

»Es ist das einzig Logische, Captain.«

Kirk zögerte und suchte verzweifelt nach einer besseren Möglichkeit. Aber es gab offenbar keine.

Es bedurfte der vereinten Kräfte Carvers und Kirks, Spock so weit hochzuheben, daß er den Rand fassen und das Gitter zur Seite schieben konnte. McCoy war für mehr als moralische Unterstützung zu schwach. Spock gelang es, sich festzuhalten und hochzustemmen (er schob auch das Gitter wieder zurück, damit die anderen nicht entdeckt wurden) und über den Rand zu schwingen.

Keuchend ruhte er sich oben kurz aus und schaute sich um. Niemand war zu sehen, und dafür war er dankbar – obwohl er gar nichts gegen das plötzliche Erscheinen eines schwergepanzerten vulkanischen Friedenstifterwagens, beispielsweise, gehabt hätte.

Es kostete ihn noch mehr seiner schwindenden Kraftreserven, sich vorsichtig auf den Boden hinunterzulassen. Es wäre nicht logisch, sich aus ihrem Versteck zu entfernen, nur um sich beim Hinunterklettern ein Bein zu brechen.

Er rannte zum Tempel, so schnell er es wagen konnte, während er sich gleichzeitig bemühte, immer in Deckung zu bleiben. Einmal überquerten zwei Riesinnen dicht vor ihm den Weg, und er mußte sich unter einen Busch ducken, dessen rote, wachsähnliche Blüten er weniger ihrer Farbe wegen bewunderte, sondern weil sie ihm durch ihre Größe einen besseren Sichtschutz boten.

Wenigstens hatten die Taurierinnen offenbar keinen ausgeprägten Spürsinn.

Wieder dachte er, daß es so gar nicht den Anschein hatte, als wären sie imstande, ein so unendlich hochentwickeltes sensorisches Gerät herzustellen, wie sie es gegen die Männer auf der *Enterprise* eingesetzt hatten. Es gab dafür nur eine Erklärung: Auf dieser Welt war vergessenes Wissen am Werk.

Spock schaffte es ohne einen weiteren Zwischenfall zum Tempel. Die Eingangstür stand glücklicherweise noch offen. Vermutlich hielten sie den Tempel für den letzten Ort, an den die Flüchtigen zurückkehren würden. Am liebsten wäre er sofort hineingelaufen, aber er nahm sich lange genug Zeit, vorsichtig um eine der riesigen marmorähnlichen Säulen herumzuspähen. Nichts rührte sich in dem großen Audienzsaal.

Auch die Korridore, die davon abzweigten, schienen verlassen zu sein. Die Frauen waren alle draußen auf Jagd nach ihnen. Auf Jagd nach *ihm*.

Die Durchsuchung ihres ersten, luxuriösen Schlummergemachs blieb erfolglos. Nicht ein Stück ihrer fehlenden Ausrüstung befand sich hier. Auch eine gründliche Untersuchung des großen Podests, von dem aus Theela sie begrüßt hatte, brachte nichts. Es gab dort zwar viele interessante Geräte, doch nicht eines, das von der Sternenflotte stammte.

Er war schon nahe am Verzweifeln, als er zu dem blauen Vorhang kam, hinter dem sich die *Oyya* befand.

Falls diese Maschine ein internes Alarmsystem hatte, das vor unbefugten Benutzern warnte, würde er auf sich aufmerksam machen. Aber sie brauchten unbedingt einen Kommunikator!

Er überlegte, dann summte er, wie er hoffte, den richtigen Ton. Der Vorhang bewegte sich nicht. Er war aus Metall, nicht aus Stoff, und er sah schwer aus. Er summte noch einmal. Wieder nichts.

Aber beim dritten Mal traf er offenbar Theelas Ton genau. Der blaue Vorhang glitt zurück, und ein jetzt durchsichtiger, leerer Würfel war zu sehen. Die *Oyya*.

Er zögerte. Würde sie auf seine Stimme reagieren? Theela hatte jedenfalls auf terranglo zu ihr gesprochen. Das bot ihnen doch zumindest die Chance, es zu versuchen.

Die *Oyya* beantwortete jede Frage, hatte Theela gesagt.

»Wo ist die Ausrüstung der Männer von der *Enterprise*?« fragte er mit fester Stimme.

Kein wallender Dunst verschleierte das Innere des Würfels, auch keine andere unverständliche visuelle Störung. In einem Moment war der Würfel noch durchsichtig wie ein Luzitblock, im nächsten zeigte er eine dreidimensionale Miniatur eines bekannten Objekts – das Podest am hinteren Ende des Audienzsaals.

Mit einem Unterschied: In der Miniatur stand am Fuß der linken Plattformseite ein Paneel offen.

Spock wußte nicht, wie sich der Vorhang wieder schließen ließ, doch er hätte sich dafür ohnehin nicht die Zeit genommen. Er rannte zu dem Podest.

Nach einer Minute verzweifelten Herumtastens an der Stelle, wo die Miniatur die Öffnung gehabt hatte, fand er einen im Metall eingelassenen Knopf. Er drückte darauf. Das Paneel glitt zur Seite und gab den Blick auf die unbezahlbaren Schätze frei.

Tricorder, Phaser, Akkus – alles, was man ihnen abgenommen hatte, war da. Er tastete zuerst nach einem Kommunikator und runzelte die Stirn, als er weit daneben langte. Seine Augen wurden schwächer.

Nach einem zweiten Versuch hatte er das Gerät fest in der Hand. Er klappte es auf.

»Spock an *Enterprise*.« In diesem Moment spürte er mehr, als daß er es sah, daß der Stein in seinem Stirnband zu leuchten begann. Er gab demnach also etwas Restwärme ab. Als das Glühen zunahm, wurde ihm plötzlich schwindlig, und er schwankte. War er bereits zum Reden zu schwach? Hatte er überhaupt ein Wort hervorgebracht?

Uhuras Stimme erklang aus dem Sternenschiff im Orbit.

»*Enterprise*... Hier spricht Leutnant Uhura. Spock, sind Sie es? Spock!«

Er blickte zum Eingang. Schritte erklangen.

Mehrere Riesinnen traten durch die Tür. Offenbar hatten sie Kirk, McCoy und Carver nicht gefunden und kamen zurück, um die Hilfe der *Oyya* zu erbitten. Da sahen sie Spock. Eine brüllte und sie rannten auf ihn zu. Er versuchte sich wachzuschütteln und sprach rasch in den Kommunikator:

»Erbitte Rettungstrupp... ausschließlich aus Frauen; ich betone: nur Frauen! – Ich wiederhole«, fügte er verzweifelt mit letzter Kraft hinzu, während der Saal sich um ihn zu drehen begann: »Rettungstrupp... nur Frauen...«

Seine Knie waren weich wie Streichkäse. Er sackte auf dem Steinboden zusammen. Die Frauen umzingelten ihn.

8

Uhura schrie ins Mikrophon des Kommunikators.

»Spock... Spock, reden Sie! Wir hören Sie, Mr. Spock. Reden sie!« Nur Summen erklang aus dem Kommgerät. Ihre Gedanken überschlugen sich. Nichts. Nein, nicht ganz nichts. Sie drückte auf eine andere Taste.

»Sicherheitsoffizier Davidson.«

»Davidson hier!« kam die prompte Erwiderung.

»Hier Uhura, Davidson. Ich brauche sofort vier Ihrer besten Frauen im Transporterraum. Nehmen Sie jene, die bereits dort sind, falls Sie sie für die Aufgabe gewachsen halten. Volle Bewaffnung. Lasergeschütz, wenn sie damit zurechtkommen.«

»Jawohl, M'am!« antwortete Davidson begeistert.

Uhura verließ den verträumten Scott, der eben ein Lied auf walisisch grölte, und eilte zum Lift. Chapel stieg mit ihr ein, verließ sie jedoch auf einem anderen Deck. Augenblicke später erreichte Uhura den Transporterraum. Unteringenieur Lewis machte hier Dienst – der Transporteringenieur Kyle war ebenso dienstunfähig wie alle anderen Männer an Bord.

Chapel traf kurz nach ihr mit voller Medausrüstung, einschließlich Tricorder, ein. Die vier Sicherheitsmädchen waren mit weniger menschenfreundlichen Instrumenten ausgestattet. Geschütz hatten sie keines dabei, aber Uhura bestand nicht darauf. Die vier waren so schwerbewaffnet, daß sie sich unbeliebt genug machen konnten.

»Auf die Transporterscheiben, Leute!« Sie war die erste auf der Plattform.

Unteringenieur Lewis übertraf sich selbst. Sie materialisierten im Tempel, am hinteren Ende des Audienzsaals. Sie hatten kaum Zeit, sich zu orientieren. Theela und ihre Frauen befanden sich am anderen Saalende.

Die prächtige Tempeleinrichtung mit den verschiedenen seltsamen Artefakten ließ die Mädchen von der *Enterprise* nicht einen Augenblick zögern. Sie waren alle bereits (speziell Uhura) auf weit fremdartigeren Welten gewesen, in viel beunruhigenderer Umgebung. Das Sicherheitspersonal der Sternenflotte wurde im Kampf gegen Robotschöpfungen ihrer eigenen schlimmsten Alpträume ausgebildet.

Das einzige, was sie überraschte, war die Größe Theelas und der anderen. Frauen hatten sie erwartet, aber nicht Riesinnen. Uhuras Hand verirrte sich zu ihrer Hüfte. Ein einziger Schuß aus dem schweren Phaser, den sie dort in dem Halfter trug, würde selbst die größte der Fremden zurechtstutzen.

Die Riesinnen hatten sich um einen großen durchsichtigen Würfel geschart, der in die Wand eingelassen war. Offenbar hatte der Sicherheitstrupp der *Enterprise* sie bei einer Zeremonie gestört, die mit dem Würfel zusammenhing. Und zweifellos hatte das plötzliche Erscheinen des Landungstrupps die Riesinnen überrascht, aber sie beherrschten sich gut.

»Seid gegrüßt«, sagte die größte von ihnen und löste sich aus der Schar. »Ich bin Theela, die Oberfrau dieses Lagers.«

Falls diese Geste versöhnlich sein sollte, verfehlte sie ihren Zweck. Sie schüchterte den Landungstrupp auch nicht ein. Uhura machte einen Schritt auf die große Frau zu.

»Leutnant Uhura vom Sternenschiff *Enterprise*, Oberfrau dieser Meute Spielverderber. Wir sind hier, um Captain James Kirk und drei andere Besatzungsmitglieder zu suchen. Ich habe Grund zur Annahme, daß sie nicht gerade mit vorbildlicher Gastfreundschaft von Ihnen aufgenommen wurden.«

Theela schien eine Antwort parat zu haben, erkannte jedoch offenbar, daß Uhura sich weder bluffen, noch vertrösten ließe. »Kehren Sie auf Ihr Schiff zurück«, sagte sie kühl. »Sie sind hier nicht erwünscht.«

»Nicht, ehe wir Captain Kirk und unsere Freunde gefunden haben.«

Theela winkte den anderen Frauen, und sie setzten sich auf die kleine Gruppe Terranerinnen zu in Bewegung.

»Phaser auf Betäubung!« befahl Uhura. »Feuer!«

Zu ihrer Ehre hielt keine der Riesinnen im Schritt inne. Doch ihr Mut nutzte ihnen nichts. Eine nach der anderen wurde von einem Betäubungsstrahl getroffen und fiel zu Boden. Eine war nahe genug herangekommen, daß sie Chapel mit ihren Händen packen und in die Luft heben konnte, ehe ein Sicherheitsmädchen die Riesin zu Boden schickte. Chapel war mehr benommen als verletzt.

Sie ließen die Riesinnen, deren Nervensystem vorübergehend kurzgeschlossen war, einfach liegen. Uhura ging auf Theela zu, stupste sie mit dem Fuß in die Seite, dann trat sie etwas fester nach ihr.

Nachdem sie nun überzeugt war, daß die andere nicht nur die Gelähmte spielte – und ein wenig bestürzt war sie ebenfalls, weil sie Freude daran gehabt hatte, die Bewußtlose zu treten –, ließ sie befriedigt von ihr ab. Groß mochten diese Frauen ja sein, aber sie hatten keine übernatürlichen Widerstandskräfte.

Sie erteilte der wartenden Gruppe Befehle. »Durchsucht dieses Gebäude – paarweise. Christine, kommen Sie mit mir.« Der Rettungstrupp teilte sich in drei Paare auf, von denen sich jedes einen anderen Korridor vornahm.

In einer Kammer an einem schmalen Gang lag Spock in der Dunkelheit auf einer harten Steinbank. Sein Gesicht war angespannt und von tieferen Furchen durchzogen. Aber er hatte die Augen offen und atmete, wenngleich unregelmäßig.

Stimmen? Waren das Stimmen? Es kostete ihn ungeheure Mühe, den Kopf vom Stein zu heben. Da…

»Nirgendwo eine Spur von ihnen. Wir müssen weitersuchen.«

Das war zweifellos Uhura. Und Schwester Chapel war bei ihr.

Er versuchte zu rufen, aber es gelang ihm nicht. Er war zu sehr geschwächt. Es gab nur noch eine Möglichkeit. Er hob den Kopf höher, kniff die Augen vor Anstrengung zusammen, während er zur Tür starrte.

Uhura und Chapel schritten einen hohen, kahlen Korridor entlang, als Chapel abrupt stehenblieb. Sie sah aus, als hätte ihr jemand eine mit nassem Sand gefüllte Socke auf den Kopf geschlagen. Da erklang eine Stimme, Spocks Stimme! Aber in ihrem Kopf.

Schwester Chapel… Schwester… Chapel…?

»Was ist los, Christine?« fragte Uhura.

Chapel blinzelte. »Ich dachte – ich dachte, ich hätte Spocks Stimme gehört. Aber ich schätze…«

…CHRISTINE…

Dieser Ruf in ihrem Kopf war unmißverständlich. Wie von selbst wandten sich ihre Augen einem scheinbar fugenlosen Wandstück zu. »Es ist Spock! Aber wie? Natürlich! Vulkanische Geistprojektion. Das muß es sein!«

Sie stellte sich dicht an eine Wand. Eine schnelle Untersuchung brachte keinerlei Riegel, Knäufe, Instrumente, ja nicht einmal eine

Fuge ans Licht. Sie fuhr mit den Fingern systematisch über das dunkle Metall. »Es muß hier irgendwo eine Verschlußvorrichtung geben, ganz bestimmt!«

Uhura half ihr bei der Suche. Rasch strichen die beiden Frauen über die glatte Oberfläche. Nein, sie war gar nicht völlig glatt...

Chapel fand die kleine Mulde unmittelbar über ihrem Kopf und drückte mit dem Daumen darauf. Ein leichtes Klicken war zu hören, dann drehte sich ein hoher, schmaler Wandteil auf seiner Achse. Sie gelangten in einen dunklen Raum unerkennbarer Größe. Das einzige Licht fiel aus dem Gang herein, von dem sie gekommen waren.

Aber es genügte, ihnen den langen Tisch zu zeigen. Noch einmal hob Spock den Kopf und versuchte zu sprechen. Als er es tat, fiel der Lichtschein auf sein Gesicht.

Chapel fuhr zusammen. »Mr. Spock...!« Uhura war nahe daran aufzuschreien, aber das hätte keineswegs zu einem stellvertretenden Commander gepaßt. Darauf hatten die Daten des Medcomputers sie nicht vorbereitet.

Sie konnte nur idiotisch fragen: »Was ist passiert?«

Spock plagte sich, ihr zu antworten, aber es gelang ihm nicht. Er war völlig erschöpft. Sein Kopf sank auf den Tisch zurück, seine Lider schlossen sich, und er verlor das Bewußtsein. Sein vulkanisches vegetatives Nervensystem war am Ende, dieser Körper brauchte Rast. Die Anstrengung, die erfolgreiche Geistverbindung zu Schwester Chapel herzustellen, hatte ihn vollkommen ausgelaugt.

Uhura und Chapel wechselten entsetzte Blicke.

Die Urne stand still und unbeachtet in der wachsenden Dämmerung im Garten. Wind peitschte Zweige und Blumen. Eine Minute lang schien er nachzulassen, doch dann kehrte er mit Sturmstärke zurück und beugte alle Bäume, mit Ausnahme der mächtigsten.

Grelle Blitze zeichneten kupferfarbene Spuren in den grauen

Himmel, während Donnergrollen von fernen, verhangenen Bergen widerhallte. Es fing zu regnen an; dicke Tropfen malten zunächst zögernd ihre Muster auf den Boden.

Doch schon Sekunden später goß es in tosenden Strömen. Jetzt wurde ersichtlich, weshalb der Garten und das Tempelgelände leicht schräg angelegt waren. Die rasch zu Bächen anschwellenden Rinnsale verschwanden durch gut getarnte, sorgfältig geschützte Abflüsse in einem komplexen Kanalsystem.

Der Wind ließ an Stärke nach und blies nun gleichmäßig aus dem Norden, doch der Regen wurde noch heftiger, zum wahren Wasserfall, der in dichten Wogen aus den Wolken stürzte. Es war ein typisch taurisches Gewitter, das jedoch jeden irdischen Meteorologen aus der Fassung gebracht hätte.

Kirk, McCoy und Carver hatten erschöpft in der Urne gelegen. Jetzt sahen sie sich gezwungen, aufzustehen, während der Wolkenbruch sie gnadenlos durchnäßte. Die glatten Innenseiten der Urne erwiesen sich als zweifelhafte Stütze.

Jeder Tropfen schien den Wasserstand in ihrer trügerischen Zuflucht um Millimeter zu erhöhen. Er stieg mit beängstigender Schnelligkeit. Und es hatte gar nicht den Anschein, als würde das Unwetter nachlassen.

»Wir müssen hier raus!« murmelte Kirk. Seine altersgeschwächte Stimme war über dem Platschen des Wassers kaum zu hören. Langsam, mühevoll versuchte Carver, Kirk zum Rand der Urne hinaufzuheben. Aber ihre schwindenden Kräfte reichten nicht aus. Und die glitschigen, nach außen gewölbten Wände waren unerklimmbar. Immer wieder mühten sie sich ab, immer wieder rutschte Kirk herunter.

Aber was hätten sie anderes tun können, als es aufs neue zu versuchen? Doch stets vergebens. Normalerweise wäre ihre Lage gar nicht so verzweifelt gewesen. Selbst wenn sie den oberen Rand so nicht zu erreichen vermochten, hätten sie nur Wasser zu treten brauchen, bis der steigende Wasserspiegel sie hinauftrug. Aber in ihrem außerordentlich geschwächten Zustand hätten sie es nicht lange genug durchstehen können.

Und selbst falls es ihnen irgendwie geglückt wäre, sich in dieser Enge die ganze Zeit über Wasser zu halten, war es zweifelhaft, daß auch nur einer von ihnen noch die Kraft aufgebracht hätte, das schwere Metallgitter oben zur Seite zu schieben. Möglicherweise könnten sie sich an diesem Gitter festklammern und ihre Gesichter so weit hindurchschieben, daß sie Luft bekämen – aber schließlich würden sie auch dazu die Kraft nicht mehr haben, und einer nach dem anderen würde untergehen.

Chapel ließ sich sofort mit Spock aufs Schiff zurückbeamen und brachte ihn in die Krankenstation. Sie hatte gehofft, daß es allein schon helfen würde, ihn vom Planeten wegzubringen. Die ersten Sensorwerte schienen ihre Hoffnung zu bestätigen, zumindest teilweise. Seine Kräfte kehrten zurück – aber sie blieben die eines alten Mannes. Er öffnete auch die Augen nicht.

Stundenlang, wie ihr vorkam, hatte sie versucht, ihm das Stirnband zu entfernen. Sie gab schließlich die Hoffnung auf, irgendeine Art von Verschluß zu finden. Nun griff sie nach einem Medlaser und konnte nur noch hoffen, daß sich nichts in diesem Stirnband befand, das bei Gewaltanwendung explodierte.

Der mit großer Sorgfalt gekonnt eingesetzte Strahl durchtrennte es mühelos. Chapel legte den Metallreif zur Seite und gab Spock eine bereits vorbereitete Injektion. Der gealterte Körper lehnte die starke Dosis Stimulans nicht ab. Sie hatte sie sorgfältig berechnen müssen, denn niemand auf dem Schiff hatte Erfahrung in der Behandlung alter Leute.

Sie nahm das Injektionsgerät von Spocks Arm, legte es zur Seite und wartete ab. Nach ein paar Minuten flatterten seine Lider und hoben sich.

»Mr. Spock...« Er drehte den Kopf. Er war nicht jünger und nicht elastischer geworden, doch zumindest war er jetzt imstande zu reden.

»Weisen Sie eine Ingenieurin an«, er hustete, wartete, bis der Anfall vorüber war, und begann von vorn, diesmal mit festerer Stimme: »Weisen Sie eine Ingenieurin an, die Schiffsenergie zur Blockierung der fremden Sonde einzusetzen. Elektromagnetische Deflektoren. Computer auf Sonderfrequenz einstellen... Blockieren Sie...«

Chapel unterbrach ihn. »Das haben wir bereits versucht, Mr. Spock. Es funktionierte nicht.«

Spock schüttelte heftig den Kopf, und fast wurde ihm davon schwarz vor den Augen. »Sie dürfen nicht die übliche Deflektorenergie benutzen!« Seine Stimme wurde stärker, als das Stimulans durch sein System jagte. »Leiten Sie die gesamte Schiffsenergie in den Schild. Alles, außer einem Rest für minimale Lebenserhaltungsfunktionen.« Seine Lider fielen ihm zu, aber er zwang sich, sie wieder zu öffnen, und streckte eine zittrige, runzelige Hand aus. »Beeilen Sie sich, Christine!«

Sie nickte gehorsam und wandte sich dem Intercom zu. »Geben Sie mir Ingenieur Sco...« Sie hielt mitten im Wort inne. Chefingenieur Scott war momentan nicht imstande, auch nur eine Kaffeemaschine zu programmieren, geschweige denn, eine komplette Umstellung der *Enterprise*-Generatoren durchzuführen. »Geben Sie mir Ingenieur Hondo McDuff.«

Sie nickte zufrieden. McDuff würde die Arbeit mühelos schaffen – es war nur zu hoffen, daß sie in ihrem Eifer nicht über das Ziel hinausschoß.

Die Frauen erlangten langsam ihr Bewußtsein zurück. Trotz des stechenden Prickelns, der Nachwirkung der Phaserbetäubung, ächzte oder stöhnte keine.

Theela, die kräftigste der Gruppe, war schon wieder auf den Beinen. Sie leistete keinen Widerstand mehr. Eine Phaserbetäubung mit diesem scheußlichen Kribbeln genügte ihr. Sie wich zum mittleren Podest zurück und beobachtete die Fremden vom Sternenschiff.

Uhura wartete, bis genügend viele der Riesinnen wieder bei Besinnung waren, damit die Demonstration sich auch rentierte. Dann hantierte sie an der Einstellung ihres Phasers und schaute sich in dem Saal um. Sie entschied sich für einen groben, würfelförmigen Tisch und feuerte.

Der blendende Phaserstrahl traf ihn mit beeindruckender Wirkung, und das feste Gebilde aus Stein und Metall zerschmolz zu einem kleinen Klumpen glühender Schlacke. Fast wie im Chor stöhnten Theela und die anderen Frauen auf.

Auch Uhuras Stimme hatte eine neue Intensität. »Geben Sie sofort Captain Kirk, Dr. McCoy und Fähnrich Carver frei, sonst verwandeln wir Ihren Tempel in eine rosa Pfütze!« Sie hob den Phaser ein wenig. »Aber vielleicht sollten wir zuerst bei Ihnen anfangen – Stück für Stück.«

Theela antwortete nicht, sie stand nur trotzig da.

Uhura bemühte sich, einen Gleichmut auszudrücken, den sie nicht empfand. Sie richtete den Phaser auf die nächste, kunstvoll behauene Steinsäule.

Theela hob hastig eine etwas zitternde Hand. »Warten Sie. Keine Zerstörung mehr! Ich weiß nicht, wo Ihre Leute sind...« Uhuras Finger krümmte sich erneut um den Auslöser, und Theela rief verzweifelt:

»Ich lüge nicht! Sie sind entflohen, aber wir werden sie für Sie finden. Ich wollte es ohnehin gerade tun, bevor Sie gekommen sind.«

Sie verließ das Podest und ging wieder auf die durchsichtige *Oyya* zu. Sie summte, und die Maschine erwachte zum Leben.

»Ich werde Ihre Männer für Sie suchen. Aber erfahren Sie erst etwas über unsere Herkunft und den Grund für unser Handeln.«

»Es könnte mir gar nicht gleichgül...«, begann Uhura. Doch Theela sprach bereits zu dem Würfel. »Zeige uns die Vergangenheit!«

Uhura bemühte sich um eine unbeeindruckte Miene, als eine lebensgleiche Miniatur eines gutaussehenden Mannes im Würfel erschien. Die Details waren unglaublich. Das Haar des Mannes war kurz, grün und geringelt. Eine Sekunde später erschien eine nicht weniger gutaussehende Frau, ebenfalls mit grünem Haar.

»Das ist die Rasse, von der wir abstammen«, erklärte Theela Uhura. »Sie kamen auf diese Welt, die Sie Taurus nennen, als ihre Heimatwelt zu sterben begann.« Sie deutete ringsum.

»Sie erbauten diesen Tempel und alles rundherum – die automatische Ernährungsmaschinerie, die Gärten, das unterirdische Recyclingsystem – alles.« Das Bild im Würfel verschwamm, und als es wieder scharf wurde, war nur noch der Mann zu sehen.

Er hatte sich verändert, war zusammengefallen, alt, weißhaarig und buckelig. Theelas Stimme klang traurig. »Sie wußten nicht, daß die Strahlungen auf dieser Welt dem Körper die Lebensenergie raubten.

Die Frauen entwickelten jedoch ein Drüsensekret, das es ihnen zumindest zum Teil ermöglichte, diese entkräftende Wirkung abzuwehren. Es gab ihnen auch die Fähigkeit, den inzwischen geschwächten Männern mit Hilfe spezieller Vorrichtungen und eines bestimmten heimischen Minerals Lebensenergie zu entziehen und so zu ersetzen, was die Strahlung raubte.

Indem sie lernten, sich dem Lebenshunger dieses Planeten zu widersetzen, entwickelte sich dieses gleiche Bedürfnis in ihnen. Dadurch, daß sie sich an der Lebensenergie der Männer stärkten, verursachten sie deren Altern und frühen Tod. Wir sind die Töchter dieser ersten Frauen. Sie erbauten die Luramag, die Männer von weit her zu uns zieht, die *Oyya*, und fertigten die fokussierenden Stirnbänder an.«

Während Theela mit ihrer tragischen Geschichte fortfuhr, regnete es ohne Unterlaß weiter. Das Schlimme daran war, daß der Regen die Urne nicht verschonte, in der die drei kraftlosen Männer nur noch mit den Zehenspitzen den Boden berühren konnten. Und Uhura, die Theela zuhörte, ahnte nicht, wie nahe Kirk, McCoy und Carver dem Ertrinken waren.

»Um unser Leben zu erhalten«, sagte Theela, »müssen wir uns alle siebenundzwanzig Jahre, nach Ihrer Zeitrechnung, auf diese Weise neue Kraft holen.«

Darah warf unglücklich ein: »Wir sind ewige Gefangene dieses körperlichen Bedürfnisses, für das wir nichts können. Wir altern sehr langsam. Durch den Fluch unserer Unsterblichkeit haben wir die Fähigkeit verloren, Kinder zu gebären. Die entsprechenden Organe sind noch vorhanden, aber sie funktionieren nicht. Das ist eine Nebenwirkung unserer verlängerten Lebensspanne.«

Uhura brauchte nicht zu fragen, woher sie das wußten.

»Warum hören Sie nicht auf und leben Ihre normale Lebensspanne?« fragte eine des Sicherheitstrupps.

»Wir verfügen über keine Waffen, mit denen wir die Luramag vernichten könnten. Und wenn die Männer schließlich eintreffen«, sie zögerte kurz, »haben wir Angst. Wir möchten nicht als Ungeheuer getötet werden. Wir haben immer befürchtet, daß das geschehen würde, wenn wir gestehen, was wir getan haben.

Deshalb befolgen wir die Anweisungen, und der Kreislauf geht weiter.«

Uhura bedauerte diese Frauen. Die armen Geschöpfe hatten nie eine andere Kultur gekannt als ihr eigenes, vollkommen isoliertes Stück Geschichte. Ihnen war nie bewußt gewesen, daß sie auch anders hätten handeln können. Nie hatten sie daran gedacht, das Risiko einzugehen, um Hilfe zu bitten.

Aber Mitleid mußte warten, erinnerte sie sich. Sie vergeudeten Zeit – Zeit, die für die gealterten Männer kostbar sein mochte. Wie kostbar, ahnte sie nicht.

»Das ist alles sehr interessant«, sagte sie ehrlich. »Aber zurück zu Captain Kirk und seinen Begleitern. Wenn Ihre kluge Kristallkugel sie aufspüren kann, warum haben Sie sie dann noch nicht befragt?«

»Das wollten wir gerade, aber dann sind Sie gekommen«, erinnerte Theela sie. Sie wandte sich wieder dem Würfel zu.

»Zeig uns die Männer der *Enterprise*, die noch auf unserer Welt sind.«

Ein Bild mit Sträuchern und Ranken begann sich zu formen.

»Der Garten vor dem Tempel«, erklärte Theela. Das Bild verschwamm und wurde schließlich wieder klar.

Sie sahen das Innere der Urne. Kirk, McCoy und Carver traten Wasser, das sie immer wieder überspülte. Kirk und Carver klammerten sich mühsam an einem Gitter fest, das die Urne verschloß, Kirk nur mit einer Hand, denn mit der anderen hielt er McCoy, der in diesem Moment seinen Fingern entglitt. Der Arzt tauchte unter, während der Captain verzweifelt im Wasser nach ihm tastete.

»Sie ertrinken!« rief Uhura. Sie drehte sich zu Theela um, und ihr Finger war dem Phaserabzug bedrohlich nahe. »Wo sind sie? Bringen Sie uns sofort dorthin, oder...«

»Die Zeremonienurne auf der hinteren Lichtung!« rief die Riesin.

Der unerbittliche, peitschende Regen weichte alles auf. Sie konnten nur wenige Meter weit sehen. Zudem war es düster. Lediglich wenn vereinzelt Blitze aus den Wolken zuckten, hoben sich Bäume und Sträucher scharf ab.

Uhura und ihr Sicherheitstrupp folgten Theela durch das Alptraumgewitter mit gezogenen Phasern. Uhura hatte ihren auf den

Rücken der Riesin gerichtet und blieb dicht hinter ihr. Sie war zwar im Tempel durchaus hilfsbereit gewesen, aber Uhura wollte kein Risiko eingehen, daß sie plötzlich in der Dunkelheit verschwand. Wenn sie auch nur das geringste versuchte...

Ohne Vorwarnung durch Theela stürmten sie hinaus auf die Lichtung. Die Urne stand völlig unberührt im heftigen Wind. Nichts wies darauf hin, daß drei Männer in ihr schwammen, deren Leben mit jeder Minute dahinschwand.

»Phaser auf Stufe Drei!« brüllte Uhura durch den trommelnden Regen. »Auf den Fuß der Urne zielen!« Sie feuerte ihre eigene Waffe, kaum daß sie den Befehl erteilt hatte.

Die vereinigte, niedrig geschaltete Energie der fünf Phaser traf den Fuß des Keramikbehälters. Sofort bildeten sich vier breite Risse. Wasser schoß aus der Urne wie aus Hähnen. Das plötzliche Nachlassen des Innendrucks war zu viel. Die Risse wuchsen, und die Urne sprang auseinander.

Kirk, McCoy und Carver wurden wie durchweichte Baumstämme hinausgespült. Sie purzelten und fielen über Scherben den schrägen, schlammigen Hang hinunter. Uhura und die anderen Frauen von der *Enterprise* hatten ihre Phaser abgeschaltet und waren bereits auf sie zugerannt, während noch das Wasser herausströmte.

Uhura durchzuckte es schmerzhaft, als sie Kirk sah. Er war sogar noch schlimmer gealtert als Mr. Spock. Und Dr. McCoy...

»Mein Gott!« entfuhr es ihr. Sie klappte ihren Kommunikator auf. »Uhura an *Enterprise*. Unteringenieur Lewis, Transporterraum.«

Die Stimme der Technikerin, die Ingenieur Kyle vertrat, schien aus den grauen Wolken zu kommen. »Hier Lewis, Leutnant.«

»Vier zum Hochbeamen, Lewis. Bitte behutsam, Lewis. Wir haben ein paar – kranke Leute hier.«

»Jawohl, Leutnant, ich habe Mr. Spock gesehen.«

Uhura klappte den Kommunikator wieder zu. »Fähnrich Tadaki, Sie übernehmen hier. Ich beame mit dem Captain und Dr. McCoy hinauf. Vierne, Sie kommen mit mir. Ich schicke Sie wieder hinunter, um Carver zu holen.«

»Verzeihen Sie, Ma'am«, warf Tadaki ein. »Was ist mit ihr – und den anderen?« Sie deutete auf die stumm beobachtende Theela.

»Wenn sie Ihnen keine Schwierigkeiten machen, dann lassen Sie sie in Ruhe. Aber falls sie sich irgend etwas Modernerem als einem Löffel nähern oder aggressiv werden – schießen Sie sie nieder.«

Die Medtische standen im Transporterraum bereit. Schwester Chapel war ein wenig auf den Anblick von Kirk und McCoy gefaßt, aber ihre Hilfsschwestern nicht, ebensowenig Scott, der Lewis am Transporter half.

»Mr. Spocks Schirm funktioniert«, beantwortete er Uhuras unausgesprochene Frage. »Die Männer haben sich, von scheußlichen Kopfschmerzen abgesehen, erholt. Die meisten von uns würden am liebsten nicht mehr darüber reden, über das Ganze, meine ich, Leutnant Uhura.«

»Sie brauchen sich keine Vorwürfe zu machen, Mr. Scott«, entgegnete sie. »Sie handelten unter einem unwiderstehlichen Zwang von außen.«

»Ich komme mir immer noch wie ein Idiot vor«, brummte der Chefingenieur.

Uhura lächelte. »Nichts liegt mir ferner, als Ihnen die Freude zu nehmen, sich wie einer zu fühlen.« Nun grinste auch Scott.

Chapel rügte ihre bestürzten Helferinnen. »Sie haben alle schon alte Männer gesehen. Also machen Sie sich an die Arbeit!«

Medikamente und Aufbaumittel brachten den vier gealterten Männern etwas Kraft zurück, doch das Alter blieb. Chapel nahm einen Test nach dem anderen an ihnen vor, wertete sie sorgfältig aus, doch sie hätte nicht zu sagen vermocht, welche Werte deprimierender waren.

»Keine positiven Ergebnisse, Captain«, mußte sie schließlich zugeben. »Der Alterungsprozeß ist echt, wenngleich beschleunigt. Ich sehe keine Möglichkeit, ihn umzukehren. Ich... ich habe alles versucht. Vielleicht könnte Dr. McCoy...?« fragte sie hoffnungsvoll.

Aber Dr. McCoy wußte auch nicht weiter. »Ich kann mir nicht vorstellen, daß es noch irgend etwas gibt, was Sie nicht versucht haben, Chapel.«

»Ich bin noch nicht reif für die Pension«, murmelte Kirk. Niemand lachte.

Spock, der seinen Gedanken nachgehangen hatte, seit die erste Injektion seine geistigen Kräfte ein wenig gestärkt hatte, sagte nun nachdenklich: »Vielleicht ist der Transporter der Schlüssel.«

»Schlüssel wozu?« fragte McCoy gereizt.

»Zu unserer Wiederherstellung. Der Transportercomputer registriert automatisch die Molekularstruktur jedes gebeamten Körpers oder Gegenstandes. Humanoide Muster werden gespeichert und zur dauerhaften Aufbewahrung an das Archiv weitergeleitet. Das gehört zum Sicherheitssystem des Schiffes.

Überlegen Sie, meine Herren, die Daten unserer ursprünglichen Körperstruktur wurden neu gespeichert und gesichert, als wir zum Planeten hinunterbeamten.«

Kirks Gesicht verriet neue Hoffnung. »Sie meinen, Spock, wenn wir noch einmal auf den Planeten hinuntergebeamt und in dem zuvor gespeicherten Strukturmuster zurückgeholt würden, wäre unser körperlicher Zustand wie vor unserem ersten Beamen?«

»Möglicherweise, Captain. Es wurde noch nie zuvor versucht. Theoretisch könnte ein Mann in den Körper zurückgebeamt werden, den er als Kind hatte, falls die Strukturmuster vorhanden wären. Die Gefahr – psychisch wie physisch – war zu groß für Experimente auf dem Gebiet. Für niemanden würde es eine zweite Chance geben.«

»Ich bin nicht gerade verrückt nach der Chance, die wir gegenwärtig haben«, entgegnete Kirk. »Wenn Sie glauben, daß wir überhaupt eine haben, Spock…«

»Wir haben eine, Captain.«

Kirk lehnte sich auf dem Tisch zurück und wandte sich an Uhura. »Erklären Sie unseren Plan bitte Ingenieur Scott, und sagen Sie ihm, daß wir in den Transporterraum zurückkommen, so schnell uns unsere…«, er grinste, »Räder fahren werden.«

»Ich halte nicht viel von dieser Idee, Sir«, sagte Scott, als ihm die Einzelheiten erklärt worden waren.

»Sehen Sie mich an, Mr. Scott«, befahl Kirk. »Jeder andere Versuch, unsere ursprüngliche Verfassung wiederherzustellen, hat versagt. Das ist vielleicht unsere einzige Chance. Sie sind jeglicher Verantwortung entbunden. Es ist meine Entscheidung – meine und die von Mr. Spock und Carver und Pille. Wir *müssen* es versuchen!«

»Nun gut, Sir. Ich werde mein Bestes tun.«

»Das werden Sie müssen, Scotty.«

Mit Unterstützung von Chapels Helferinnen wurden die vier Männer zum Transporteralkoven gebracht. McCoy konnte sich nicht aufrechthalten und mußte sich auf die Transporterscheibe setzen.

»Machen Sie schon, Mr. Scott.«

Scott widerstand dem Bedürfnis, tief Atem zu holen, und zog die Schieberegler hinunter. Die Männer auf den Scheiben glitzerten, verschwammen und verschwanden.

Eine knappe Minute später erklang ein Piepton aus der Transporterkonsole.

»Wir sind auf dem Planeten, Mr. Scott«, meldete Spock. »Geben Sie dem Computer jetzt die ursprünglich gespeicherten Strukturmuster ein.«

Vorsichtig gab Scotty dem Transportercomputer die vier neuen

Datensätze ein. Die Neueinstellung war kritisch und erforderte, daß die neuen Muster die alten ohne jeglichen, absolut jeglichen, Fehlerspielraum ersetzten. Er überprüfte sie sorgfältig und hätte es noch ein dutzendmal tun können, ohne damit völlig zufrieden zu sein.

»Also gut, Mr. Spock. Alles bereit.« Er beschäftigte sich mit den Reglern, ohne den Blick von dem Anzeiger in der Konsole, unter seinem rechten Arm, zu lassen.

»Ich habe gehört, daß das noch nie zuvor versucht wurde, Mr. Scott«, flüsterte Chapel. »Was passiert, wenn es nicht funktioniert? Wenn sich nicht alles genau richtig zusammenfügt?«

»Wenn auch nur das kleinste bißchen abweicht, Mädchen, das winzigste bißchen – dann wird die atomare Struktur von Captain Kirk, Mr. Spock, Dr. McCoy und Carver sich auflösen und in alle Richtungen des Universums verstreut werden. Und nichts, aber auch gar nichts wird sie wieder zusammenfügen können.«

Sie verstummten, als Scott mit noch größerer Sorgfalt, als er je bei einem Transport hatte walten lassen, die Regler langsam hochschob. Das vertraute Summen der Musterintegration wurde lauter. Transporteringenieur Kyle war inzwischen dazugekommen. Er stand links von Scott und überprüfte ebenfalls die Werte.

»Bisher alles in Ordnung, Mr. Scott.«

Vier Umrisse wurden flirrend sichtbar.

»Vorsicht, Vorsicht...«, murmelte Scott zu sich.

Die Umrisse festigten sich, nahmen Farbe an – und fingen plötzlich an heftig zu oszillieren.

»Scott, wir verlieren sie!« rief Uhura entsetzt.

Scott antwortete nicht, aber seine Hände flogen über die Kontrollen. Die vier Umrisse schienen sich in sechzehn kleine Teile zu trennen, die heftig flackerten, dann aber wieder zu vier Formen verschmolzen.

Die Oszillation wurde langsamer und hörte auf. Das Summen

klang gleichmäßiger, und die vier Umrisse begannen sich wieder zu füllen.

»Erreichen gleich die Nullmarke«, sagte Kyle leise, und ein kaum merkliches Zittern verriet seine Anspannung. »Zwei – Eins – Null!« Scott schob die vier Regler mit solcher Gewalt hinunter, daß man meinen konnte, er würde sie durch die Konsole in den Fußboden schmettern.

Kirk blinzelte und schaute sich um.

Uhura lächelte erleichtert. »Sie sind alle noch hübscher geworden.« Sie hatten ihre gewohnten Körper wieder.

Und zwar mit allen Konsequenzen.

»Danke für das Kompliment, Leutnant«, erwiderte McCoy, »aber warum starren Sie uns alle so an?«

»Ja, Scotty, wollen Sie uns nicht endlich hinunterbeamen?« fiel Kirk ein. »Wird schließlich Zeit, daß wir herausfinden, was diese Sonde...« Er unterbrach sich und wirkte verwirrt. »Also das ist merkwürdig. Mr. Spock ist es Ihnen auch aufgefallen? Die Musik hat aufgehört.«

»Tatsächlich, Captain. Sehr sonderbar.«

Uhura fühlte sich wie Alice, die gerade ins Spiegelreich getreten war. »Was ist los? Freuen Sie sich nicht, daß Sie Ihre eigenen Körper wiederhaben?«

Kirk blickte sie eigenartig an. »Wiederhaben? Kann mich nicht erinnern, daß ich meinen irgendwo verloren hätte. Du, Pille?« McCoy zuckte verständnislos die Schultern.

»Ich glaube, ich weiß, was passiert ist«, sagte Scott nachdenklich.

»Dann wäre ich Ihnen aber dankbar, wenn Sie mich einweihen würden«, bat Uhura nun völlig verwirrt.

Scott wandte sich ihr zu. »Ganz einfach, Mädchen. Der Captain, Mr. Spock, Dr. McCoy und Mr. Carver sind wieder genauso wie sie waren, bevor sie zum erstenmal zum Planeten hinunterbeamten. Und zwar nicht nur, was ihr jugendliches Aussehen anbelangt, sondern auch ihr Gehirnmuster und infolgedessen ihr Gedächtnis. Sie haben ein bißchen Zeit verloren – und Erfahrung.«

»Was soll das, Mr. Scott?« fragte Kirk und stieg von der Plattform. »Warum die Verzögerung?«

»Es ist etwas kompliziert, Captain«, begann Scott. »Aber wir haben Aufzeichnungen aus Spocks und aus Dr. McCoys und Fähnrich Tadakis Tricordern, das dürfte alles weitgehend erklären...«

Es dauerte ein paar Stunden, dann wußten die vier restrukturierten Offiziere, was sie auf dem Planeten erlebt hatten. Es fiel ihnen nicht leicht, es zu glauben, aber die Bänder logen nicht.

McCoy blieb nicht, sie sich alle anzusehen. Er hatte selbst einige Fragen, die er dem Medcomputer stellen wollte. Schließlich händigte er Kirk das Ergebnis seiner Arbeit aus.

»Wollen Sie es nicht übernehmen, Captain?« fragte Uhura.

»Nein, Leutnant. Außerdem glaube ich, daß es mehr Gewicht hat, wenn Sie dahinterstehen. Ich könnte auch nicht behaupten, daß ich sonderlich Sehnsucht nach diesem Planeten habe. Nicht wenn das, was wir auf den Bändern sahen, wirklich geschehen ist. Es war, als beobachte man sich in einem Alptraum.«

Uhura nickte mitfühlend. »Das kann ich gut verstehen, Captain.« Sie drehte sich um und ging zum Transporterraum.

Theela, Darah und die anderen Riesinnen waren überglücklich, als Uhura ihnen das Ergebnis von McCoys Untersuchung mitteilte. Nicht, daß sie die Möglichkeit gehabt hätten, das Angebot abzulehnen, dachte sie ironisch, aber sie mußte zugeben, daß sie offenbar wirklich ehrlich erleichtert waren.

Theela führte sie in ein großes Zimmer, das hinter dem Tempelpodest verborgen war. Es enthielt eine Konsole und eine unvorstellbar komplexe Anordnung von Kabeln, glühenden Lampen und Teilen, deren Zweck nicht erkennbar war. Der ganze Apparat pulsierte in einem steten Energiefluß und ließ geheime Macht erahnen.

»Die Luramag«, erklärte Theela feierlich. »Unser Segen und unsere Fluch.«

Uhura stellte ihren Phaser auf Maximum. Doch ehe sie mit ihrer Arbeit beginnen konnte, legte sich eine große Hand sanft auf ihren Arm. Sie blickte zu Theela auf.

»Nein, lassen Sie mich. Es steht mir zu.«

Uhura zögerte, aber die Augen der Riesin verrieten ihr, daß sie es ehrlich meinte. Sie überließ ihr den Phaser.

Theela vermochte den Auslöser nur mit einem Fingernagel zu betätigen, doch sie konnte recht gut mit der für sie winzigen Waffe umgehen. In wenigen Sekunden war die Luramag nur noch ein leicht zischender Haufen geschmolzenen Kunststoffs und Metalls. Theela drehte sich um und gab der stumm beobachtenden Uhura den Phaser wortlos zurück.

»Sagen Sie Captain Kirk, daß wir unseren Teil der Abmachung erfüllt haben.«

Uhura nickte zustimmend. Unwillkürlich taten ihr diese armen, übergroßen Geschöpfe leid. »Auf Kinshasa gibt es ein großes Medcenter. Dorthin werden wir Sie bringen.« Sie hatte bemerkt, daß die anderen Frauen sich an der Tür versammelt hatten und sie erwartungsvoll anschauten.

»Wie lange wird es dauern, bis wir wie andere humanoide Frauen werden?« fragte Theela.

»Dr. McCoy meint, nur ein paar Monate. Dieselbe Östrogenart, die Ihre Lebensspanne so abnorm verlängert, ist auch für Ihren ungewöhnlichen Wuchs verantwortlich. Bestimmte Operationen – Knochenverkürzungen beispielsweise – sind für Teilkorrekturen möglich. Sie werden trotzdem noch verhältnismäßig groß sein, aber der Unterschied wird nicht mehr so auffallen.«

»Ein neues Leben – ein normales Leben – Liebe, vielleicht.«

Theela lächelte zu Uhura hinunter, die nicht wußte, ob sie weinen oder sich übergeben sollte. »Es gibt viele verschiedene Arten von Unsterblichkeit.«

Dieser Feststellung zumindest konnte Uhura beipflichten.

Wie erwartet, war McCoys Behauptung, daß die taurischen Frauen wieder ein normales Leben führen könnten, etwas optimistisch. Die Ankunft dieses Dutzends ungewöhnlicher Schönen erregte gewaltiges Aufsehen auf Kinshasa. Ihr Empfang im Flottenkrankenhaus der Föderation unterschied sich beachtlich von dem sonst für kranke Fremdintelligenzen üblichen.

Die Ärzte taten, als interessierten sie sich lediglich für die endokrine Anomalie, die offenbar das Leben verlängerte – aber Kirk vermutete, daß mehr als nur wissenschaftliche Neugier den männlichen Teil des Krankenhauspersonals motivierte.

Jedenfalls hatte es ganz den Anschein, als würden die Taurierinnen kaum Schwierigkeiten haben, in der Föderation anerkannt zu werden. Möglicherweise würde man sie als Herausforderung betrachten, aber nicht als Bedrohung.

DRITTER TEIL

Spock mal x

Nach einem Drehbuch
von Walter Koenig

9

»Logbuch des Captains, Sternzeit 5503.1 Geleitschutz der Erzlieferung Carsons Welt/Bethulia wurde anderen Schiffen übertragen. Die *Enterprise* erhielt den Befehl, einen neuen Planeten am föderations-galaktischen Rand zu vermessen.«

Kirk schaltete aus und blickte auf den Hauptbildschirm. Die Reise von Kinshasa war friedlich und ereignislos verlaufen. Jetzt füllte eine Welt vom Erdtyp mit normaler Wolkenverteilung, Meeren und bräunlichen Landmassen den Schirm.

Es überraschte ihn nicht, daß das Sternenflottenoberkommando die *Enterprise* vom Geleitschutz abgezogen und zum Vermessen abgeordert hatte. Die Entdeckung einer potentiell besiedelbaren Welt, auf die noch niemand Anspruch erhoben hatte, hatte Vorrang über alles, außer den unmittelbarsten Notfällen. Es war eine interessante, angenehme Aufgabe. Und wenn Vizeadmiral van Leeuwenhook ein paar Beziehungen hatte spielen lassen, damit die *Enterprise* diesen schönen Auftrag bekam, nun, dann war es nur eine Belohnung für die gute Arbeit, die sie geleistet hatten.

Es war unbedingt erforderlich, daß die Welt sofort vermessen und daß offiziell Anspruch darauf geltend gemacht wurde, bevor Klingonen oder Romulaner sie entdeckten. Bewohnbare Welten waren dünn gesät, und der Expansionswettlauf war hart.

Außerdem schien dieser Planet nach Aussage der Astronomen, die den Moanaprädiktor benutzten, ein wahres Kleinod zu sein. Und vorläufige Abtastungen aus dem Orbit ergaben nicht nur, daß er bewohnbar war, sondern auch ausgesprochen fruchtbar – eine richtige Gartenwelt.

Alles deutete auf eine erstklassige Entdeckung hin, eine Welt, die auf Siedler aus der Föderation nur zu warten schien – bis Sulus Oberflächensonden auf die Stadt stießen.

»Bewohner, Mr. Sulu?« Das wäre das Ende jeder Kolonisierung.

Sulus Miene verriet Unsicherheit. »Keine Werte, die auf Intelligenzen schließen lassen, Sir. Aber es ist schwierig, Gewißheit zu bekommen. Es wird eine solche Vielfalt von niedrigem Leben – Pflanzen und Kleintiere – aufgezeichnet, daß es eine Weile dauern wird, intelligente Lebensformen auszusortieren. Etwas steht allerdings fest: Falls es sich um eine Metropole handelt, ist sie jedenfalls nicht übervölkert.«

»Ich möchte nicht auf eine zeitraubende Analyse warten, Mr. Sulu.« Kirk erhob sich aus dem Kommandosessel. »Mr. Spock, Dr. McCoy, Sie beide begleiten Mr. Sulu und mich auf den Planeten. Mr. Scott, Sie übernehmen hier das Kommando.«

»Aye, Sir.«

Kirk ging zum Lift. »Scotty, geben Sie dem Sicherheitsdienst Bescheid. Wir nehmen zwei Männer mit uns hinunter. Diese Art von Lebensformdichte läßt auf Raubtiere ebenso wie auf Pflanzenfresser schließen.«

»Aye, Sir«, bestätigte Scott und ließ sich im Kommandosessel nieder.

Der sechsköpfige Trupp sammelte sich mit lobenswerter Schnelligkeit im Transporterraum.

»Beamen Sie uns in die Nähe des Stadtzentrums hinunter, Mr. Kyle«, wies Kirk den Transporteringenieur an. »Falls es Bewohner gibt, möchte ich sie gleich kennenlernen. Es ist immer das beste, sich erst einmal ein Bild des Durchschnittsbürgers zu machen, bevor die Bonzen zur offiziellen Begrüßung angelaufen kommen.«

Kyle nickte, und seine Hände huschten über die Konsole.

Es war eine prächtige Stadt.

Rasenflächen wechselten mit hohen eckigen Bauwerken ab, die mehr wie idealisierte Kathedralen denn wie Zweckbauten aussahen. Fialen und glasähnliche Türme waren mit einem Netz von Bogenbrücken und an Zuckerfäden erinnernde Straßen verbunden, die man im hellen Sonnenschein fast nicht sehen konnte.

Diese Metropole war von gigantischem Maßstab, alles wie für Wesen von vierfacher Menschengröße geschaffen und trotzdem von bezaubernder Anmut.

Aber sie war offenbar verlassen.

Kein Ordnungshüter geriet bei ihrem plötzlichen Erscheinen in Panik. Keine ihren Geschäften nachgehenden Bürger blieben abrupt stehen, um diese fremden Zauberer anzustarren, die aus dem Nichts aufgetaucht waren. Keine gaffende Menge sammelte sich um sie. Und niemand benachrichtigte den hiesigen Präsidenten, Bürgermeister oder ein sonstiges Stadtoberhaupt.

Keine Sterbensseele irgendwo.

Wildkräuter, Schlingpflanzen und etwas, das dicken terranischen Algen ähnelte, hatten die Stadt für sich erobert. Selbst das glatteste, wie neu aussehende Gebäude war von Klettergewächsen umrankt. Überall Grünpflanzen, aber auch weniger appetitlich wirkende Gewächse.

Der Landungstrupp schritt auf die Stadtmitte zu. Sulu und Spock führten laufend Tricordermessungen durch.

»Lebenswerte sind nach wie vor wirr, Sir. Es wird etwas dauern, bis ich sie ordnen kann.

Da ist noch etwas, Captain«, fügte Spock hinzu. »Ich bekomme Sensorenwerte von einer Energieform...« Er blickte sich um und deutete geradeaus. »Aus diesem Gebäude.«

»Sehen wir es uns an«, bestimmte Kirk. Er war gleichermaßen erfreut wie enttäuscht. Erfreut, weil offenbar doch nichts im Wege stand, diese Welt zu besiedeln; enttäuscht, weil die Architekten dieser Traumstadt nicht mehr lebten.

Sie gingen auf das bezeichnete Gebäude zu. Sulu blieb stehen, er stellte seinen Tricorder auf eine neue, niedrige Lebensform ein, die er entdeckt hatte. Plötzlich runzelte er die Stirn und schaute hoch.

Die grelle Sonne verhinderte, daß er... was sah? Er glaubte, er hätte ein Flattern gehört, aber bisher hatte es auf dieser Welt noch kein Anzeichen von tierischem Leben gegeben. Als die Punkte von seinen geblendeten Augen schwanden, starrte er noch einmal hoch. Aber die einzigen Himmelsreiter waren Wolken.

Hm. Er wollte den anderen nacheilen und blickte auf den Boden, um zu sehen, wohin er den Fuß setzte. Abrupt blieb er wieder stehen. Die kleine Pflanze vor seinen Zehen sah aus wie eine Pusteblume. Er richtete den Tricorder auf sie und nahm eine Standardmessung vor, aber die Werte waren alles andere als Standard. Ohne zu ahnen, welches Aufsehen sie erregte, erzitterte der flaumige Blütenkopf in einem Windhauch.

Was war das?

Das Gebäude, dem die anderen sich näherten, sah gut erhalten aus. Erstaunlich gut, dachte Kirk. Vielleicht war die Stadt doch nicht so ausgestorben, wie es den Anschein gehabt hatte. Das hier war jedenfalls ein Haus, das die moosähnlichen Gewächse und Kletterpflanzen nicht erobert hatten. Der Zugang war pflanzenfrei, die Fenster waren alle unbeschädigt und gleißten im Sonnenschein.

»Captain! Captain!«

Kirk und die anderen wirbelten herum. Ush und Digard, die beiden Sicherheitsmänner, legten die Hände um ihre Waffen.

»Was gibt es, Mr. Sulu?«

»Das sollten Sie sich selbst ansehen, Sir.« Er kam zu ihnen und deutete auf den Boden neben seinen Füßen. Alle blickten dorthin.

Da war nichts außer geglättetem Kies auf einer Erdschicht – und einer einzelnen flaumigen Pflanze.

Sieht aus wie Löwenzahn, dachte Kirk. »Wie lange ist es her«, fragte er sanft, »daß Sie einen längeren Urlaub hatten, Leutnant? Ich dachte, Valeria wäre ausreichend gewesen für alle, aber...«

»Nein, Sir, sehen Sie doch!«

Der Rudergänger machte ein paar Schritte zur Seite. Ein schwaches Platschen war zu hören, als ziehe man einen Fuß aus dickem Schlamm, und schon hatte sich die Pusteblume aus dem Boden gelöst. Auf zierlichen Wurzeln eilte sie hinter Sulu her. Kaum war sie wieder neben ihm angekommen – wie sie das erkennen konnte, war ein weiteres Rätsel –, bohrte sie ihre Wurzeln zufrieden zurück in die Erde.

Kirk starrte sie ungläubig an. Wenn sie nicht so absolut fremdartig gewesen wäre, hätte er es für richtig komisch gehalten.

»Was ist das für ein Ding?«

»Eine Wanderpflanze. Wenn sie anhält, wurzelt sie sich neu ein. Diese kleinen Blumen sind überall.« Sulu machte ein paar Schritte zurück. Die Pusteblume platschte, schlitterte ihm nach und wurzelte sich wieder ein. »Ich glaube, sie mag mich.«

Kirk schüttelte den Kopf. »Wir empfehlen unseren Offizieren stets, sich mit Eingeborenen anzufreunden.«

»Ich war schon immer der Meinung, daß Sie vom Wesen her etwas hölzern sind, Sulu«, spöttelte McCoy.

»Ihre Phantasie treibt Blüten, Doktor«, konterte Sulu.

»Nur gut, daß sie *nicht* intelligent sind«, brummte Kirk.

»Captain«, rief Spock, der von seinem Tricorder aufblickte, »ich unterbreche Sie ja nicht gerne bei Ihrem amüsanten Wortspiel, doch die Werte dieser Energiemessung deuten auf eine hochentwickelte elektronische Sonde hin. Ich glaube, wir werden getastet.«

Kirk zog seinen Phaser, die anderen folgten seinem Beispiel.

»Phaser auf Betäubung – volle Bereitschaft. Mr. Sulu, Mr. Digard, Sie bleiben hier. Mr. Ush, Sie kommen mit uns.«

Kirk, McCoy, Spock und der zweite Sicherheitsmann traten in das Gebäude. Sulu blickte ihnen besorgt nach. Doch als die Zeit verging und nichts Weltbewegendes geschah, beschäftigte er sich wieder mit der freundlichen Pusteblume und betrachtete sie näher. Schließlich bückte er sich und hob sie hoch.

»Au!«

Was zum – freundlich, von wegen! Er ließ die Blume fallen und schüttelte den Finger, um den Schmerz zu vertreiben. Besorgt betrachtete er den verletzten Finger, während sich die Pusteblume in den Boden bohrte, als wäre nichts geschehen.

Sulu murmelte zu sich: »Muß wohl ein Dorn gewesen sein. Was soll's?«

Das Gebäude hatte keine feste Tür. Der Eingang verlief in einer Biegung nach links aus dem Blickfeld. Vorsichtig gingen sie um dieses U-förmige Portal herum. Es führte übergangslos in einen riesigen Raum.

Nein, an sich war er gar nicht so riesig, sondern lediglich im gleichen, vierfach menschlichen Maßstab erbaut wie die Stadt. Wie der Zugang war der Raum sauber und ordentlich. Auf Armaturentafeln und Konsolen blinkten Lichter. Von einer verborgenen Maschinerie erklang ein gleichmäßiges Summen. Es sah fast aus wie in einem Laboratorium.

Jetzt bestand kein Zweifel mehr, daß die Stadt keineswegs verlassen war. Alles deutete auf tagtägliche Benutzung hin. Spock zeigte auf eine gewaltige Instrumententafel an der Wand, voll seltsamer Schalter, Regler und Knöpfe.

»Die Sonde wird von dieser Instrumentenwand gesteuert«, erklärte er nach einer neuerlichen Befragung seines Tricorders. »Ebenso ein unglaublich starker Kraftfeldschild. Ich kann mir den Zweck dieser Meßgeräte nicht vorstellen, aber das Kraftfeld läßt vermuten, daß jemand will, daß man die Finger davon läßt.«

Nahe der Instrumententafel gab es mehrere hohe Regale. Die niedrigeren enthielten unter anderem einen Stapel fremdartiger, aber doch erkennbarer Kassetten mit Bandspulen. Eine ragte ein Stück aus einem Kassettenschacht. Spock zog sie heraus, um sie zu untersuchen. Nichts verwehrte es ihm.

McCoy war mit seinem Medtricorder beschäftigt. Plötzlich blickte er überrascht auf. »Jim, ich empfange Lebenswerte von unglaublicher Stärke. Fast als...«

»AUUUU IIIIHHH AUUU!«

Der schrille Schmerzensschrei kam von außerhalb des Gebäudes. Daten, Kassetten, alles war vergessen, als sie zur Straße hinausrasten. Spock hatte die Kassette abwesend in eine Tasche geschoben.

Sulu lag auf dem Boden. Seine Arme und Beine waren weit gespreizt und unnatürlich starr. Niemand brauchte ihn zu fragen, was los war. Er war fast ganz gelähmt. Nur seine Augen bewegten sich verzweifelt.

Fähnrich Digard stand wachsam neben ihm. Er schwenkte den Phaser herum, um ihn auf einen Gegner zu richten, den er nicht entdecken konnte. McCoy nahm seinen Medtricorder und kniete sich neben den reglosen Rudergänger.

»Was ist passiert?« fragte er Digard.

»Ich weiß es nicht, Doktor«, antwortete der Sicherheitsmann

bestürzt. »Ich stand hier und beobachtete den Eingang, als Mr. Sulu plötzlich zu schreien anfing und zu Boden stürzte.«

McCoy studierte die ersten Werte auf seinem Tricorder. »Er wurde vergiftet«, sagte er knapp. »Ein Nervengift. Zusammensetzung natürlich unbekannt.«

Er ließ den Tricorder sinken und arbeitete mit geschickten Fingern an den kleinen Behältern in seiner Gürtelmedtasche. Er brachte ein Röhrchen zum Vorschein und nahm sich gar nicht die Zeit, den Ärmel des Rudergängers hochzurollen, sondern drückte es an seinen Oberarm.

Nach einem Augenblick studierte er die winzige Skala an der Seite des Metallröhrchens. Sein Stirnrunzeln vertiefte sich, und er stellte das Instrument auf den Ausgangswert zurück. Wieder drückte er es einen Augenblick auf Sulus Arm. Nach einer zweiten Überprüfung des Anzeigers schien McCoy fast ein wenig in sich zusammenzusinken. Er schüttelte verzweifelt den Kopf.

Kirk mußte dieses schreckliche Schweigen brechen. »Kannst du ihm helfen, Pille?«

»Ich weiß nicht, Jim. Ich weiß es nicht. Verdammt! Ich kann nicht die geringste Übereinstimmung mit irgendeinem bekannten Gift finden.« Er zuckte bedrückt die Schultern. »Entweder sind sie zu fremdartig, als daß sie irgendeine Wirkung auf unseren Organismus haben könnten, und man spürt sie gar nicht, oder es geht uns wie ihm.« Er deutete mit einem Kopfnicken auf Sulu. »Natürlich können Antidote immer gefunden werden – nach den ersten paar Obduktionen.«

Kirk bemühte sich, hoffnungsvoll zu klingen. »Vielleicht kann der Medcomputer auf dem Schiff...«

»Den können wir vergessen«, knurrte McCoy. »Es bleiben vielleicht noch zwei Minuten, wenn mir nicht noch was einfällt.«

Er murmelte wütend vor sich hin: »Anaphase... Synopextrakt... Dyloven... Hm, vielleicht Dyloven.« Das nutzlose Röhrchen wanderte zurück in die Medtasche, und ein etwas größeres Instrument wurde herausgeholt. McCoy regulierte rasch die Einstellung und injizierte Sulu das Mittel in den anderen Arm.

Ein leises Zischen war zu hören, dann zog McCoy den Injektor weg und wartete. Nach einigen Sekunden nahm er eine neue Messung mit dem Tricorder vor, wobei er sich auf den eben behandelten Oberarm konzentrierte. »Wirkt noch nicht«, stöhnte er. »Das Gift wird bald lebenswichtige Organe erreichen. Die Wirkung von Dyloven setzt zu spät ein – wenn überhaupt...«

»Vielleicht eine stärkere Dosis«, drängte Kirk.

»Das ist nicht nötig«, ertönte eine weiche, angenehme Stimme. Eine neue Stimme war auch wirklich das einzige, was ihre Aufmerksamkeit jetzt von Sulu ablenken konnte. Sie drehten sich in die Richtung um, aus der sie erklungen war – aus dem Eingang zum Laboratoriumsgebäude.

Fünf Wesen standen dort. Das einzige, worin sie Menschen oder Vulkaniern ähnelten, war ihre Größe. Davon abgesehen waren sie absolut fremdartig.

Ihre Köpfe – Kirk nahm jedenfalls an, daß die ovale Form (sie erinnerte in ihrer schuppenartigen Zusammensetzung ein wenig an die von Artischocken), in welcher der Körper eines jeden endete, ein Kopf war – waren oben mit feinen Borsten bedeckt. Zwei schwach wippende, mit Augen gekrönte Stiele waren die einzigen sichtbaren Sinnesorgane. Weder Mund noch Nase oder Ohren waren zu bemerken.

Der Oberkörper sah aus wie ein Cape aus zusammengepreßten Strängen, deren Enden lose hinunterhingen. Andere, festere Stränge liefen nahe dem Boden zusammen und bildeten knollenartige Fortsätze, die Kirk für Fortbewegungsgliedmaßen hielt.

Die Hautfarbe der Wesen war ein grünlicher Ockerton, was nicht gerade gesund aussah, wie Kirk fand, aber hier durchaus das Äquivalent von Sonnenbräune sein mochte. Vielleicht dachten die

Wesen ihrerseits, daß Kirks leicht bräunlich-rosige Haut auf das letzte Stadium von Austrocknung hindeutete.

Doch trotz der völligen Fremdheit ihres Aussehens empfand Kirk auch nicht einen Hauch von Ekel, der unwillkürlich sogar beim ersten Anblick mancher humanoideren Fremden auftreten konnte. Vielleicht lag es an ihrer offensichtlichen Passivität. Nichts an ihnen kündete von übertriebener Vorsicht oder dem bei einer solchen Erstbegegnung üblichen Mißtrauen oder gar Feindseligkeit.

Wenn sie überhaupt etwas ausdrückten, dann einen inneren Frieden.

Eine neue Überraschung erwartete den Landungstrupp, als der Führer der Gruppe sprach. Nicht nur waren die Worte verständlich, sondern auch flüssig gesprochen, und sie klangen ruhig und vernünftig. Wie von einem gut gestimmten Instrument, dachte Kirk und war einmal mehr überrascht über die Fähigkeit des menschlichen Geistes, selbst in einer alles andere denn komischen Situation humorvolle Vergleiche ziehen zu können.

Aus den Augenwinkeln bemerkte er, daß Spock unauffällig Tricordersondierungen dieser Wesen vornahm. Diese Vorsicht seines Ersten Offiziers mochte völlig sinnlos sein. Es war durchaus möglich, daß die Fremden erkannten, was er tat. Andererseits mochten sie Spock auch völlig ignorieren, selbst wenn er dreimal um ihren Führer herumging und ihn mit dem Tricorder stupste.

Trotzdem konnte es, wie bei jeder Erstbegegnung mit einer neuen intelligenten Lebensform, nicht schaden, so taktvoll wie nur möglich vorzugehen. Doch Kirk hatte jetzt andere Sorgen, die es ihm schwermachten, sich an das Protokoll einer solchen Situation zu halten. Alles, was er hervorbrachte, war: »Wer sind Sie?«

Der Führer der Gruppe – er war etwas größer als seine vier Begleiter – antwortete ruhig.

»Ich heiße Agmar. Ich glaube, wir können helfen.«

Kirk nickte und wandte sich von ihm ab, falls es überhaupt ein »er« war, und fragte Spock leise: »Was bekommen Sie für Werte? Womit haben wir es hier zu tun?«

»Einen Augenblick, Captain, geben Sie mir noch ein paar Sekunden. Die Information, die ich bisher erhalten habe, reicht noch nicht für eine schlüssige Antwort.« Er stellte seinen Tricorder neu ein.

Inzwischen stellten sich die fünf Fremden um Sulu. Agmar, der Führer, beugte sich über den bewußtlosen Rudergänger. Die Bewegung war so geschmeidig wie die einer Gerte im Wind.

Sie hatten keine Gelenke. Das war es! Die Bewegungen Agmars und seiner Begleiter waren nicht durch die Steifheit menschlicher Gelenke beeinträchtigt.

Während Agmar reglos über Sulu gebeugt stand, studierten seine Stielaugen die reglose Gestalt mehrere Sekunden lang. Dann streckte er einen der frei vom Oberkörper herabhängenden gliedmaßenähnlichen Stränge über Sulu aus. Ein Tropfen einer dicklichen Flüssigkeit sickerte aus der grünen Spitze.

McCoy, der alles wachsam beobachtet hatte, hielt es für seine Pflicht, jetzt einzuschreiten. »Einen Moment!« rief er. »Ich kann nicht zulassen, daß Sie – was immer Sie sind – ihn mit irgendeinem...« Er zögerte. »...unbekannten Baumsaft behandeln.«

Agmar überging die beleidigende Bedeutung dieser Äußerung. »Zu warten, wäre der sichere Tod Ihres Freundes.« Ein Stielauge richtete sich unabhängig vom anderen auf McCoy. »Ich muß weitermachen.«

»Pille...« Kirk legte eine Hand auf die Schulter des Arztes und hielt ihn zurück. »Laß ihn helfen!«

»Also gut, Jim. Aber es gefällt mir nicht.« Er drehte sich um und ging zu Spock, der immer noch mit seinem Tricorder arbeitete.

»Eine interessante Entdeckung, Doktor. Diese Wesen sind botanischen Ursprungs.«

»Intelligente Pflanzen?«

»Offenbar.«

Der armähnliche Strang senkte sich tiefer. Sanft rieb er den goldenen Tropfen auf Sulus Halsschlagader. Dann wandten sich beide Stielaugen den beobachtenden Menschen zu.

»Es ist ein starkes Antidot, das sofort absorbiert wird. Er müßte gleich darauf ansprechen.«

»Es ist von völlig fremder Art und wirkt bei ihm vielleicht überhaupt nicht«, meinte McCoy immer noch leicht gekränkt.

»Es wäre möglich«, stimmte Spock zu, »aber das gleiche hätte man von dem Gift sagen können, das ihm offensichtlich geschadet hat. Ich sehe wirklich keinen Grund, weshalb Sie das Antidot ablehnen sollten.«

»Danke«, sagte Kirk zu Agmar. Das war das einzige, was ihm einfiel.

Der Führer richtete sich mit der schon beobachteten erstaunlichen Geschmeidigkeit auf. »Willkommen auf dem Planeten Phylos«, sagte er.

Diese Wesen schienen wirklich freundlich zu sein. Ein brüderliches Willkommen und eine dringend benötigte hilfreiche Hand, und das alles gleich in den ersten Augenblicken der Begegnung. Trotzdem war er nicht ganz bereit, vor Brüderlichkeit und Kameradschaftlichkeit Purzelbäume zu schlagen. Er war schon auf zu vielen Welten gewesen, wo sich das scheinbare Schwarz im letzten Moment als Weiß erwiesen hatte, und manchen Unvorsichtigen hatte der unerwartete Farbwechsel zu Fall gebracht.

Doch bis man ihm einen Grund zum Umdenken gab, würde er die Phylosier als Freunde betrachten.

»Ich bin Captain James Kirk. Das ist Mr. Spock, mein Erster Offizier; Dr. McCoy...« Er fuhr fort, die übrigen des Landungstrupps vorzustellen, einschließlich des reglosen Sulus.

»Sie haben uns offenbar erwartet, Agmar.«

Ein Arm deutete flatternd auf das Laboratoriumsgebäude. »Unsere Instrumente haben Sie getastet und beobachtet, seit Ihr Schiff in unseren Raumsektor eindrang, Captain. Wir hatten guten Grund, uns Ihnen nicht sofort zu zeigen. Aber die Verletzung Ihres Gefährten machte es dann erforderlich, unser Versteck zu verlassen.

Wir sind ein friedliches Volk und fürchten Fremde.« Der phylosische Wortführer zögerte. »Wir haben unerfreuliche Erfahrungen mit Fremden gemacht.«

Kirk nickte verständnisvoll und blickte rasch zu Spock hinüber. Rollentausch war immer schwierig. Die Leute der *Enterprise* waren die Fremden, nicht die Phylosier.

Eine Bewegung am Boden lenkte seine Aufmerksamkeit auf sich. Sulu rührte sich, als erwache er aus einem langen Schlaf.

»Was ist ihm eigentlich passiert?« fragte McCoy neugierig. Seine berufliche Eifersucht hatte er längst überwunden. Er kniete neben Sulu nieder und fuhr mit dem Medtricorder über seine Brust. Sein wissenschaftliches Interesse hatte jetzt die Oberhand.

»Er wurde von der Retlaw gebissen. Die Verwundung ist tödlich, wenn sie nicht behandelt wird.«

»Auf diesem Planeten scheinen mobile Pflanzen die Regel zu sein, nicht Tiere«, bemerkte Kirk und hoffte, nicht in ein religiöses Fettnäpfchen zu treten.

»Das stimmt«, bestätigte Agmar völlig unbefangen.

»Ihre Arznei hat rasch gewirkt.«

Agmar zuckte nicht mit den Schultern – das wäre auch unmöglich gewesen, weil er keine hatte –, aber Kirk spürte etwas Vergleichbares.

»Nicht der Rede wert.«

»Nicht der Rede wert!« rief McCoy und blickte erschüttert von seinem Tricorder auf. »Ich habe nie ein Gegengift gesehen, das so schnell gewirkt hätte. Ich weiß ja nichts über Ihre anderen Wissenschaften, aber wenn dieser Beweis Ihrer medizinischen Leistung ›nicht der Rede wert‹ ist, würde ich mich gern mit einigen Ihrer Ärzte unterhalten.«

»Ärzte?«

»Mediziner... Heiler.«

»Oh«, sagte Agmar. »Ja, Doktor McCoy, ich verstehe jetzt. Aber Sie müssen wissen, daß Heilen bei uns keine spezialisierte Funktion ist.«

»Keine spezialisierte...« McCoy starrte ihn ungläubig an. »Heißt das, daß Sie *alle* Heiler sind?«

»Nicht so, wie Sie es meinen, Doktor McCoy. Aber von uns hat jeder die Fähigkeit, gewisse beeinträchtigte Körperfunktionen zu... zu reparieren. Wir können uns später eingehender darüber unterhalten, wenn Sie möchten.«

»Ich möchte! Und ob ich möchte!« McCoy war begeistert wie ein kleiner Junge, der die Erlaubnis bekam, sich in einem Süßwarenladen selbst zu bedienen.

Ein leises Stöhnen Sulus unterbrach das Gespräch. Der Rudergänger hatte die Augen jetzt geöffnet und sah aus, als wolle er aufstehen. McCoy fuhr noch einmal mit dem Tricorder über seine Brust. Mit einem Nicken blickte er hoch. Staunen sprach aus seinen Worten.

»Etwas vernichtet das Gift, das noch in seinem Blutkreislauf ist. Körperfunktionen normalisieren sich unglaublich schnell.« Er blickte den phylosischen Führer an.

»Hören Sie, Agmar. Zugegeben, wenn das Gift einem Menschen schadet, kann ein einheimisches Gegengift ihm wahrscheinlich helfen. Und das hat es in diesem Fall ja auch wirklich getan. Aber wie konnten Sie so sicher sein, daß es wirken würde?«

»So sicher waren wir gar nicht«, entgegnete der Phylosier sanft. »Aber es waren schon früher Humanoiden auf Phylos. Außerdem war es die einzige Chance für Ihren Freund.«

»Humanoide Fremde, die sich in unserer Sprache verständigten?« fragte Spock.

»Ah, Sie interessiert unsere Methode der Übersetzung und Kommunikation. Wir benutzen den Voder, einen mechanischen Übersetzer.« Er langte in die Falten seines Oberkörpers. Einen flüchtigen Moment dachte Kirk, er würde einen Mund zum Vorschein bringen.

Statt dessen wies Agmar eine münzenähnliche Metallscheibe vor. Als er sprach, kam seine Stimme aus der Mitte dieser Scheibe.

»Unsere natürlichen Organe zur verbalen Verständigung sind sehr klein und bedürfen deshalb starker mechanischer Verstärkung, um nicht nur in allernächster Nähe wirksam zu sein. Der Voder ist völlig unabhängig und außerordentlich leistungsfähig.«

»Offenbar«, bestätigte Spock und hoffte auf die Gelegenheit, eines dieser unglaublich kompakten Instrumente auseinanderzunehmen.

Diese gegenseitige Freundlichkeit und Bewunderung ist ja gut und schön, dachte Kirk, aber momentan beschäftigte ihn anderes mehr.

»Ich mag Rätsel, Agmar, aber ich hätte auch gern die Lösungen. Als wir in Ihre Stadt kamen, waren wir so gut wie überzeugt, daß sie verlassen war. Und dann stoßen wir auf Sie – oder vielmehr, Sie auf uns. Aber es fällt mir schwer zu glauben, daß Sie fünf die einzigen Bewohner dieser Stadt sind. Wir befinden uns hier nicht gerade in der Mitte einer Wüste. Wo hält sich Ihr Volk auf?«

»Ihre Neugier ehrt Ihren Beruf, Captain Kirk, und sie soll gestillt werden. Kommen Sie mit uns, dann zeigen wir es Ihnen.«

Kirk blickte auf Sulu hinunter. McCoy half ihm gerade auf die Beine. »Wie fühlen Sie sich, Mr. Sulu?«

Der Rudergänger blinzelte. »Ich... Ich glaube, wieder ganz gut, Captain. In einem Augenblick habe ich noch an meinem Finger gesaugt und im nächsten – peng!« Seine Stimme klang wie die eines

Mannes, der glaubt, aus einem Traum zu erwachen, und feststellt, daß es Wirklichkeit ist. »Mir war, als explodiere eine Granate in mir.«

»Können Sie gehen?«

»Ja, ich bin wieder okay, Sir.« Sulu richtete sich auf.

»Gut.« Kirk wandte sich an Agmar. »Gehen wir.«

Der Phylosier schwenkte herum – genauer gesagt, es sah aus, als drehe er sich um seine Achse – und ging gemächlich zu dem Haus neben dem Laboratoriumsgebäude. Seine Begleiter, von denen nicht einer auch nur ein Wort von sich gegeben hatte, wendeten mit ihm. Kirk und die anderen Zweibeiner folgten ihnen.

»Sind Sie sicher, daß Sie wieder ganz auf dem Damm sind, Sulu?« erkundigte sich Dr. McCoy vorsichtshalber noch einmal.

»Ganz sicher, Doktor.« Der Navigationsoffizier lächelte sogar. »Es fällt mir selbst schwer zu glauben, daß mir überhaupt was gefehlt hat.«

McCoy schüttelte den Kopf und murmelte zu sich: »Erstaunlich... verrückt und erstaunlich...«

»Ja«, fügte Spock leise hinzu. »Ein Glück für uns, daß Agmar und seine Begleiter in der Nähe waren.«

»Das kann man wohl sagen«, pflichtete ihm McCoy inbrünstig bei. Aber etwas kribbelte in seinem Hinterkopf, und er warf einen unsicheren Blick auf Spock.

Doch nichts an dem Wissenschaftsoffizier deutete darauf hin, daß seine Worte anders als buchstabengetreu gemeint waren. Der Arzt beeilte sich, Kirk einzuholen.

Sie betraten das Gebäude und bogen zuerst durch einen der weiteren unverschlossenen, aber labyrinthähnlichen Eingänge. Sie gelangten zu einer Halle von titanischen Proportionen, die sich scheinbar in die Unendlichkeit zu erstrecken schien. Die Metallwände formten in großer Höhe eine gewölbte Decke, an der sich auf ganzer Länge ein Oberlicht befand.

Agmar blieb stehen. Kirk drehte sich langsam ganz im Kreis, bevor er seine Aufmerksamkeit wieder dem Fremden zuwandte.

»Nun, wo ist Ihr Volk, Agmar?«

Statt zu antworten, trat der Phylosier an eine Wandvertäfelung und drückte auf mehrere versteckte Schalter. Ein schwaches Zischen wurde laut. Ein Sicherheitsmann langte unwillkürlich nach seinem Phaser und sah sichtlich betreten drein, als keine Gefahr auf sie zukam.

Im nächsten Wandteil glitt eine hohe Tür zur Seite und gab einen Raum frei, in dem sich Reihen um Reihen aufrechtstehender Behälter befanden, die wie riesige, rechteckige Brillanten aussahen.

Niemand bemerkte, daß Sulu eine Hand an den Kopf hob, aber er vertuschte diese Geste der Schwäche auch hastig. McCoy und Spock schritten diese nebeneinanderstehenden Glassärge entlang, Kirk folgte ihnen neugierig. Agmar und seine vier Begleiter blieben stehen und blickten ihnen nach. Offenbar war diese Ausstellung von Toten nicht neu für sie.

Der Führer der Fremden deutete mit einem flatternden Arm, und seine Stimme klang traurig: »Unser Volk, Captain Kirk.«

Jeder der glasähnlichen Särge war ungefähr zehn Meter hoch. Die titanischen Leichen darin waren vom Kopf bis zu den Wurzeln mit dichten grünen Borsten bedeckt, ähnelten jedoch, von ihrer Größe abgesehen, den lebenden Phylosiern.

Es war ein beeindruckender und schauriger Anblick.

Spock blickte von seinem Tricorder auf. »Die Masse des Nervengewebes ist außerordentlich hoch. Die Werte zeigen an, daß sie fast siebzig Prozent ihrer Gehirnkapazität benutzt haben – das ist ein sehr hohes Verhältnis.«

Kirk drehte sich zu Agmar um. »Ihre frühen Vorfahren?«

»Nein«, erwiderte der Phylosier, »lediglich die Generation vor uns.« Er verbeugte sich leicht.

»Was ist passiert?« fragte Kirk. »Ich habe nie von so gewaltigen physiologischen Veränderungen in so kurzer Zeit gehört.«

»Ein Mensch kam nach Phylos«, entgegnete Agmar unbewegt.

10

Kirk zögerte. Aber jetzt war es zu spät, die Frage zu übergehen. »Ein Humanoid, meinen Sie?«

Die Stielaugen waren nun direkt auf ihn gerichtet. »Nein, ein Mensch – wie Sie, Captain. Sie sprachen von der Wirkung der Gifte und Gegengifte unserer Welt auf den Menschen. Das ist in beiden Richtungen möglich, Captain James Kirk.

Dieser Mensch hat, völlig unbeabsichtigt, Krankheit und Tod mit sich gebracht – vor allem Tod. Doch statt zu fliehen und uns im Stich zu lassen, blieb er und versuchte alles, um uns vor dieser Krankheit zu retten, deren Überträger er war.«

McCoy gestikulierte mit seinem Medtricorder. »Das paßt zusammen, Jim.« Mit einem Kopfnicken deutete er auf die durchsichtigen Särge. »Alle Leichen weisen grampositive Bakterien auf. Humanoiden haben sie, ohne daß es ihnen schadet. Aber unsere ersten Messungen, als wir landeten, ergaben, daß Staphylokokkusarten auf dieser Welt nicht heimisch sind. Es muß zu einer unvorstellbaren Seuche gekommen sein.«

»Wir hatten keine Ahnung, was uns tötete«, bestätigte Agmar. »Ich glaube, das war das Allerschlimmste für unsere Väter.«

»Woher wissen Sie das?« fragte McCoy. »Haben Sie denn damals schon gelebt?«

»Wir waren noch sehr jung und kaum entwickelt, aber trotzdem erinnern wir uns.«

»Aber wie...?« Ein neues Geräusch unterbrach Kirk. Er glaubte es schon einmal gehört zu haben. Es klang wie Flügelflattern.

Es wurde lauter, und er blickte nach oben. Er spürte den Druck bewegter Luft im Gesicht und duckte sich instinktiv. Er hatte den Eindruck, daß etwas ganz nah an seinem Gesicht vorüberschoß.

Die Kreatur kreiste über ihnen in der stillen Luft der Halle. Der Eindringling war etwa vier Meter lang, sein segmentierter Körper hatte in der Mitte ein Gelenk, und seine obere Hälfte bewegte sich schwerfällig hin und her.

Trotz des flatternden Geräusches hatte das Wesen keine richtigen Flügel. An ihrer Stelle hing ein Paar dicker Trossen nach unten. Wenn die Kreatur sank, zogen sich diese zusammen und stießen sie kraftvoll wieder hoch. Dieses Manöver wiederholte sich regelmäßig.

»Pflanzliches Leben, Captain«, erklärte Spock. »Falls es hier tierisches gibt, muß es eine Seltenheit sein. Diese Kreaturen scheinen sowohl primitiv wie aggressiv zu sein.«

Erneut erklang das flatternde Geräusch, und das Wesen stieß auf Kirk herab. Er stolperte ein paar Schritte zur Seite und duckte sich. Dann hatte er den Phaser in der Faust und krümmte den Finger um den Abzug.

Nichts geschah.

Er versuchte es noch einmal. Nichts. Der Phaser gab nicht einmal genug Energie zum Toasten von Brot von sich.

»Phaser!« befahl er.

Spock, Sulu, McCoy und die beiden Sicherheitsleute versuchten ihre Waffen. »Sie funktionieren in keiner Einstellung, Sir!« rief Sulu nervös.

»Damit die Konservierung unserer Vorfahren nicht unterbrochen wird, ist ein Waffendesaktivator eingeschaltet«, erklärte ihnen Agmar. »Ihre Vernichtungsinstrumente funktionieren hier nicht.«

McCoy brüllte eine Warnung: »Er scheint hinter dir her zu sein, Jim!«

»Waffendesaktivator«, wiederholte Kirk nachdenklich mit einem wachsamen Auge auf den, nun, Schneller erschien ihm ein recht passender Name. »Dann müßte das doch wenigstens funktionieren.« Er zog seinen Kommunikator hervor. »Kirk an *Enterprise*... Kirk an...«

Man konnte meinen, das wäre eine Einladung gewesen. Plötzlich war die Halle voll von diesen riesigen Lufttretern. Sie kamen nicht aus den Wänden, obwohl es fast so aussah.

Ein halbes Dutzend stürzte sich auf ihn und umschlang ihn mit diesen trossenähnlichen Fangarmen, noch ehe er seinen Ruf beenden konnte. Er wehrte sich, und der Kommunikator fiel auf den Boden.

»Captain!« brüllte Sulu. Die anderen wollten ihm zu Hilfe eilen, lenkten dadurch jedoch ebenfalls Angreifer auf sich.

Spock war rasch von Trossen umschlungen. Etwas fiel aus seiner Tasche, die Kassette, die er im Laboratoriumsgebäude eingesteckt hatte. Niemand bemerkte sie – schon gar nicht Digard und Ush, die genug damit zu tun hatten, sich gegen ihre Angreifer zu wehren.

Inzwischen wehrte sich Kirk mit viel Energie, doch ohne jede Wirkung. Etwas riß ihm die Beine vom Boden, und er wurde auf den Rücken gepreßt. Er schlug mit einer Hand um sich, erwischte jedoch nichts. Die verdammten Kreaturen waren nicht nur stark, sondern auch flink.

Es war so schnell vorbei, wie es begonnen hatte. Genau wie Kirk lagen auch die übrigen, von etwa einem Dutzend der Schneller festgehalten, hilflos auf dem Rücken.

Sulu, der sich offenbar nur von einem Angriff erholt hatte, um dem nächsten zum Opfer zu fallen, blickte zu Kirk hinüber. »Was glauben Sie, haben sie mit uns vor, Sir?«

Kirk antwortete seinem Rudergänger nicht. Er ließ keinen Blick von dem Geschehen über ihnen.

Schließlich erwiderte er: »Sieht ganz so aus, als hätte man uns nur für ein Ablenkungsmanöver benutzt! Schauen Sie!«

Auch die anderen blickten jetzt hoch und sahen, daß Spock, völlig in Schnellertrossen gewickelt, gerade um die Eingangsbiegung geflogen wurde.

Etwas schob sich in Kirks Blickfeld und sah ihn ruhig an. Die Haltung Agmars ließ sich vielleicht als um Verzeihung heischend auslegen. »Ich bedauere diese Täuschung, Captain Kirk. Aber es ging nicht anders.«

Es war Kirks Pflicht, Verständnis für den Sittenkodex fremder Intelligenzen zu zeigen. Im Moment jedoch hätte er Agmar und seine Gefährten liebend gern in Essig und Öl getränkt und herumgeschleudert, bis sie nur noch lebloser Salat waren.

Er zerrte mit aller Kraft an der Trosse um seinen rechten Arm, aber der um seinen Oberkörper geschlungene Fangarm des Schnellers war so unnachgiebig wie eine Anakonda.

»Wovon reden Sie, Agmar? Was haben diese Kreaturen mit Spock vor?«

»Er wurde für eine hehre Sache auserkoren«, antwortete der Phylosier feierlich. »Der Meister hat viele Jahre gewartet, viele Besucher geprüft und viele nahe Welten erforscht in der Hoffnung, ein Exemplar wie Spock zu finden. Es ist gut.« Agmar hob eine lose Körperfalte himmelwärts.

Sofort gaben die Schneller Kirk und seine Begleiter frei – wenngleich widerwillig, wie es schien – und brausten mit großer Geschwindigkeit durch die Halle, bis sie wie ein Schwarm Fledermäuse in einer Kathedrale in Seitengängen und verborgenen Wandöffnungen verschwanden.

»Und jetzt«, fuhr Agmar fort, »werden bald alle Welten der Galaxis in Einigkeit und Harmonie leben können.«

Alles hatte seine Zeit und seinen Ort – auch ein wenig lehrreiche Gewaltanwendung. Momentan jedenfalls hatte Kirk ebensoviel

Lust auf Einigkeit und Harmonie wie auf eine gemeinsame Party mit den Phylosiern.

Er stand langsam auf und näherte sich Agmar mit ebensolchen unharmonischen Gedanken. Es wäre eine gute Idee, mit den Stielaugen zu beginnen, fand er.

»Agmar, wenn Sie mir nicht sagen, wo Spock ist, werde ich...«

Er unterbrach sich, als ein gigantischer Schatten durch die Halle fiel. Kirk blickte auf. Nicht der Schatten eines Schnellers. Der Anblick war gleichermaßen vertrauter und fremdartiger als irgend etwas, was ihnen auf dieser Welt bisher untergekommen war.

Am Eingang stand ein Mann, ein Mensch. Er war in jeder Hinsicht völlig normal, außer in einer: Er war etwa acht Meter groß.

Er lächelte nicht.

Unmittelbar vor dem Landungstrupp war Bewegung. Kirk senkte den Blick. Agmar und seine vier Begleiter waren vor dem Riesen auf die Knie gefallen – oder das, was bei ihnen Knien gleichkam. Diese Geste war in ihrer Implikation erschreckend.

McCoy war so geistesgegenwärtig, beim Erscheinen des Riesen den Medtricorder zu aktivieren.

»Gelobet sei der Meister!« riefen die fünf Phylosier im Chor. »Preis und Dank dem Heiland, dem Meister, unserem Retter!«

»Auch ein Pflanzenwesen?« fragte Kirk leise. »Das da wäre schwer zu verdauen.«

Aber McCoys Tricorder stellte fest, daß zumindest in diesem Fall das Aussehen nicht trog.

»Nein, Jim, er ist ohne Zweifel menschlich. Das erklärt die ungewöhnlichen Werte, die ich in dem Laborgebäude aufnahm.«

Eine weitere Erklärung gab ihnen der Riese selbst.

»ICH BIN DR. STAVOS KENICLIUS 5«, donnerte er. Er trug nur Shorts und verschiedene Instrumente und hielt einen Krück- oder Spazierstock von der Größe einer kleinen Tanne in der Rechten. »WILLKOMMEN AUF PHYLOS, CAPTAIN KIRK.«

»Nein, danke, Keniclius. Ihr Willkommensgruß ist schon der zweite – mir reicht es. Wir sind schon halb zu Tode begrüßt worden. An weiteren derartigen Begrüßungen dieser Welt haben wir kein Interesse.«

»DANN GIBT ES ETWAS, WORAN SIE INTERESSE HABEN, CAPTAIN KIRK?«

»Allerdings. Wo ist Mr. Spock?«

»DAS IST NICHT MEHR IHRE ANGELEGENHEIT, CAPTAIN.« Der Riese machte zwei Schritte auf sie zu. »ER GEHÖRT JETZT MIR, UND WAS NOCH WICHTIGER IST, SEIN WESEN GEHÖRT MIR. ICH HABE EINE LANGE ZEIT AUF MR. SPOCK GEWARTET... ZU LANGE, UM AUCH NUR IN ERWÄGUNG ZU ZIEHEN, IHN WIEDER AUFZUGEBEN.

KEHREN SIE AUF IHR SCHIFF ZURÜCK!«

Er bückte sich und hob den Kommunikator auf. Das Gerät sah wie ein winziges Spielzeug in seiner Prankenhand aus.

»HIER IST IHR KOMMUNIKATIONSGERÄT. BEGEBEN SIE SICH WIEDER AUF IHR SCHIFF!«

»Nicht ohne meinen Ersten Offizier.« Die beiden Männer funkelten einander an. Wäre Spock dabei gewesen, hätte er Kirk zweifellos von der Konfrontation zwischen ihm und einem Mann abgeraten, der gut viermal so groß war und mehr als das Vierfache wog wie er.

Kirk hätte das vielleicht selbst bedacht, wären ihm nicht menschliche Charakteristiken zueigen gewesen, die Mr. Spock nicht berührten. Momentan, beispielsweise, war er zu wütend, die Situation objektiv zu sehen.

»TUT MIR LEID, CAPTAIN, ABER WENN SIE DEN PLANETEN JETZT NICHT VERLASSEN, WERDEN SIE DIE FOLGEN ZU TRAGEN HABEN.« Er winkte mit einer Hand.

Eine Schar Schneller kam wieder in die Halle gebraust. Sie hielten über der kleinen Gruppe Menschen an wie ein Schwarm organischer Hubschrauber und begannen über ihnen zu kreisen. Ihre segmentierten Körper zuckten erwartungsvoll hin und her.

Als McCoy den Blick von ihnen nahm und zu Boden schaute, bemerkte er die winzige Kassette, die Spock aus der Tasche gefallen war. Er bückte sich danach und schob sie so unauffällig wie nur möglich in seine Tasche. Seine Vorsicht war unnötig. Die volle Aufmerksamkeit sowohl Keniclius' wie der Phylosier galt Kirk.

Kirk kochte innerlich. Er war verbittert, zornig und sah so rot, daß er trotz des Größenunterschieds fast auf Keniclius losgegangen wäre.

Aber er hatte bereits seine Erfahrung mit den Schnellern gemacht, als sie noch, sozusagen, an der Kandare gehalten worden waren. Er machte sich keine Illusionen über den Ausgang, wenn Keniclius sie von der Leine ließ.

Im Augenblick hatten sie demnach nur eine Wahl. Er klappte den Kommunikator auf und hob ihn langsam in Mundhöhe. Es bestand immer noch die Möglichkeit, daß Keniclius oder die Phylosier Gedanken empfangen konnten. Nein, denn wenn, hätten sie bei seinen Gedanken vor ein paar Minuten bestimmt tot umfallen müssen.

»Kirk an *Enterprise*«, rief er. »Ingenieur Kyle? Beamen Sie uns hoch.«

Kyle lächelte, als sie normal im Transporterraum materialisierten. Doch sein Lächeln wich einem besorgten Stirnrunzeln. Es vertiefte sich, als der kleine Trupp den Alkoven verließ. Er regulierte hastig einige Einstellungen.

Kirk brauchte einen Augenblick, ihn zu beruhigen. »Keine Angst, Kyle, Sie haben Spock nicht verloren.«

»Aber...« Der Transporteringenieur schaute sich um. »Wo ist er?«

»Außerhalb des Zugriffs Ihres Transporters, fürchte ich. Momentan jedenfalls. Suchen Sie weiter nach ihm. Stellen Sie den

Transporter auf sein Muster ein, und probieren Sie es immer wieder rund um unseren Landungspunkt. Es könnte ja sein, daß man dort unten nachlässig wird, oder ihn woanders hin bringt, und daß sich plötzlich eine Chance ergibt, ihn hochzubeamen.«

»Der Energieverbrauch...«, begann Kyle.

Kirk unterbrach ihn. »Wir haben reichlich Energie, Mr. Kyle«, sagte er, während er zum Turbolift ging, »aber einen ausgesprochenen Mangel an Mr. Spock. Versuchen Sie es in Fünfminutenabständen.«

»Aye, Sir.« Kyles etwas verunsicherte Bestätigung kam dem Schließen der Lifttüre gerade noch zuvor.

Kirk berief eine rasche Besprechung mit den Stabsoffizieren ein, die an Bord geblieben waren. Nachdem er den ernst Zuhörenden die Lage erklärt hatte, blickten sie ihn erwartungsvoll an.

»Uhura, Sie werden während Mr. Spocks Abwesenheit die Wissenschaftsstation übernehmen müssen. Leutnant M'ress, Sie kümmern sich solange um die Kommunikation.«

»Jawohl, Sir.«

»Ich möchte, daß Sie durch das Archivterminal zweierlei herausfinden, Leutnant.« Er zählte es an den Fingern ab. »Erstens, alle Daten über pflanzliche Lebensformen von außergewöhnlicher Intelligenz mit so hochentwickelter Technologie, daß sie sich gar nicht die Mühe machen, es durch den Besuch bewohnter Welten unter Beweis zu stellen.

Und zweitens – ich möchte, daß Sie der einzigen Hoffnung nachgehen, die wir möglicherweise haben.«

»Hoffnung, Jim?« McCoy blickte ihn verwirrt an.

Kirk lächelte ihn zuversichtlich an. »Ein Riese, der so dumm oder so größenwahnsinnig ist, daß er uns sagte, wer er ist.« Er wandte sich wieder Uhura zu:

»Ein Mensch namens Keniclius – Stavos Keniclius –, der vielleicht, vielleicht auch nicht, das Recht auf einen Doktortitel hat.«

Uhura nickte und eilte ans Archivterminal. Sekunden später leuchtete die Konsole wie ein Weihnachtsbaum mit Blinklichtern.

»Sulu, Sie und Arex beschäftigen sich mit den Hauptsensoren des Schiffes. Schauen Sie, ob Sie Spock oder Keniclius orten können. Und Sulu, versuchen Sie, ein paar Sensoren so zu programmieren, daß sie die Phylosier von niedrigeren Pflanzen unterscheiden können. Diese Phylosier sind wahrscheinlich die einzige andere intelligente Lebensform auf dem Planeten.«

Beide Rudergänger begaben sich zu ihren Stationen und machten sich sogleich an die Arbeit. Blieb nur McCoy.

»Tut mir leid, daß ich nicht helfen kann, Jim.«

»Kannst du aber, Pille.« Kirk ließ sich müde in den Kommandosessel fallen. »Während Uhura, Sulu und Arex mit ihrer Suche beschäftigt sind, könntest du dich auf der Krankenstation nach einem nichtnarkotischen, nicht müde machenden Tranquilizer umsehen. Wenn ich mich nicht bald ein wenig entspanne, hau' ich irgendwas zusammen. Und ich habe wirklich keine Zeit für eine Therapiestunde.«

McCoy grinste. »Ich werde sehen, was ich für dich finden kann, Jim.«

Er war nicht lange fort. Und als die Wirkung des milden Beruhigungsmittels eingesetzt hatte, konnte Kirk mit etwas mehr Geduld reden und zuhören. Innerlich brodelte er aber immer noch.

»Schon was gefunden, Mr. Sulu?«

Der Rudergänger schüttelte den Kopf. »Wir konnten absolut keinerlei humanoide Lebenswerte empfangen, Sir. Doch das liegt nicht etwa daran, daß sie unsere Sonden täuschen oder ablenken – nichts, was auf Störmanöver auf dem Planeten hindeutet. Spock und Keniclius halten sich offenbar an einem Ort auf, an dem unsere Sensoren sie nicht erreichen können.«

»Großartig!« brummte Kirk. »Was ist mit den Phylosiern?«

»Es war sehr schwierig, sie auf eine intelligente pflanzliche Lebensform einzustellen, Sir. Wir empfingen Tausende von botanischen Werten in der Stadt, einschließlich jener der Schneller, die ein auffallendes Muster haben. Doch keine Spur einer höheren Lebensform. Nichts, was Agmar oder einer seiner Freunde sein könnte.«

Kirk überlegte stirnrunzelnd. »Agmar sagte etwas von einem Waffendesaktivator in zumindest einem Gebäude – leider nichts über seine Reichweite. Finden wir sie heraus. Mr. Sulu, richten Sie die Schiffsphaser auf das Laboratoriumsgebäude, in dem wir als erstes waren. Auf breitflächige Betäubung stellen.«

Sulu hantierte an den Kontrollen. »Klar, Sir.«

»Einen Augenblick noch.« Kirk drehte sich zu Uhura um. »Leutnant, haben Sie was über Kenicl ius?«

»Keine Daten, Captain.« Sie wirkte ein wenig enttäuscht. »Aber vielleicht bekomme ich etwas aus der Biographieabteilung der neueren Geschichtsspeicher. Das wird allerdings noch ein wenig dauern.«

»Gut, Leutnant. Machen Sie weiter.

Phaser feuern, Mr. Sulu.«

Sulu drückte auf die betreffende Taste. »Feuer, Sir.«

Ein Strahl reiner Energie schoß aus dem Bug der *Enterprise*. Er spaltete geordnete Moleküle, überraschte Kombinationen aus Sauerstoff, Stickstoff, Kohlenstoff und einer Vielzahl anderer Elemente auf seinem Weg durch Phylos' Atmosphäre.

Nichts konnte diesem lähmenden Strahl widerstehen, der die Energie aus den Soltriebwerken des großen Sternenschiffes bezog. Nichts Festes ...

Sulu starrte in einen Schwanenhalssucher, dann drehte er sich zu Kirk um.

»Keine Wirkung, Captain. Nicht die geringste. Die Neutralisierung der Phaserbetäubung erfolgte in ...« Er hielt inne und blickte auf einen Anzeiger in der Konsole neben dem Sucher. »... einer

Entfernung von etwa tausend Metern über der Zielzone. Soll ich es mit einer stärkeren Einstellung noch einmal versuchen?«

»Nein.« Kirk trommelte mit den Fingern auf eine Armlehne des Kommandosessels und überlegte. »Ich befürchte, daß sie entweder ebenfalls keine Wirkung haben würde, Mr. Sulu, oder aber, daß der Phaserstrahl durchbricht und alles vernichtet, was er berührt – auch Mr. Spock. Unsere Waffen nützen uns also nichts. Es bleibt nichts anderes übrig, als noch einmal hinunterzubeamen und Mr. Spocks Befreiung ohne sie zu versuchen.«

»Eines meiner Hobbies sind die alten orientalischen Angriffs- und Verteidigungskünste, Captain«, sagte Sulu. Er lächelte schwach. »Aber ich fürchte, daß Hände und Füße nicht viel gegen diese Schneller ausrichten würden.«

Wie entsteht ein Geistesblitz?

Durch geistige Stimulation. Eine Konzentration zelebraler Gegenströmungen. Die Verschmelzung eines Ursachenpartikels mit einem Wirkungspartikel führt manchmal, aber nur manchmal, zu einem Ergebnismolekül.

Aber McCoy sagte nur: »Es gibt möglicherweise etwas, das sich effektiver einsetzen ließe, Sulu.« Er lächelte ironisch. »Ich weiß nur nicht recht, welche Abteilung...«

»Wenn du überhaupt einen Vorschlag hast, Pille...« Statt einer Antwort flüsterte McCoy Kirk etwas ins Ohr. Der Gesichtsausdruck des Captains wechselte von amüsiert zu ungläubig und schließlich zu entschlossen.

»Was hat dich auf eine solche Idee gebracht, Pille?«

Pille wirkte auf grimmige Weise zufrieden. »Agmar.«

»Ich weiß nicht...«, murmelte Kirk. »Ich verstehe jetzt, wieso du dir wegen der Station nicht klar bist.« Er drehte sich abrupt um, drückte auf eine Taste in der Armlehne und sprach in das Intercom.

»Kirk an Maschinenraum. Scotty?«

Der Chefingenieur antwortete aus dem hinteren Ende des Sternenschiffs. »Hier, Sir.«

»Scotty, wer ist Ihr Waffenspezialist?«

»Leutnant Chatusram, Sir.«

»Holen Sie ihn. Ich möchte, daß Sie ein Gerät anfertigen. Und zwar hätte ich es am liebsten schon gestern.«

Das ungewöhnliche Gerät war im Grunde recht einfach. McCoy hatte keine Probleme, über Intercom zu erklären, was er sich vorstellte. Und Chatusram meinte, daß die Herstellung nicht schwierig sein würde.

»Ich glaube nicht, daß es mit der eigentlichen Konstruktion Probleme geben wird, Captain«, sagte der Waffenschmied, »obwohl die Zusammenstellung der nichtfesten Komponenten ein Weilchen dauern wird. Die Ingredienzen sind zwar einfach, doch nicht die erforderliche Kombination. Trotzdem bin ich sicher, daß meine Leute und ich es schaffen werden.«

»Sehr gut, 'Ram«, bedankte sich Kirk. »Mr. Scott, sorgen Sie dafür, daß der Leutnant alle Hilfe bekommt, die er braucht.«

»Aye, Captain.«

»Wie rasch können Sie es schaffen, Leutnant?«

Chatusram antwortete vorsichtig, aber zuversichtlich. »Ich glaube, wenn das nötige mechanische Zubehör auf Lager ist, dann innerhalb einer Stunde.«

»Das muß genügen. Beeilen Sie sich, meine Herren. Kirk Ende.«

Jetzt war Uhura an der Reihe. Sie hatte bereits während der ganzen Intercomverbindung ungeduldig gewartet und sagte nun rasch, bevor jemand anderer Kirks Aufmerksamkeit forderte:

»Ich habe die gewünschte Auskunft über Stavos Keniclius, Sir. Ich gebe alle Daten und Bilder auf den Hauptbildschirm.«

»Danke, Uhura.« Kirk wandte sich wieder an McCoy. »Pille, glaubst du wirklich, daß dein Dingsda funktionieren wird? Es erscheint mir fast zu einfach.«

»Mir fallen da mehrere Gründe dafür ein, Jim. Einer ist, eben weil es einfach ist. Ein anderer ist, daß ich erst durch Agmars Bemerkung überhaupt auf die Idee gekommen bin. Und der ausschlaggebende ist, daß mein Urgroßvater den schönsten Garten im Zentrum von Nord-Süd-Amerika hatte.«

Kirk nickte und blickte auf den Bildschirm. Er erhellte sich, und die Frauenstimme des Computers sagte:

»Bereit.«

»Es kommt, Sir.« Kaum hatte sie ausgesprochen, erschien ein Porträt auf dem Schirm.

Es gab minimale Unterschiede – beispielsweise war die abgebildete Gestalt etwas älter –, aber Kirk, McCoy und Sulu erkannten Keniclius' Züge sofort.

Am aufschlußreichsten waren die persönlichen Daten, vor allem jene Zahlen, die den Gezeigten als einen normalen Menschen von etwa derselben Statur wie Kirk auswiesen.

Während sie die Daten studierten, fügte die Computerstimme zusätzliche Information hinzu. »Auszug aus neueren Geschichtsunterlagen der Erde, Kategorie Wissenschaftler, männlichen Geschlechts, Unterkategorie Ikonoklasten... Keniclius, Stavos. Terranischer Physiologe und Physiker zur Zeit der Eugenischen Kriege. Bekannt durch seinen Plan, den vollkommenen humanoiden Prototyp als Gründer einer idealisierten ›Meisterrasse‹ zu klonen, die als galaktische Friedenshüter fungieren sollte. Konzept wurde von der damaligen Regierung als ›zu antihumanistisch‹ eingestuft und formell abgelehnt.

Experimente wurden trotz Regierungsverbots weiter durchgeführt und Keniclius aufgrund fortgesetzter illegaler Forschungen aus der terranischen Gemeinschaft ausgewiesen. Keniclius erklärte sich freiwillig zum totalen Exil bereit und verschwand in einer nicht kartographierten Region des Weltraums. Oberflächliche Suche wurde eingeleitet.

Seine Leiche wurde nicht gefunden, kein amtlicher Totenschein ausgestellt…«

Ein Großteil der folgenden Informationen war unwichtig und vor allem völlig nutzlos. Es war nichts dabei, was sich als psychologische Waffe gegen den Riesen verwerten ließe.

Immerhin wußten sie nun einiges über ihn.

»Keine weiteren Daten«, schloß der Computer schließlich. Stimme und Bild endeten gleichzeitig.

Da sagte McCoy plötzlich: »Gibt es da nicht eine alte Geschichte über einen modernen Diogenes, der die Galaxis nach jemand ganz Besonderem absucht?«

»Nach jemand ganz Besonderem«, wiederholte Kirk nachdenklich. Er blickte auf. »Jemand Vollkommenem. Jemand Besonderem zur Gründung der idealen Rasse. Ja, diese Geschichte habe ich auch gehört, Pille. Als Kind.«

»Das ist es ja, Jim. Unserer kann nicht *der* Keniclius sein, denn der wäre jetzt über zweihundertfünfzig Jahre alt.«

»Der Originalkeniclius, ja. Aber bedenke, was wir eben über ihn erfahren haben! Weswegen wurde er verbannt?«

McCoys Augen weiteten sich. »Ich erinnere mich jetzt. Er sagte, er sei Keniclius 5. Mein Gott, er hat tatsächlich sich *selbst* geklont, um seine Forschung fortsetzen zu können! Und seine Klone haben sich geklont, bis jetzt.« Er schüttelte den Kopf, und seine Miene drückte Abscheu und Bewunderung zugleich aus.

»Zumindest haben wir es nicht mit einem vollkommen Größenwahnsinnigen zu tun«, meinte Kirk. »Denn als solcher hätte er längst sich selbst für den ›vollkommenen Humanoiden‹ gehalten. Dann stünden wir jetzt einer Armee von Riesen gegenüber, nicht nur einem einzigen.«

»Das muß ich ihm wohl zugute halten«, pflichtete ihm McCoy widerwillig bei. »Aber aus demselben Grund wird es nicht leicht sein, ihm seine Träume auszureden, Jim.«

11

Zweiundvierzig Komma eins fünf Minuten (Schiffszeit) später versammelten sich Kirk, McCoy, Sulu und Chefingenieur Scott im Haupttransporterraum. Scott kam mit drei kleinen Reisebeuteln an, die er den dreien aushändigte.

Kirk bemühte sich, ihrem bevorstehenden Unternehmen möglichst gleichmütig entgegenzusehen. »Es ist fast unglaublich, daß sich ein Mensch aus ein paar Zellen seines Körpers immer wieder erfolgreich reproduzieren kann. Aber gerade das scheint die Art von psychopathischer Genialität zu sein, mit der wir es bei Dr. Keniclius und seinen überdimensionalen Nachfolgern zu tun haben.«

Im Augenblick war Sulu allerdings mit Wichtigerem beschäftigt, um die erstaunlichen Leistungen – biologisch und anderweitig – ihres gigantischen Gegners zu würdigen. Seine Hauptsorge war das unerprobte Gerät in dem Lederbeutel. Er hob ihn hoch und tupfte darauf. Ein leichtes, metallisches Klingen erfolgte.

»Ich hoffe nur, daß dieses Zeug auch funktioniert.«

»Oh, das wird es ganz bestimmt, Leutnant«, versicherte ihm Scott. »Es ist ein ganz einfaches Gerät – narrensicher, darauf haben Chatusram und ich geachtet. Aber ich gebe zu, daß ich so meine Zweifel über die Ladung habe. Ich habe ja schon von den merkwürdigsten Methoden im Kampf gegen fremdartige Lebensformen gehört, aber...«

»Und das sind sehr merkwürdige Lebensformen, Scotty, gegen die wir vorgehen müssen.« Kirk trat in den Transporteralkoven. »Sobald Dr. McCoy, Mr. Sulu und ich unten sind«, wandte er sich an den Chefingenieur, »möchte ich, daß Sie die Umlaufbahn verlassen und...«

»Den Orbit verlassen, Sir?«

Kirk nickte. »Wenn sie glauben, daß wir weg sind, werden sie wahrscheinlich aufhören, die Gegend um ihre noch funktionierenden Gebäude zu scannen. Auf jeder anderen Welt wäre es in einer ähnlichen Situation üblich, die Taster eingeschaltet zu lassen. Aber die Phylosier tun, was immer Keniclius befiehlt, und dieser Mutant ist so von seiner Macht überzeugt – er ist schon so lange fast etwas wie ein Gott –, daß er gar nicht auf den Gedanken käme, Menschlein wie wir würden es wagen, uns ihm zu widersetzen.

Er hat seit über zwei Jahrhunderten keine Verbindung mehr zur Menschheit und empfindet nur Verachtung für sie. Was ich ihm nicht verdenken kann, wenn man sich erinnert, wie einige von uns sich während der Eugenischen Kriege benommen haben. Geben Sie uns dreißig Minuten auf der Oberfläche, Scotty, dann kehren Sie in den Orbit zurück.«

»Na gut«, erklärte der Chefingenieur sich widerstrebend einverstanden. »Aber wenn ich meine Meinung äußern darf, Sir – es gefällt mir nicht.«

»Mir auch nicht.« Kirk vergewisserte sich, daß er in der Mitte der Transporterscheibe stand. »Aber ohne Phaser oder irgendwelche anderen modernen Waffen brauchen wir jedes nur mögliche Überraschungsmoment. Wenn sie glauben, daß das Schiff abgeflogen ist, dann haben wir eines.«

McCoy und Sulu stiegen ebenfalls auf die Scheiben.

Kirk wandte sich an Ingenieur Kyle, der auf seinen Befehl wartete. »Energie!«

Die drei Männer verschwammen zu Säulen schwirrender Farben. Dann waren sie verschwunden.

Scott starrte auf die leere Transporterplattform, bis ihm bewußt wurde, daß Kyle ihn beobachtete.

»Haben Sie nichts Besseres zu tun, als mich anzugaffen, Kyle?«

»Entschuldigen Sie, Sir. Ich...«

»Tun Sie das nie wieder.«

»Nein, Sir.«

Scott stapfte zur Lifttür. Er mußte jetzt offiziell das Kommando übernehmen, und ausgerechnet er würde den Rückzugsbefehl erteilen müssen, mit dem er sich bestimmt nicht beliebt machte.

Das Leben war manchmal schrecklich unfair!

Drei flimmernde Zylinder nahmen auf einer Straße der phylosischen Metropole menschliche Gestalt an. Sulu konsultierte seinen Tricorder, kaum daß sie ganz materialisiert waren. Den geheimnisvollen Lederbeutel hatte er fest unter einen Arm geklemmt.

»Nichts deutet auf Abtastung hin, Sir«, sagte er schließlich. »Sie wissen meines Erachtens nicht, daß wir hier sind. Außer...«

»Nein.« Kirk seufzte erleichtert. »Diese Art von Subtilität würde nicht zu Keniclius passen. Wüßte er, daß wir zurück sind, käme er, biblische Verkündungen brüllend, herbei, oder er würde eine Schar seiner tentakligen Flieger schicken. Sehen wir zu, daß wir weiterkommen.«

Kirk machte zwei Schritte und wollte gerade um den schmalen Turm biegen, neben dem sie materialisiert hatten – als ein Schwarm der soeben erwähnten Schneller angeflattert kam.

Die drei drückten sich an die Wand des runden Turms, die glücklicherweise im Schatten des Glasbaus lag, und wagten kaum zu atmen, bis die gefährlichen Fleischfresser vorbei waren.

»Ich bin nicht sicher, ob ich derlei noch lange durchstehe!« keuchte McCoy. »Sei vorsichtiger mit deinen Prophezeiungen, Jim! Warum hast du mich überhaupt mitgenommen, statt Arex oder ein paar Sicherheitsleute?«

»Das fragst ausgerechnet du mich, Pille? Wir wissen schließlich nicht, in welchem Zustand wir Spock vorfinden werden.«

»Falls wir ihn finden«, brummte McCoy.

»Daran wollen wir lieber nicht zweifeln.«

Sulu blickte von seinem Tricorder auf und bemühte sich um einen hoffnungsvolleren Ton. »Wegen dieser Schneller würde ich mir keine zu großen Sorgen machen, Doktor. Sie sind offenbar ohne jegliche Intelligenz und greifen hauptsächlich aus einer Reflexhandlung an.«

»Aus den Augen, aus dem Sinn?« brummte McCoy.

Der Rudergänger nickte. »Der Weg ist jetzt frei, Captain.«

Sie bogen um den Turm, ohne daß sie jemand aufhielt, und liefen zum Laboratoriumsgebäude.

Eine der kleinen Pusteblumen ähnlichen Pflanzen versuchte kurz, Sulu zu folgen. Kirk und McCoy brauchten mehrere Minuten, ehe sie den sprintenden Leutnant eingeholt hatten. Außer der einen Blume stießen sie auf keine Wanderpflanzen.

Sie hatten diesmal in einem anderen Stadtviertel materialisiert als beim ersten Mal. Vielleicht hätten die Dinge einen anderen Verlauf genommen, wenn sie gleich hier gelandet wären. Aber das war Wunschdenken. Sie bogen um eine Ecke.

Und blieben abrupt stehen.

»Ich glaube es nicht!« hauchte Sulu.

»Unvorstellbar!« war das einzige Wort, das Kirk hervorbrachte. McCoy starrte nur stumm.

Sie standen in der Nähe des Eingangs eines riesigen, hangarähnlichen Gebäudes, das gut und gern zwei Kilometer lang war. Im Innern standen ordentlich in Doppelreihen Hunderte von milchigen, tränenförmigen Gebilden, jedes Dutzende von Metern hoch.

Ziemlich in Eingangsnähe befanden sich die fünf Phylosier, jeder auf einer automatischen Schwebeplattform. Sie arbeiteten an den tränenförmigen Gebilden, säuberten sie und zogen den dichten moosähnlichen Bewuchs ab.

»Was könnte das anderes sein als Raumschiffe, Jim?«

Kirk nickte. »Ja, hat den Anschein, als bereiteten sie sich ebenfalls auf eine Reise vor. Aber wohin? Und zu welchem Zweck?«

»Die Anzahl der Schiffe läßt auf eine Massenauswanderung schließen – oder eine Invasion.«

»Agmar behauptete, sie seien ein friedliches Volk«, warf Sulu ein.

»Oh, ganz bestimmt!« entgegnete McCoy sarkastisch. »Das bekamen wir klar genug zu spüren, nicht wahr. Für ›Friede‹ gibt es fast so viele Definitionen wie für ›Liebe‹, Mr. Sulu.«

»Ist das eine klinische Meinung, Doktor?«

»Ruhe, ihr zwei!« warnte Kirk. »Wir werden noch früh genug eine Definition vorgesetzt bekommen.« Er blickte McCoy nachdenklich an. »Aber ich glaube, du liegst gar nicht so falsch, Pille. Diese Schiffe, diese Stadt – ich sage nicht, daß die Motive und Fähigkeiten einer pflanzlichen Zivilisation sich sehr von unseren unterscheiden würden, aber wir wollen keine voreiligen Schlüsse ziehen. Dies ist jedenfalls die erste, auf die wir gestoßen sind.«

»Und hoffentlich die letzte«, brummte der Arzt. Halb zu sich fügte er hinzu: »Ich habe als Kind Gemüse gehaßt. Jetzt weiß ich, daß es dafür einen guten Grund gab.«

»Genug deiner Witze, Pille. Wenn Spock hier wäre, würde er nicht lachen.«

»Entschuldige, Jim.« McCoy wurde wieder ernst. »Ich hatte fast vergessen, weshalb wir hier sind.« Mit einem Kopfnicken deutete er auf den gigantischen Hangar. »Diese Schiffe sehen aus, als hätten sie den Boden nie verlassen. Wahrscheinlich waren sie alle aufbruchsbereit, als Keniclius auf dem Planeten ankam, und die Seuche, die er einschleppte, sich blitzartig ausbreitete.«

Kirk nickte und blickte Sulu an. »Irgendwelche Hinweise, wo sich Keniclius oder Spock aufhalten?«

Sulu konsultierte wieder seinen Tricorder und schüttelte enttäuscht den Kopf. »Im Hangar oder irgendwo in der Nähe sind sie nicht. Ich bekomme nur die Werte der Phylosier.«

»Hmmm. Anhänger lassen sich führen. Vielleicht gelingt es uns, ebenso überzeugend zu sein wie Keniclius.«

Sie huschten von Wand zu Wand und näherten sich, jede Dekkung ausnützend, allmählich dem Eingang des titanischen Gebäudes.

Es hatte den Anschein, als kümmere je ein Phylosier sich immer allein um ein Schiff. Das war Kirk sehr recht, denn dann würde den anderen das plötzliche Verschwinden eines von ihnen nicht so rasch auffallen.

Agmar arbeitete ganz in der Nähe. Im Augenblick füllte er den Tank seiner Schwebeplattform offenbar mit einem flüssigen Reinigungsmittel aus den riesigen Kanistern, die ordentlich an der Wand gestapelt waren.

Die drei Männer versteckten sich dahinter und warteten auf die Rückkehr des Führers der Phylosier.

Zwei andere füllten ihre Tanks, bevor McCoy angespannt flüsterte: »Er kommt!«

»Wollen wir seinen Flitzer?« wisperte Sulu schnell.

Kirk schüttelte den Kopf.

»Würde vielleicht zu lange dauern, mit den Kontrollen klarzukommen. Außerdem bleibe ich sowieso lieber auf dem Boden. Wer weiß, ob er nicht ferngelenkt wird, und ich hätte es gar nicht gern, wenn man ihn mir ein paar hundert Meter in der Luft unter den Füßen wegzieht.«

Agmar brachte den kleinen Schweber geschickt zu den Kanistern hinunter. Sein Rücken war den drei Menschen zugewandt. Sie überwältigten ihn mühelos.

Gegen ihren Willen ekelten sich Kirk und Sulu, als sie das Geschöpf berührten, das sich wie eine Garbe klebrigen Strohs anfühlte, und hätten den sich verzweifelt Wehrenden fast losgelassen.

Glücklicherweise war McCoy daran gewöhnt, sich mit Dingen abzugeben, bei denen es so manchem anderen den Magen umgedreht hätte. Ihn störte es absolut nicht, daß sich der Phylosier in seinen Händen ungewohnt anfühlte. Er hielt ihn fest, bis sich Kirk und Sulu von ihrem Berührungsschock gefangen hatten.

Sie hatten keine Schwierigkeiten, ihn hinter die hohen Behälter zu zerren. Kirks einzige Sorge war, daß der Reparaturflitzer mit einem automatischen Alarmsystem ausgestattet sein könnte, durch das Keniclius benachrichtigt wurde. Aber nach kurzer Überlegung hielt er das nicht mehr für wahrscheinlich.

Es hatte zuerst ganz so ausgesehen, als wolle das kleine Reparaturgefährt gleich wieder davonfliegen. Doch kaum war sein Passagier verschwunden, blieb es ruhig an Ort und Stelle schweben.

»Agmar«, sagte Kirk leise, »wir wollen Ihnen nichts tun. Sie haben behauptet, Sie wären ein friedliches Volk. Nun, mit uns Menschen ist auch recht gut auszukommen. Aber wir müssen Spock zurückhaben! Und wenn wir zu diesem Zweck rohe Gewalt anwenden müssen, werden wir nicht davor zurückscheuen, das dürfen Sie uns glauben!«

Das beeindruckte Agmar nicht. Nicht, daß er sich arrogant benommen hätte, nein, eigentlich ließ seine Haltung eher auf resignierte Gleichgültigkeit schließen. Falls es ihn überrascht hatte, die Menschen wiederzusehen, war es ihm zumindest nicht anzumerken.

»Ich glaube nicht, daß das möglich ist«, sagte er ruhig. »Die vulkanisch-menschliche Kreuzung von Weisheit, Ordnungssinn, Vernunft und Kraft ist das Beste, was unser Meister je gefunden hat. Wir sind sehr froh, daß Spock unsere Arbeit fortführen wird.«

»Großer Gott!« entfuhr es Sulu. Die ganze Situation stand plötzlich Kopf und führte zu einer neuen Erkenntnis.

»*Ihre* Arbeit fortführen?« stammelte Kirk.

»Wir sind die Letzten einer sterbenden Rasse auf einem sterbenden Planeten, Captain«, sagte Agmar. Eine der Gliedmaßen, die nicht festgehalten wurde, deutete auf die Schiffe.

»Einst hatten wir eine große Mission. Dann löschte uns die Seuche fast aus. Wir fünf sind die geschwächten Hinterbliebenen dieser Rasse und wollen ihr Vermächtnis erfüllen.

Wir sind steril«, fuhr Agmar fort. »Wir können keine Sporen erzeugen. Wenn wir tot sind, gibt es unsere Rasse nicht mehr.«

»Dieser große Plan, eure Mission«, warf McCoy ein, »was wird aus ihr, falls Spock etwas zustößt – oder dem Meister?«

Nun war Agmar bestürzt. Er faßte sich jedoch rasch und nahm Zuflucht zu der Einstellung, die alle »Meister« in ihren Untergebenen wachrufen.

»Es wird immer einen Meister geben. Sie machen sich Sorgen um Ihren Freund, aber das ist unnötig, glauben Sie mir. Kommen Sie, ich werde Ihnen zeigen, daß es ihm gutgeht. Besser, als Sie sich vorstellen können.« Er entwand sich ihrem sich lockernden Griff und schlurfte in den Hangar.

Kirk und die anderen zögerten, dann folgten sie ihm.

»Einfach so, Captain?« fragte Sulu.

Kirks Gedanken überschlugen sich. Er versuchte, Agmar einen gedanklichen Schritt vorauszubleiben. Aber wie konnte er wissen, wie Phylosier die Dinge sahen?

»Ja, einfach so, Mr. Sulu. Aber halten Sie Ihren Beutel bereit.« Er schwenkte seinen bei diesen Worten.

»Keine Tricks, Agmar!« warnte er.

Der Phylosier antwortete nicht. Er beugte sich vor und drückte auf einen Knopf der Flitzerarmaturen.

Eilig schlossen sich die anderen vier Phylosier ihnen an, nachdem sie von ihren Reparaturschwebern gestiegen waren. Dann blieben die fünf dicht beisammen und traten an eine scheinbar leere Wand.

»Der Eingang ist hier, meine Herren«, erklärte Agmar. Er machte einen Schritt vorwärts. Kirk bemerkte, daß er dabei auf einen kreisförmigen Teil des Bodens trat, der sich farblich leicht vom übrigen unterschied. Sogleich glitt die Wand zur Seite und offenbarte eine riesige metallische Iris.

Wieder machte Agmar einen Schritt und trat in einen zweiten

andersfarbigen Kreis auf dem Boden. Jetzt erweiterte sich die Iris. Ein riesiger Tunnel erschien wie eine klaffende Wunde in der Erde. Sein Boden war glatt und führte in leichter Neigung unter die Stadt.

Kirk konnte durch den Tunnel weit entfernt und tiefer liegend eine zweite Iris sehen. Eine Sekunde später öffnete auch sie sich.

Dahinter befand sich nur endlose Schwärze.

Agmar und seine Artgenossen traten sogleich in den Tunnel. Weder Kirk noch McCoy oder Sulu folgten ihnen sofort. Dieses scheinbar bodenlose Loch sah schrecklich dunkel aus.

Agmar drehte sich um. »Wir entsprangen der Scholle, Captain«, sagte er beruhigend. »Diese Tunnels sind Teil unseres uralten Zuhauses.« Er zog eine flache Scheibe von seiner Mitte. Sie war etwas größer als der Voder. Er tastete auf eine Seite der Scheibe, und plötzlich ging ein heller Lichtstrahl von ihr aus. »Das wird uns den Weg zeigen«, sagte er. Er drehte sich um und schlurfte den schrägen Tunnel hinunter.

Kirk war nicht sehr versessen darauf, ihm zu folgen. Aber ihnen blieb kaum eine Wahl. Denn den bereits willigen Agmar zu schlagen, wäre eine schlechte Alternative zu seiner offensichtlichen Fügsamkeit.

»Und wieder einmal ins Unbekannte«, murmelte McCoy.

Es gab mehr als nur einen Tunnel, wie sie bald sahen. Ja, mehr als zwei, als drei. Schon nach einer kurzen Strecke waren sie bereits an Dutzenden von Nebengängen vorbeigekommen – ein wahres Labyrinth von Tunnels führte unter der Stadt durch die Erde.

Sulu war mit seinem Tricorder beschäftigt. »Kein Wunder, daß wir weder Spock noch Keniclius mit unseren Schiffstastern aufspüren konnten, Captain. Unsere Sensorstrahlen konnten hier nicht eindringen.«

»Lächerlich«, widersprach McCoy, der sich eingehend umsah. »So dick sind diese Wände doch offenbar gar nicht.«

»Vielleicht nicht, Doktor«, gestand ihm Sulu zu. »Aber nach der Tricorderanalyse sind sie aus künstlichen Elementen von einer etwa sechshundertfachen Dichte von Blei zusammengesetzt. Außerdem ist da noch das Kraftfeld an der Oberfläche.« Er schüttelte staunend den Kopf. »Wie das Fundament des Ganzen aussieht, kann ich nur raten.«

»Andererseits…«, fuhr McCoy fort, als hätte er die Abschirmleistung der Wände nie in Frage gestellt.

Sie waren noch nicht viel weiter gekommen, als Kirk aufhorchte. Er flüsterte McCoy zu: »Hörst du es auch, Pille?«

»Was, Jim?«

»Ich bin mir nicht sicher.« Kirk zog angespannt die Brauen zusammen.

»Es ist jetzt nicht mehr weit, Captain«, sagte Agmar.

»Da ist es wieder!« Kirk blieb abrupt stehen und hob die Stimme. »Ein Flattern…«

Das war wie ein Signal für das Licht. Es erlosch abrupt, und sie standen hilflos in einer Dunkelheit, die so schwarz wie der tiefste Traum war.

Wieder waren sie hereingelegt worden.

Kirk brüllte: »Gürtellampen einschalten!«

»Sie funktionieren nicht«, rief Sulu aufgeregt. »Ich habe es schon versucht.«

»Agmar!« schrie Kirk wütend. »Agmar…«

Agmar antwortete nicht.

Jetzt vernahmen auch McCoy und Sulu die unregelmäßigen Schläge der näherkommenden Schneller. In der finsteren Enge des Tunnels hörten sie sich wie wachsendes Donnergrollen an.

Unter normalen Umständen sind fast alle Menschen bereit, sich, bis zu einem gewissen Maß, der Gefahr zu stellen.

Aber in der Dunkelheit?

Am schwersten fiel ihnen, nicht dem Drang nachzugeben, einfach davonzustürmen, blind vor dem bedrohlichen Geräusch davonzulaufen. Aber dabei mochten sie gegen Wände prallen, oder schlimmer noch, es könnte in diesem Labyrinth auch Schächte geben, in die sie stürzten.

Bisher waren sie allerdings noch an keinen Öffnungen im Boden vorbeigekommen. Wenn es doch welche gab, wäre es wenigstens ein rascher Tod, ein sauberer Tod. Und bei Kirk folgte Handeln dem Denken dichtauf.

»Lauft! Wir müssen irgendein Licht finden. Wir können nichts tun, wenn wir nicht sehen, wogegen wir kämpfen. Haltet die Hände ausgestreckt und streift mit einer an der Wand entlang. Und hört nicht zu reden auf, bleibt beisammen!« Kirk lief in die Richtung, von der er glaubte, daß sie sie genommen hatten.

Als er sie hörte, fing er zu rennen an. McCoy und Sulu waren ganz in der Nähe. Sie brauchten nicht mehr zu reden, um darauf aufmerksam zu machen, wo sie sich befanden, dafür sorgten jetzt ihre Schritte und ihr immer angestrengterer Atem.

Natürlich würden auch ihre Verfolger die Geräusche hören, aber Kirk vermutete, daß diese sie ohnehin mühelos im Dunkeln finden konnten.

»Nicht stehenbleiben!« Seine Stimme hallte wie Donner durch den Tunnel. »NICHT STEHENBLEIBEN, nicht stehenbleiben...«

Plötzlich hörte es sich an, als ließen sie ihre Verfolger weiter zurück.

»Wir hängen sie ab!« keuchte er.

»Jim, da vorn!«

Kirk spähte auf McCoys Ruf blinzelnd geradeaus. Tatsächlich, in der Ferne schien ein Lichtpunkt zu sein.

»Ich sehe es – ich sehe es – lauf weiter.« Es konnte kein Licht zu sehen sein, wo keines war – jedenfalls hatte noch nie ein Mensch eine solche Fata Morgana gesehen.

Sulu rannte ein Stück hinter ihnen. Ganz unbewußt liefen sie in der praktischsten Reihenfolge: McCoy knapp voraus, Kirk in der Mitte und Sulu, der Jüngste und kräftigste Läufer, als letzter.

Der Wechsel von der Schwärze des Tunnels zum Licht des Raums war überwältigend. Es war, als wache man auf, weil man plötzlich von einer Taschenlampe angeleuchtet wurde. Geblendet hielten sie an.

Der unterirdische Raum, in den sie gelangt waren, war in etwa kreisrund und, nicht mehr überraschend, von vierfacher normaler Größe. In den Wänden gähnten zwei weitere Öffnungen, die zu unbekannten Regionen führten. Schaltanlagen und Instrumententafeln reihten sich an den Wänden.

In der Mitte des Raums stand ein langer Tisch, umgeben von zerbrechlich wirkenden, matten glasähnlichen Kugeln, die miteinander und mit den Meßgeräten am Tischrand verbunden waren.

Auf dem Tisch lag Mr. Spock.

McCoy hielt nur lange genug inne, seinen Medtricorder vom Gürtel zu lösen, dann rannte er zum Tisch. Kirk und Sulu folgten ihm. McCoy nahm eine hastige Untersuchung damit vor, las die Werte, stellte das Gerät eilig neu ein und fuhr dann damit langsamer über den Liegenden. Schließlich blickte er Kirk und Sulu wild an. »Etwas beeinflußt sein Gehirn. Alle anderen Körperfunktionen sind normal, aber er stirbt.«

»ES IST ZU SPÄT, CAPTAIN KIRK!«

Alle drei wirbelten herum, als die dröhnende Stimme von den Wänden widerhallte. Keniclius 5 überragte sie wie ein Turm. Er starrte von einem der anderen Eingänge auf die winzigen Eindringlinge hinunter.

»IN KÜRZE WIRD IHR FREUND TOT SEIN – DOCH NICHT WIRKLICH TOT. SO, WIE KENICLIUS 1 IN JEDEM SEINER KLONE WEITERLEBT, WIRD AUCH MR. SPOCK WEITERLEBEN. ERSCHAUEN SIE DIE MORGENDÄMMERUNG EINER NEUEN ÄRA, MEINE HERREN – DIE RETTUNG EINER GALAXIS – SPOCK 2!«

Er deutete mit grandioser Gebärde auf den dritten Eingang. Wieder drehten sich Kirk, McCoy und Sulu um.

Ein weiterer Riese war dort erschienen. Er hatte die gleichmütige Miene, die spitzen Ohren, die gewölbten Brauen, die ihnen so vertraut waren. Es war Mr. Spock in vierfacher Größe.

Sein Gesichtsausdruck wirkte nicht unfreundlich, aber es sah nicht so aus, als erkenne er die Schiffskameraden. Es war nichts an ihm, was den drei Offizieren auch nur eine Spur Hoffnung gegeben hätte.

Sie hatten nur einen kurzen Augenblick für ihren Schock, als auch schon das Flattern ihrer Verfolger aus dem Tunnel zu hören war.

»Bereitmachen!« befahl Kirk.

Jetzt endlich wurde der Inhalt ihrer Lederbeutel sichtbar. Die drei holten Filtermasken heraus und zogen sie sich über den Kopf, und Kirk riß als erster die Schutzhülle von seinem Gerät.

Es war ein dünner Zylinder mit einem etwas breiteren Ende. In diesem Ende waren mehrere kleine Düsen zu sehen, am anderen Ende befanden sich ein Griff und Schalteinstellungen. McCoy legte dem liegenden Spock 1 die vierte Maske an.

»AUCH HIER BEFINDEN SICH WAFFENDESAKTIVATOREN, CAPTAIN KIRK. ICH BIETE IHNEN EINE LETZTE CHANCE – KEHREN SIE AUF IHR SCHIFF ZURÜCK!«

Da brach aus dem Tunnel der Alptraum jedes Landschaftsgärtners hervor. Auch Schneller befanden sich unter der blattwedelnden, kreischenden Meute kriechender, hüpfender und rollender Monstrositäten, den Auswüchsen eines dem Wahnsinn anheimgefallenen Pflanzenreichs.

Kirk, Sulu und McCoy drückten auf den Knopf am unteren Ende ihrer Zylinder. Plötzlich breitete sich dichter, chemischer Nebel im Raum aus.

Zunächst hielt sich dieser graue Nebel auf dem Boden. Als er aufzusteigen begann, zog ein seltsamer Ausdruck über Keniclius' Gesicht. Er fing heftig zu husten an und wich hastig aus dem sich schnell verdunkelnden Raum zurück. Niemand bemerkte, daß Spock 2 es ihm gleichtat.

Sulu konnte weder Captain Kirk noch Dr. McCoy in dem wallenden Miasma sehen, noch die zellulosen Alptraumgestalten, von denen sie angegriffen wurden. Aber zu hören vermochte er sie sehr wohl. Und gerade jetzt begann das bisher gleichmäßige Zischen seines zylindrischen Sprühgeräts zu stocken.

»Der Sprayer ist leer, Captain!« brüllte er in den Dunst.

»Meiner ebenfalls, Jim«, erklang die vertraute Stimme McCoys.

Sulu kämpfte sich auf ihn zu, ohne den leeren Zylinder loszulassen. Vielleicht würde ihnen nichts anderes übrigbleiben, als sie als Prügel zu benutzen. Er prallte gegen etwas Festes und hätte fast in Panik aufgeschrien. Aber es war glücklicherweise McCoy.

»Horcht!« Das war Kirks Stimme.

Alle schwiegen. Wahrhaftig, die Pflanzengeräusche waren verstummt.

McCoy versuchte, durch den wogenden Dunst etwas zu erkennen. »Vielleicht warten sie nur darauf, daß die Luft wieder klar wird. So weit unter der Oberfläche muß es irgendein Filtersystem geben, das die Unreinheiten in der Luft auffängt.«

Tatsächlich begann sich der Dunst aufzulösen, noch während er sprach. Gleich darauf konnte Kirk die beiden sehen. Sie stellten sich in Erwartung eines neuerlichen Angriffs Rücken an Rücken.

Schließlich nahm Kirk seine Maske ab und schnupperte. »Die Luft ist wieder atembar«, stellte er fest.

Nun nahmen auch McCoy und Sulu ihre Masken ab. Die Lufterneuerungsanlage arbeitete erstaunlich schnell, und der Dunst war in Sekunden völlig verschwunden.

Ebenso die meisten Pflanzen.

Jene, die zurückgeblieben waren, würden nie wieder jemanden

angreifen. Sie lagen mit grotesk verdrehten Gliedmaßen und verwelkt auf dem Boden.

»Na so was!« murmelte McCoy, während er sich auf dem Schlachtfeld der toten Pflanzen umschaute. »Urgroßpapas Unkrautspray funktioniert immer noch!«

»Das bezeuge ich gern«, sagte Kirk erleichtert, »solange die anderen, die davongelaufen sind, nicht zurückkehren.«

»Ich kann mir nicht vorstellen, daß sie scharf darauf sind, Captain«, meinte Sulu.

»Wie auch immer, wir müssen Spock wegbringen, ehe Keniclius wieder auftaucht. Scott dürfte das Schiff inzwischen wieder in der Umlaufbahn haben.« Er holte seinen Kommunikator hervor und schaltete ihn ein.

»Hoffen wir, daß dieser Schild nur in eine Richtung wirkt. Vielleicht können wir hinausbeamen, auch wenn niemand hereinbeamen kann. – Kirk an *Enterprise*...« Kein antwortender Piepton erklang. Er versuchte es noch einmal. Nichts.

»Müssen diese verdammten Wände sein. Kirk an *Enterprise*...«

McCoy untersuchte Spock bereits, seit der Nebel sich aufgelöst hatte. Jetzt blickte er auf und schüttelte bedrückt den Kopf.

»Ich kann nichts machen, Jim. Seine Kräfte lassen zu schnell nach. Er wird innerhalb einer Viertelstunde sterben.« Er zögerte. »Er hat keine Gedanken mehr. Sein Verstand ist verschwunden. Aber das liegt nicht an der normalen Schwäche, die dem Tod vorhergeht. Diese Maschine«, er deutete auf den Instrumententisch, »entleert ihn offenbar irgendwie.«

»ES IST MEHR ALS DAS, MEINE HERREN.«

Sie drehten sich um. Keniclius war zurückgekehrt. Er war keine Pflanze.

»SEIN GEDÄCHTNIS IST BEREITS ÜBERTRAGEN – ZUNÄCHST IN DEN MECHANISMUS UND DURCH IHN WEITER.« Er ging auf sie zu.

»ICH KANN GENAUE PHYSIOLOGISCHE STRUKTUREN KOPIEREN, ABER NICHT DAS GEDÄCHTNIS. ICH KANN JENEN TEIL DES GEISTES REPRODUZIEREN, DER DIE GEDANKEN ENTHÄLT, ABER NICHT DAS DENKEN ALS SOLCHES. EBENSO KANN ICH JENEN TEIL WIEDERERSCHAFFEN, DER FÜR DIE ERINNERUNG ZUSTÄNDIG IST, ABER ICH KANN KEINE ERINNERUNGEN ERSCHAFFEN.

SO, WIE MEIN VORGÄNGER ERINNERUNGEN UND GEDANKEN DURCH EINE ÄHNLICHE MASCHINE AUF MICH ÜBERTRUG, HABE ICH ES MIT MR. SPOCK UND SEINEM DUPLIKAT GEMACHT.«

»Sie reden von Ihrem Klonen, als würden Sie Leben erschaffen!« brüllte Kirk. »Aber Sie müssen morden, um es zu tun!«

Unerwartet wirkte der Riese plötzlich betroffen. Er blieb abrupt stehen. Offenbar rang er mit sich.

Kirk entging dieses Zögern nicht. Es erschien ihm zwar unwahrscheinlich, daß dieses Monstrum ein, wenngleich verzerrtes, Moralgefühl hatte. Aber er mußte selbst nach dem sprichwörtlichen Strohhalm greifen.

Gemeinsam hoben die drei Spocks schlaffe Gestalt vom Tisch und machten sich daran, sie in Richtung des dritten Eingangs zu tragen.

Sie kamen nicht sehr weit.

Die zweite Riesengestalt war inzwischen erschienen und versperrte ihnen den Weg. Es sah auch gar nicht so aus, als beabsichtigte der Riesenspock, ihnen Platz zu machen.

Aus Kirks Stimme schwang jetzt kein Zögern. »Aus dem Weg, Mister!« brüllte er den Riesen an. »Das ist ein Befehl!«

Der Riesenkopf neigte sich langsam und starrte sie verständnislos an, aber er machte keine Anstalten, zur Seite zu treten.

»Ich glaube nicht, daß er dich versteht, Jim. Sein Gehirn versucht noch, all dieses frische Wissen zu assimilieren, das auf ihn übertragen wurde.«

Der erste Befehl war rein automatisch gekommen. Aber jetzt wußte Kirk nicht so recht, wie er weitermachen sollte.

Wieviel von Mr. Spock steckte in diesem Giganten, der stumm auf sie herabblickte – und wieviel von Keniclius?

12

Die *Enterprise* befand sich wieder im Orbit. An Bord war die Frustration, wenn auch nicht die Gefahr, ebenso groß wie in der Halle unter Phylos' Oberfläche. Scott wünschte sich, ihm stünden die Möglichkeiten einer planetaren Kommunikationsstation zur Verfügung. Aber er bemühte sich, ruhig zu bleiben, während Uhura immer noch vergebens versuchte, eine Verbindung zum Landungstrupp herzustellen. Er konnte natürlich nicht wissen, daß Kirk, Dr. McCoy und Sulu sich nicht mehr auf der Planetenoberfläche aufhielten, sondern tief unter ihr.

»Lassen Sie nicht locker, Leutnant. Wir müssen den Captain erreichen!«

»Was glauben Sie, was ich die letzten fünfzehn Minuten getan habe, Sir?« Uhura schüttelte heftig den Kopf und funkelte ihn an. »Es ist sinnlos! Ich habe jede Schiff-Boden-Frequenz versucht, die ich finden konnte. Ich kann ja nicht einmal feststellen, ob ihre Kommunikatoren überhaupt noch funktionieren!«

»Etwas ist da unten... Entweder wurden die Instrumente zerstört, oder da ist etwas verdammt Dichtes zwischen uns und ihnen!«

Aber eine Karte hatte Scott noch im Ärmel. »Mr. Arex!« Der Navigationsoffizier drehte sich um und blickte den Chefingenieur an. »Ich möchte, daß jedes Quant Energie auf diesem Schiff, die der Lebenserhaltungssysteme natürlich ausgenommen, in eine gebündelte Kommunikationssonde geleitet wird. Was immer auch unsere Verbindung blockiert, wir müssen es durchdringen!«

»Das eignet sich für einen kurzen Kontakt, Mr. Scott«, warf Uhura ein. »Aber die Verbindung bei einer solchen Leistung aufrechtzuerhalten, kann sich katastrophal auswirken. Wir riskieren die völlige Überlastung der Dilithiumkristalle. Es könnte uns selbst die lebenswichtigen Reserven kosten.«

»Ach Mädchen, als ob ich das nicht wüßte!« Voll Ironie dachte er, daß der Chefingenieur wirklich der letzte sein sollte, der einen solchen Befehl erteilte.

»Aber wir haben den Orbit verlassen, wie der Captain uns befohlen hat, und sind zurückgekehrt. Ich weiß nicht, wie die Situation da unten ist, doch wir hätten inzwischen längst von ihnen hören müssen. Und ich kann nichts unternehmen, ehe ich die Lage nicht kenne. Wir müssen die Verbindung herstellen!«

Kirk war auf den Boden gesunken. Er hatte den Kopf zwischen die Knie gebeugt und überlegte verzweifelt. Der Riese reagierte nicht auf seinen Befehl. Das Leben seines Ersten Offiziers schwand mit jeder Sekunde, und es gab offenbar nichts, womit er es hätte verhindern können. Er war hilflos.

Doch manchmal, wenn es hoffnungslos zu sein scheint, greifen die Umstände selbst ein. Ein tiefer, grollender Laut war zu hören. Der Riese Spock räusperte sich.

Kirk hob den Kopf, und seine Gedanken wurden aus seinen Selbstvorwürfen in die Gegenwart zurückgerissen. Vielleicht bestand doch noch eine Chance.

McCoy studierte bereits wieder seinen Medtricorder. »Er kommt zu sich, Jim. Seine Gedanken werden klar!«

Kirk plagte sich auf die Füße und machte einen Schritt auf den Riesen zu. Doch dann blieb er abrupt stehen.

Was sollte er sagen? Was *konnte* er sagen. Steckte wirklich etwas von dem Spock, den er kannte, in diesem – diesem Frankensteinschen Monstrum? Etwas, das über die äußere Erscheinung und oberflächliche Ähnlichkeit hinausging? Ebenso fragte er sich, wieviel vom ursprünglichen, idealistischen Wissenschaftler sich noch in dem inzwischen um fünf Generationen entfernten Riesenkenicliius befand?

Überleg doch, Mann! Sag was, irgendwas...

Kirk hörte sich sagen: »Einen Mann sterben zu lassen, nur um sein Duplikat zu erschaffen, wo liegt da die Logik? Erklären Sie mir das, Sir. Erklären Sie es mir!«

Der Riese zog eine Braue hoch und überlegte, antwortete jedoch nicht.

»Energie umgeleitet, Mr. Scott«, meldete Uhura. »Ich hoffe, Sie wissen, was Sie tun, Sir.«

»Das hoffe ich auch, Mädchen, ja, das hoffe ich auch. Finden wir es heraus.«

Uhura wandte sich wieder ihrer Konsole zu. Sie langte nach einem kleinen Schalter, jenem Schalter, der nur für kostspielige Bündelstrahlkommunikation gebraucht wurde. Sie bediente ihn nicht zum erstenmal, aber noch nie zuvor bei einer solchen Energieleistung. Würden die Apparaturen auch wirklich imstande sein, die gesamte Energie der *Enterprise* zu bündeln und zu handhaben? Sie hoffte es inbrünstig.

Wenn nicht, war es durchaus möglich, daß ihr die ganze Konsole gleich um die Ohren fliegen würde...

»Jim, wir müssen etwas tun«, sagte McCoy beschwörend und las noch einmal die Werte des Originalspocks.

»Ich versuche es ja!« Kirk betrachtete Spock 2 nachdenklich. Den echten Spock hatte Gewalttätigkeit nie beeindruckt. Das würde bei diesem titanischen Double erst recht nicht der Fall sein.

»Hören Sie«, sagte er verzweifelt. »Vulkanier billigen den sinnlosen Tod eines anderen Wesens nicht. Spocks Tod *ist* sinnlos, wenn er nur dem Zweck dient, ein riesiges Duplikat von ihm zu erschaffen. Es hat sich immer wieder herausgestellt, daß kein Duplikat so gut ist wie das Original.«

»ER IST KEIN EINFACHES DUPLIKAT!« rief Keniclius zornig.

»›SO GUT WIE DAS ORIGINAL‹, PAH! ER WIRD VIEL BESSER SEIN ALS DAS ORIGINAL. ER IST DER ANFANG EINER MEISTERRASSE!«

Kirks bereits formulierte Antwort wurde von einem erstaunlich lauten Piepton unterbrochen. Er blickte bestürzt auf seinen Kommunikator, als befürchte er, das Gerät würde von seinem Gürtel hüpfen und nach ihm schnappen. Er hakte es aus und wollte es gerade einschalten, als ihm eine bessere Idee kam.

Er warf den noch geschlossenen Kommunikator Spock 2 zu. Der Riese fing ihn mühelos mit der gewaltigen Pranke. Falls der Verstand des Duplikats noch nicht voll wach ist, dachte Kirk, ist alles verloren.

Aber zumindest seine Reflexe waren gut.

»Unser Schiff ruft, Spock. Sie sind der Erste Offizier der *Enterprise*. Beantworten Sie den Anruf.«

Wieder erklang der laute Piepton. Der Riese hob die Hand und schien das winzige Instrument zu studieren, machte jedoch keine Anstalten, es zu öffnen und das nun ständige Piepen zu bestätigen.

»Mit Spock geht es jetzt rapide zu Ende, Jim«, flüsterte McCoy verzweifelt.

»Ich bin sicher, daß wir durchgekommen sind«, sagte Uhura überzeugt. Die Anspannung in ihrer Stimme spiegelte die Belastung der Kommunikationsinstrumente wider. »Aber sie antworten nicht.«

»Versuchen Sie es weiter«, befahl Scott. Uhura behielt den Anzeiger im Auge. »Wir nähern uns bereits der Belastbarkeitsgrenze des Dilithiums, Mr. Scott. Unsere Reserve…«

»Versuchen Sie es weiter!«

Plötzlich sah es aus, als würde der Blick des Riesen klarer und seine Miene intelligenter. Mit der Mühelosigkeit eines Mannes, der diese Handbewegung bereits Tausende von Malen getan hatte, aber durchaus die vierfach erhöhte Größe seiner Finger bedenkend, klappte Spock 2 den Kommunikator auf.

»COMMANDER – COMMANDER SPOCK HIER!«

Eine Chance! Endlich haben wir eine Chance! dachte Kirk aufgeregt.

Uhuras Erleichterung war selbst über den Kommunikator aus ihrer Stimme zu hören. »Dem Himmel sei Dank! Mr. Spock, bitte sagen Sie dem Captain, daß ich zusätzliche Information über Keniclius bekommen habe.«

»Welche, Leutnant?« brüllte Kirk und hoffte, daß seine Stimme laut genug sein würde, daß das Kommunikatermikrophon sie aufnahm.

Das tat es offenbar, denn Uhura sprach weiter. »Ich habe den Computer alle bekannten Veröffentlichungen Keniclius' analysieren lassen. Die meisten sind kaum verständlich, aber zwei Themen heben sich ab, vor allem in seinen letzten Essays.

Das eine ist sein Fanatismus, das andere seine Vorstellung, seine geplante Meisterrasse als Friedenshüter für die gesamte Galaxis einzusetzen. Deshalb brauchte er ein absolut einwandfreies Exemplar für seine Klonexperimente.«

Es gab noch mehr, aber der Anzeiger verbot, die Verbindung noch länger aufrechtzuerhalten. In einer Sekunde würde der Zeiger im roten Bereich sein.

Hastig schloß sie: »Muß abbrechen. Energieentnahmelimit erreicht!«

Sie schaltete sofort ab und drückte gleichzeitig mit der anderen Hand auf mehrere Regler. Sie atmete erst wieder auf, als der Zeiger aus dem Gelb zurück ins Grün gewandert war. Dann lächelte sie Scott an. »Das war knapp!«

»Wenigstens wissen wir jetzt, daß sie leben und offenbar okay sind«, bestätigte Scott in glücklicher Ahnungslosigkeit. »Hoffen wir, daß ihnen die Information weiterhilft.«

»Information, ja«, murmelte Uhura. Ihr linker Arm zitterte noch. Sie lehnte sich dagegen, um es zu verbergen. »Habe ich Ihnen eigentlich schon den Witz vom einbeinigen Jockey erzählt, Mr. Scott...?«

»Friedenshüter«, wiederholte Kirk bitter. »Friedenshüter!« Er schüttelte den Kopf und wandte sich Keniclius zu. »Das war alles Zeitvergeudung, *Doktor* Keniclius. Eine friedenshütende Meisterrasse ist unnötig. Es herrscht bereits seit über fünfzig Jahren Friede in der Galaxis.«

»DAS IST EINE LÜGE!« brüllte der Riese, und der Schall seiner Stimme überspülte sie. »WAS IST MIT DEN EUGENISCHEN KRIEGEN? DEN GALAKTISCHEN KRIEGEN? WAS IST MIT DEN PLÜNDERUNGEN UND VERWÜSTUNGEN DURCH DIE ROMULANER, DIE KLINGONEN UND ANDERE? GANZ ZU SCHWEIGEN VON DEN STÄNDIGEN REIBEREIEN ZWISCHEN DEN SOGENANNTEN ›ALLIIERTEN‹ RASSEN DER FÖDERATION?

EINE ORGANISATION VON SPOCKDUPLIKATEN IST NOTWENDIG, UM SIE ZU IHREM EIGENEN WOHL ZU ZWINGEN, IN HARMONIE ZU LEBEN!«

Sulu murmelte: »Friede durch Zwang. Die Menschheit ist über diese unreife Philosophie inzwischen hinausgewachsen, Keniclius.«

»Sie sind der fünfte Keniclius«, erinnerte Kirk ihn. »Wie wollen Sie so sicher sein, daß das, was Sie als Wahrheit ansehen, nicht seit

Jahrhunderten bereits völlig überholt ist? Ihre Vorgänger waren vermutlich wenigstens ebenso lange nicht mehr auf dem laufenden über die soziologische Weiterentwicklung der Menschheit!«

»Das ist nicht möglich. Der Meister spricht immer die Wahrheit!« ertönte eine neue Stimme: eine neue alte Stimme.

Sie wandten sich dem Eingang zu, aus dem die Horrorkreaturen sie überfallen hatten.

Agmar und seine vier Gefährten standen dort und beobachteten sie.

»Ich verstehe nicht, wieso Sie Keniclius als einen ›Meister‹ ansehen«, sagte McCoy. »Gewiß, er hat Ihnen das Leben gerettet, Ihnen allen fünfen. Aber warum stimmen Sie seinem Plan einer Superrasse zu? Von welchem Interesse könnte eine Rasse riesiger Spocks für Sie sein?«

»Unsere Flotte, die Sie ja gesehen haben«, erwiderte Agmar, »sollte zu demselben Zweck ausgeschickt werden, den auch der Meister verfolgt. Sie müssen wissen, durch einen glücklichen Zufall hatten unser Volk und er die gleiche Absicht. Leider rottete uns die Krankheit fast aus, bevor wir unseren Plan ausführen konnten, einer Galaxis den Frieden aufzuzwingen, die keinen kannte.«

»Wir haben bereits Frieden in unserer Föderation«, sagte Kirk heftig. »Und er mußte nicht erzwungen werden – er kam von innen und ist ein echter Friede!« Er machte eine Pause.

»Sie brauchen Spock jetzt nicht mehr. Machen Sie die Wirkung dieser Maschine rückgängig, und geben Sie ihn uns zurück.«

»NEIN!« donnerte Keniclius wild. »DIE URFORM DARF NICHT BESTEHEN BLEIBEN!« Die Stimme des Riesen schwankte. Kirks Worte hatten Unsicherheit in zweihundertfünfzig Jahre absoluter Eingleisigkeit gebracht, die von absolutem Selbstvertrauen geleitet worden war.

Aber es genügte nicht. Der Riese konnte nicht in Augenblicken die gesamten Bemühungen dieser zweieinhalb Jahrhunderte rückgängig machen.

McCoy beugte sich über Spock 1. »Jim, er hat nur noch Sekunden!« Kirks Gedanken überschlugen sich. McCoy konnte nichts für Spock tun. Und Keniclius wollte nicht. Und er – er war absolut hilflos.

Es gab nur noch ein anderes Wesen hier, das Spock noch retten könnte. Er wandte sich an den zweiten Riesen, der alles gleichmütig mitangehört hatte.

»Wenn Sie Spocks Geist haben, müssen Sie das vulkanische Symbol IDIC kennen.«

»INFINITE DIVERSITY IN INFINITE COMBINATION – UNENDLICHE VIELFALT IN UNENDLICHER KOMBINATION«, zitierte der Riese.

»Dazu gehören die Elemente, aus denen Wahrheit und Schönheit sind«, beendete Kirk. »Sagen Sie mir, könnte eine Armee von Spockriesen irgendwelchen anderen Intelligenzen in wissentlichem Widerspruch zum IDIC-Konzept phylosische Philosophie aufzwingen?«

Eine längere Pause setzte ein, während der Spock 2 über diese Frage nachdachte. Kirk hielt den Atem an. Schließlich antwortete der Riese: »ICH GLAUBE NICHT...«

Kirk drehte sich zu dem anderen Riesen um. »Das dachte ich mir! Schalten Sie die Maschine um, Keniclius!«

»Nein!« brüllte Agmar. Das war die erste heftige Reaktion des Phylosiers. »Unser Traum darf nicht sterben!« Er stürzte sich plötzlich auf Kirk. Seine Begleiter folgten, um die Menschen davon abzuhalten, Spock 1 zurück zur Maschine zu bringen.

Sulu stieß einen gellenden Kampfruf aus, sprang vor Agmar und schleuderte ihn über eine Schulter. Gegen einen Judokämpfer waren die Phylosier sehr im Nachteil – sie hatten zu viele Gliedmaßen, an denen sie mühelos zu packen waren.

Aber in dem Handgemenge der drei Menschen gegen die Phylosier eilte Keniclius zur Maschine. Die Entschlossenheit seiner Anhänger hatte dem verwirrten Meister zu einer Entscheidung verholfen. Er hob eine lange Metallstange. Es spielte keine Rolle, daß nicht einer der Menschen ihn erreichen konnte, sie hätten ihn ohnehin nicht zurückzuhalten vermocht.

Die schwere Stange zerschmetterte eine der Kristallkugeln um den Tisch. Eine knisternde Entladung erfolgte, und der Riese wich zurück. Mehrere andere Kristallkugeln explodierten, und Splitter und Scherben der Hülle, sowie der inneren Bestandteile flogen durch die Luft.

Niemand war verletzt, aber der Schaden war irreparabel. Die Lichter an den Seiten der Maschine erloschen, ebenso die Leuchtanzeigen der Instrumententafeln an den Wänden. Und das schwache Summen, das aus dem Tisch gekommen war, verstummte.

Kirk, der seit Betreten des Raums, nachdem er den sterbenden Spock gesehen hatte, an die Grenze seiner geistigen Zurechnungsfähigkeit gelangt war, verlor die Beherrschung. Trotz des ungeheuren Größenunterschieds und ohne wirklich zu wissen, was er tat, stürzte er sich auf Keniclius.

»Mörder! Sie haben Spock umgebracht!«

Er erreichte den Riesen nicht. Ein Bein vom Durchmesser eines Baumstamms trat zwischen ihn und Keniclius. Er sah sich gezwungen anzuhalten und zum Gesicht von Spock 2 hochzublikken.

»DIESES BENEHMEN SCHMÄLERT DIE EINDRINGLICHKEIT IHRES BEREDTEN ARGUMENTS. DARF ICH IHNEN EIN KONSTRUKTIVERES VORGEHEN VORSCHLAGEN?«

Er schritt um Kirk herum, der benommen zusah, wie er auf Sulu und McCoy zuging. Die beiden Offiziere legten Spock 1 behutsam auf den Boden und wichen zurück.

Der riesige Vulkanier nahm Spock 1 auf seine Hand. Daumen

und Zeigefinger berührten behutsam die Stirn des kleineren Mannes. Der Riese schloß die Augen und begann mit einem wohlbekannten Spruch: »MEIN GEIST ZU DEINEM GEIST – MEINE GEDANKEN ZU DEINEN GEDANKEN...«

»Die vulkanische Geistberührung!« sagte Sulu staunend. Der Raum schien sich in ein Wachsfigurenkabinett verwandelt zu haben. Niemand rührte sich. Alle starrten die beiden Spocks an, sogar Keniclius, dessen Untätigkeit bewies, daß er nie mit dergleichen gerechnet hatte.

Schließlich verstummte der Riese. Eines von Spocks Lidern flatterte und hob sich. Ein Räuspern war zu hören – ein viel leiseres als zuvor.

Der größere Vulkanier legte den kleineren wieder auf den Boden und wandte sich Kirk zu. »Ich bin angenehm überrascht von Ihrer Fähigkeit, logische Folgerungen zu ziehen, Captain«, sagte Spock 1. »Wenn Sie nicht gerade hitzköpfig sind, können Sie erstaunlich logisch überzeugend sein.«

Kirk hörte seine Worte jedoch kaum. Er hatte wieder die Beherrschung verloren – diesmal jedoch aus einem anderen Grund.

»Spock! Sie alter...«

»SIE BRAUCHEN SICH KEINE SORGEN ÜBER DIE BEDROHUNG DURCH EINE MEISTERRASSE ZU MACHEN, CAPTAIN KIRK«, donnerte Spock 2. Alle wandten sich ihm zu. »ES WIRD KEINE GALAKTISCHE MILITIA GEBEN, KEINE WEITEREN SPOCKS. ALLES, WAS SPOCK ZU EINEM KANDIDATEN FÜR EINE SOLCHE AUFGABE MACHT, WÜRDE SIE GLEICHZEITIG VERHINDERN.«

»ABER WAS IST MIT MEINER ARBEIT?« rief Keniclius verzweifelt. «WENN ALLES, WOFÜR ICH GEKÄMPFT HABE, BEREITS ERREICHT IST, WENN ES DIE ZUSTÄNDE, MIT DENEN ICH SCHLUSS MACHEN WOLLTE, GAR NICHT MEHR GIBT, WAS SOLL DANN AUS MIR WERDEN? ES GIBT OFFENBAR KEINE GRÜNDE MEHR, WESHALB ICH WEITER EXISTIEREN SOLLTE...«

»Ganz im Gegenteil, Dr. Keniclius«, widersprach Spock 1. »Es gibt einen sehr guten Grund, warum Sie weiter aktiv sein müssen. Bleiben Sie mit meinem Ersatz auf Phylos. Den gemeinsamen Bemühungen von zwei Wissenschaftlern, jeder mit seinen besonderen Fähigkeiten und Talenten, die sich gegenseitig ergänzen, gelingt es vielleicht, die phylosische Kultur wiederherzustellen – und es den neuen Phylosiern zu ermöglichen, auf friedliche Weise zum Wohle der Föderation beizutragen.«

»EXAKT MEINE ÜBERLEGUNG, MR. SPOCK«, stimmte Spock 2 zu.

»Das ist anzunehmen, Mr. Spock«, bestätigte Spock 1.

Die glückliche Wiederherstellung seines Ersten Offiziers hatte Kirks primitive Rachegelüste völlig vertrieben.

»Was halten Sie davon, Dr. Keniclius?« warf er ein. »Leben zu ermöglichen ist noch wichtiger als Frieden zu bringen. Wenn eine Möglichkeit gefunden werden kann, Ihre Rasse neu zu beleben, könnten die Phylosier viel zur galaktischen Kultur beisteuern.«

»ICH EMPFÄNDE ES ALS GROSSE EHRE, WENN MAN MIR GESTATTETE… JA, SIE HABEN RECHT, CAPTAIN KIRK. DIE METHODEN DER FÖDERATION HABEN SICH WAHRHAFTIG GEÄNDERT. SIE UNTERSCHEIDEN SICH VÖLLIG VON JENEN, DIE MEINEN BRÜDERN UND MIR BEKANNT WAREN…«

»Ja, wahrlich, an so etwas hatten wir nie gedacht!« Agmar wirkte aufgeregt und sehr interessiert. »Eine so plötzliche Veränderung der Denkweise – wird schwierig sein…«

»Sie werden es schon schaffen.« Kirk war zu diplomatisch, darauf hinzuweisen, daß sie gar keine Wahl hatten. Er hatte seine Worte ehrlich gemeint. Die Phylosier verfügten über einige wertvolle Eigenschaften – wenn man sie erst von diesem Meisterrasseprinzip abgebracht hatte. Er wandte sich wieder an den wartenden Keniclius.

»Ich werde Ihre *neue* Arbeit hier dem Wissenschaftszentrum

der Föderation melden. Ich glaube nicht nur, daß man die Wichtigkeit dieser Aufgabe verstehen wird, sie werden Ihnen bestimmt auch mehrere Teams zur Unterstützung schicken.«

Auch um sicherzugehen, daß Sie nicht wieder der Versuchung nachgeben, weitere Riesenklone zu erschaffen, fügte er in Gedanken hinzu.

Keniclius schüttelte gerührt jedem die Hand. Dann geleiteten Agmar und seine Gefährten Kirk, McCoy, Sulu und Spock an die Oberfläche zurück.

Als die Männer von der *Enterprise* gegangen waren, diskutierten die beiden Riesenwissenschaftler bereits über die Pläne, die Sterilität der Phylosier zu beheben und ihr eigenes Wissen über die phylosische Kultur zu erweitern.

Das Hochbeamen verlief ohne Zwischenfall, und es kam zu der erwarteten, scheinbar gleichmütigen Begrüßung durch Uhura, Kyle, Arex und die übrigen Offiziere – ein jeder verbarg sorgfältig seine wahren Gefühle.

Auf der Brücke gab Scott – erleichtert wie immer – förmlich das Kommando wieder an Kirk ab.

»Wohin, Captain?« fragte Sulu, als er wieder in seinem bequemen Sessel an der Navigationskonsole saß.

»Berechnen Sie Kurs auf das Omikrongebiet, Mr. Sulu. Ich glaube, ein jeder verdient diesmal einen ausgedehnten Landurlaub. Also ich brauche ganz sicher einen.«

»Jawohl, *Sir*!« sagte Sulu erfreut.

»Nur gut, daß wir Keniclius aufhalten konnten.« McCoy betonte das *wir* besonders auffällig. »Stellen Sie sich vor, ein ganzes Schiff, oder vielleicht gar eine ganze Stadt, voll Riesenspocks!«

Er machte eine entsetzte Miene, und auch die übertrieb er absichtlich stark. Spock blickte verächtlich von seiner Datenstation auf und bemühte sich, McCoy zu ignorieren.

»Welch ein fürchterlicher Gedanke!« fuhr der nichtaufzuhaltende gute Doktor fort. »Riesenspocks, wohin man schaut! Spocks, die über hilflose Ortschaften ragen, Amok durch friedliches Ackerland laufen und...«

»Das wäre vielleicht leichter zu ertragen als Sie, Doktor«, unterbrach Sulu ihn mit undeutbarem Gesicht.

»Was?« brauste McCoy mit Unschuldsmiene auf. »Ich bin kein Riese.«

Kirk vermeinte ein spitzbübisch boshaftes Glitzern in Sulus Augen zu sehen.

»Nein, das nicht«, gab der Rudergänger zu, »aber das Problem mit Ihnen ist, daß Sie nie aufhören, herumzuklonen – oh, entschuldigen Sie den Versprecher – herumzuclownen.«

McCoy jagte ihn bis in den Maschinenraum.